BASTEI
LÜBBE

Pat O'Brien

Die Vermieterin

Erotischer Roman

Ins Deutsche übertragen
von Sandra Green

BASTEI LÜBBE

BASTEI LÜBBE TASCHENBUCH
Band 14 770

1. Auflage: August 2002

Vollständige Taschenbuchausgabe

Bastei Lübbe Taschenbücher
ist ein Imprint der
Verlagsgruppe Lübbe

Deutsche Erstveröffentlichung
Titel der englischen Originalausgabe: The House Share

Published by arrangement with Virgin Publishing Ltd.
Dieses Werk wurde vermittelt durch die
Literarische Agentur Thomas Schlück GmbH, 30827 Garbsen

Titelillustration: VCL / Bavaria
Umschlaggestaltung: Tanja Østlyngen
Satz: QuadroMedienService, Bensberg
Druck und Verarbeitung:
Brodard & Taupin, La Flèche, Frankreich
Printed in France

ISBN 3-404-14770-7

Sie finden uns im Internet unter
http://www.luebbe.de

Der Preis dieses Bandes versteht sich einschließlich
der gesetzlichen Mehrwertsteuer

Erstes Kapitel

Tine hatte John geliebt. Sie hatte sein Talent verehrt, seine Großartigkeit bewundert und das verletzte Kind in ihm umsorgt. Die Monate des Trauerns mit der schmerzenden Einsamkeit setzten sich fort, und bis jetzt hatte sie geglaubt, nie wieder einen glücklichen Tag zu erleben.

John war Künstler gewesen. Seine Technik war eine einmalige Mischung aus anmutigen Bildern im japanischen Stil und surrealistischen Karikaturen, die am Computer erdacht und entworfen und dann per Hand auf Leinwand übertragen wurden. Überall im Haus hingen seine Bilder, jedes Zimmer ein Schrein. Er war ein Bär von einem Mann gewesen mit dem Talent eines Engels und dem Sarkasmus des tief Enttäuschten. Die Öffentlichkeit hatte er verabscheut. Aber jedes Jahr stieg der Preis seiner Bilder. Er verachtete seine Bankauszüge.

Tine wusste, dass der Kummer von ihr gewichen war, als sie nach acht Monaten das erste Mal durchgeschlafen hatte. Sie wachte erst auf, als grell-goldene Finger durch die Vorhänge griffen. Ein Gefühl des Wohlbehagens beschlich sie, eine Wahrnehmung des Lebens, als wäre sie nach einem langen bösen Traum aufgewacht.

Nach zehn Jahren Ehe waren Tine und John kinderlos geblieben und ein wenig sonderlich geworden. Das große Stadthaus aus der Edwardschen Stilepoche bot ihnen alle Möglichkeiten, für sich zu leben, abgesondert von der Außenwelt. Seit Johns Tod im vergangenen Winter war Tine jeden Morgen durchs Haus gepilgert, vor jedem Bild stehen geblieben, hatte die Buchregale durchstöbert und die zerlesenen Bücher in die Hand genommen.

Auch an diesem Morgen begann sie ihren Rundgang, verharrte vor dem einen oder anderen Gemälde ein bisschen länger als sonst. Es war eine Art Abschied von John. Die Zimmer schienen sie zu schelten, weil sie so lange vernachlässigt worden waren; überall Staub, überall Dunkelheit, denn Tine hatte die Vorhänge nie mehr zurückgezogen.

»Dies ist der erste Tag vom Rest meines Lebens«, murmelte sie, und sie fühlte sich überwältigt vor Freude, dass sie zu diesem Gedanken fähig gewesen war.

Wegen der Hitze hatte sie nackt geschlafen, aber jetzt schlang sie unbehaglich die Arme um den Körper. Schweiß perlte über ihren Rücken. Sie zwang sich zu entspannen, ließ die Arme sinken und schüttelte die Hände locker. Die Anspannung wich, und ihr Beschluss setzte sich in ihr fest. Sie würde einen neuen Start wagen, das Haus putzen und wieder leben.

Tine ging ins Wohnzimmer, wo die Sonne von schweren Vorhängen ausgeschlossen wurde. Sie ließ sich in einen Sessel sinken und genoss den schokoladenfarbenen Samt, der sie umgab. John hatte in diesem Sessel am liebsten gesessen, und sie hatte ihn gern dort sitzen gesehen, diesen wuchtigen Mann mit den muskulösen Schenkeln und den klobigen Händen, die eher zu einem Metzger passten als zu einem Künstler.

Bei geöffneten Vorhängen hatte er das Leben auf der Straße beobachtet, die hastenden Fußgänger, die vorbei fliegenden Autos vor dem Hintergrund der still stehenden Bäume. Diese Motive hatten oft genug Eingang in seine Bilder gefunden.

Tine versuchte, sich selbst so zu sehen, wie andere sie wahrnahmen. Mit ihren vierzig Jahren war sie noch attraktiv, zierlich mit ihren schlanken Hüften. Die kastanienbraunen Haare fielen locker auf ihre

Schultern. Ihre Brüste waren klein und hingen noch nicht. Die Aureolen sahen wie Tränen aus.

Sie erinnerte sich an die Vergangenheit und ließ die Hand wandern. Sie war feucht, und die Finger strichen sanft über die gespreizten Schenkel. Sie nahm die Klitoris zwischen die Finger und zwickte sie leicht. Es dauerte nicht lange, bis sie sich zum Orgasmus gerieben hatte. Es war ein stiller Orgasmus, aber da sie in den letzten Monaten keine Sekunde an Sex gedacht hatte, war er ein warmes, lebendiges Geschenk.

Nachdenklich saß sie da, bis der Durst sie aus dem Nest des Sessels trieb. Sie hatte entschieden, was sie tun würde. Es gab eine Reihe von Möglichkeiten. Das Haus verkaufen und einen Job suchen. John hatte viel Geld verdient, deshalb würde sie eine Zeit lang leben können, ohne sich einzuschränken. Aber ewig würde sie von den Ersparnisse nicht leben können, deshalb musste sie sich etwas einfallen lassen.

Die Entscheidung fiel ihr leicht. Tine würde das große Haus mit jemandem teilen müssen. Dann würde neues Leben einkehren.

Ihre frühere Leidenschaft lag in ihrem Arbeitszimmer. Mit der Tasse in der Hand ging sie hin, blieb in der Tür stehen und starrte ins Zimmer. Es lag in völligem Durcheinander. Seit sechs Monaten war sie nicht mehr hier gewesen. Das Zimmer schien sie stumm anzuklagen. Der Bildschirm ihres Computers war schwarz. Wenn John unten an seinem Computer gearbeitet hatte, war Tine oft hierhin gekommen und hatte sich ins Internet eingelinkt.

Endlose Stunden hatte sie im Relay Chat verbracht, kurz IRC genannt, wo man gleichgesinnte Menschen auf der ganzen Welt kennen lernte und mit ihnen kommunizierte. Es war wie eine internationale Cocktailparty, zuerst angsterregend, aber bald schon vertraut. Sie hatte von ihren täglichen Hoffnungen, Ängsten und Erfahrungen geschrieben. Einige der Chatter waren zu ihren besten Freunden geworden, einige wenige auch zu ihren Geliebten.

Während der Trauerzeit hatte Tine sich kaum aus dem Haus getraut. Einmal die Woche zu Supermarkt, Post und Bank. Die Anwälte waren zu ihr gekommen, und Johns Freunde auch. Wie sie hatte auch er nur wenige Freunde, und plötzlich wurde ihr bewusst, wie sehr sie mit ihrem Mann auf einer Insel gelebt hatte. Vielleicht hatten sie geglaubt, sie würden immer zusammen sein und bräuchten nie jemanden, der in ihr Leben eindrang und vielleicht bereicherte.

Jetzt freute sie sich darauf, die alten Freundschaften wieder aufleben zu lassen. Sie wollte wieder Lachen in ihrem Haus hören, sie wollte Menschen um sich haben, Schritte auf der Treppe vernehmen, abends beim Fernsehen gemeinsam eine Flasche Wein leeren.

Tines Beschluss war noch warm, als sie unter der Dusche stand. Nachdem sie sich angezogen hatte, betrachtete sie sich im großen Badezimmerspiegel. Ihre Haare waren noch ungekämmt und fielen bis zur Mitte ihres Rückens. Sie hatte Gewicht verloren und sah schlank wie eine Elfe aus, das Gesicht zu schmal, die Augen zu groß. Unter der Dusche hatte sie ihre Rippen zählen können. Aber sie würde bald wieder zunehmen.

Bisher hatte Zeit in ihrem isolierten Leben keine Rolle mehr gespielt, aber jetzt band sie sich eine Armbanduhr um. Das Gewicht war ungewohnt. Lächelnd ging sie zum Telefon und gab in den beiden Lokalzeitungen eine Anzeige auf.

Mitbewohner gesucht in einem großen alleinstehenden Haus. Alle Zimmer mit Bad. Küche und Waschküche werden gemeinsam genutzt.

Die Anzeigen würden am Freitag und Samstag erscheinen, deshalb blieb ihr noch ein Tag zum gründlichen Saubermachen. Tine hatte nie als Untermieterin gewohnt, sie hatte auch noch nie ein Haus mit anderen geteilt. Es kam ihr auch nicht der Gedanke, dass sie als Witwe relativ schutzlos war.

Die erste Andeutung einer möglichen Gefahr registrierte Tine, als das Mädchen von der Anzeigenannahme anrief. In der Anzeige hatte Tine geschrieben, Interessenten sollten sich telefonisch melden, deshalb hatte sie ihren Namen und die Telefonnummer angegeben. Das Mädchen empfahl, nur die Telefonnummer anzugeben, sonst liefe sie Gefahr, mit idiotischen Anrufen von kranken Gemütern bombardiert zu werden. Tine war dankbar für den Tip.

Sie ging hinauf zum Speicher, was eine völlig irreführende Bezeichnung für eine hübsche kleine Dachwohnung war, durch deren schräge Fenster die Sonne einfiel. Die Wohnung bestand aus Wohnzimmer, Schlafzimmer mit Doppelbett und einem angeschlossenen Bad mit kleiner Sitzwanne, Dusche, Bidet und Waschbecken. Das Bad war in fröhlichem Gelb gehalten. Von dort trat man auf den blauen Teppich des Schlafzimmers. Johns Zeichnungen zierten die weißen Wände, die von dunklen Balken durchbrochen waren.

Die Wände des Wohnzimmers waren mit einer hübschen Blümchentapete behangen. Die Möbel waren aus Korbgeflecht, und der Fußboden bestand aus hellen polierten Brettern. Ein alter Mahagonischreibtisch stand im Zimmer, wuchtig und schwer, mit schön geschnitzten Füßen, tiefen Schubladen und einigen Geheimfächern. Als sie noch kein eigenes Arbeitszimmer hatte, hatte Tine an diesem Schreibtisch gesessen.

Diese Zimmer bedeuteten Tine sehr viel; sie

betrachtete sie als ihr Privatgemach. Ein Ort zum Verweilen, zum Nachdenken, zum Faulenzen und Musikhören. Das Lautsprechersystem lief durchs ganze Haus, und an den Musiktagen drangen Prokofieff, Schostakowitsch, Mozart und Tschaikowski durch alle Zimmer und hoben ihr Herz und ihre Stimmung. Tine erinnerte sich daran, lief hinunter und legte Prokofieffs *Liebe der drei Apfelsinen* in den CD-Spieler, dann rannte sie zurück auf den Speicher.

Zuerst putzte sie die oberen Zimmer und hinterließ einen Duft nach Zitrone und Fichtennadeln sowie glänzende Kacheln und Schränke. Sie arbeitete sich über die Treppe nach unten, wischte den Staub vom Geländer aus Mahagoni und saugte den Staub aus dem dunkelroten Teppich und von den hellen Wänden.

Dann nahm sie sich zwei weitere Zimmer vor, putzte und polierte. Das eine, das nach hinten lag und nach Westen zeigte, nannte sie das Spielzimmer; es hatte ein Dekor aus violettem Patchwork, ein gusseisernes Bett und Möbel in der Farbe von schwarzer Asche. Das dazugehörige Bad hatte nur eine Farbe: Purpur. Das zweite Zimmer war in massivem Holz eingerichtet, Teak. Dazu wurde es von hellgrünen Lampen beherrscht. Zum ›grünen Zimmer‹ gehörte keine eigene Dusche, aber es lag gleich neben dem Bad.

Das Bad war groß und hoch. Die Porzellanwanne stand mit ihren Tatzenfüßen auf einem Sockel. Zur Toilette gehörte ein altmodischer Spülkasten fast oben an der Decke, den man mit einer Quaste an einer langen Kette bediente. Johns bestes Bild hing im Bad, ein abstraktes Gemälde, das einen Tag darstellte, an dem sie sich unten im Sessel geliebt hatten. Er hatte es mit einem Seidentuch verhangen und erst enthüllt, als sie beide in der Wanne lagen und sich mit Champagner aus schlanken Kristallflöten zuprosteten.

Die Wand neben der großen Wanne bestand aus

beigefarbenem Spiegelglas. Das Licht konnte stark gedämpft werden, und wenn sie sich liebten, wurde die Szene in warmen goldenen Tönen gespiegelt. An jenem Abend hatte Tine sich auf den breiten Wannenrand gesetzt, die Schenkel weit gespreizt. Sein Mund hatte sie erforscht, zuerst sanft, dann fester und entschlossener, bis sie bebend zum Orgasmus gelangt war. Er hatte Stirn, Wangen und Nase benetzt, und sie hatte ihn abgeleckt wie eine Hündin ihr Junges.

Dann, während er noch kniete, ging sie hinunter und nahm ihn in den Mund; sie drückte den Hodenbeutel mit kundigen Fingern, bis es ihm mit Gewalt kam und er die bittersüße Flüssigkeit in ihre Kehle pumpte.

Diese Erinnerungen waren bei ihr, als sie schrubbte und wischte. Ein kleines Lächeln spielte um ihre Mundwinkel – ein Tribut an John.

Sein Büro putzte sie zuletzt. Sie hatte das Wohnzimmer und die Küche auf Hochglanz gebracht, danach Speisekammer und Waschküche gesäubert. Die Papiere auf seinem Schreibtisch waren schon vorher sortiert worden, deshalb sah es aufgeräumt aus. Der große Computerbildschirm war dunkel und stumm. Sie wusste, dass viele seiner unfertigen Arbeiten noch auf der Festplatte waren, aber bisher hatte sie sich noch nicht an seinen Computer gewagt.

Jedes Mal, wenn sie in Johns Sessel saß, spürte sie seine Präsenz, seine langen Arme, die sie so oft umschlungen hatten. Manchmal hatte sie ihn beobachtet, wenn er dort saß, der Rücken steif vor Konzentration, das Gesicht völlig angespannt, während die Finger über die Tastatur flogen. Sie hatte sich dann hinter ihn gestellt und die Verkrampfungen aus seinem Nacken massiert.

Jetzt setzte sie sich auf seinen Platz, schaltete den Computer ein und ging in Johns Programm. Sie kannte sich nicht allzu gut mit seinem Rechner aus, aber sie hatte einiges lernen können, weil ihr Computer mit Johns verbunden war.

Der Bildschirm wurde lebendig, eine Liste baute sich auf, und sie legte die Hand auf die Maus. Sie klickte auf sein Archiv und sah die einzelnen Dateien, die auf seiner Festplatte gespeichert waren. Sie klickte die einzelnen Rubriken an und hatte nicht das Gefühl, irgendwelche Heimlichkeiten aufzustöbern, bis sie auf seine persönliche Ablage traf. Normalerweise waren sie vor neugierigen Blicken geschützt, aber da sie das Passwort hatte, konnte sie in seine Welt eindringen.

Eine Rubrik lautete ›j_piks‹ und hatte einige Unterordnungen. Tine war ganz aufgeregt, weil sie glaubte, die unfertigen Arbeiten ihres Mannes entdeckt zu haben. Aus den einzelnen Namen schloss sie, auf sein Archiv gestoßen zu sein. Sie klickte auf einen Namen in der Mitte der Liste – ›janine1.jpg‹.

Langsam baute sich der Bildschirm auf und zeigte eine große, schlanke Blondine, dunkel gebräunt wie Mahagoni, die langen Beine weit gespreizt. Sie war fast so dürr wie ein Skelett, lag da und stützte sich mit den Armen auf. Ein anderes blondes Mädchen beugte sich über sie, das Gesicht zwischen den Schenkeln verborgen. Der Fotograf hatte hinter dem vorgebeugten Mädchen gestanden, deshalb war das Geschlecht mit dem glänzenden Klitorisring deutlich zu sehen. Heller Sand klebte an den Pobacken und zwischen den spärlichen Schamhaaren.

Tine holte sich weitere Fotos auf den Schirm. Sie waren fast alle ähnlich, lesbische Themen mit hageren blonden Mädchen. Tine empfand kein Entsetzen, keine Abneigung. John hatte ihr nichts von diesen Bildern erzählt, hatte sie nicht daran teilhaben lassen. Vielleicht hatte er diesen Freiraum für sich selbst gebraucht.

Sie fand weitere Fotos. Unter ›sally1.gif‹ bis ›sally10.gif‹ fand sie ein Mädchen, das höchstens sechzehn Jahre alt war, elfengleich schön und schüchtern. In den einzelnen Posen war sie stets allein, wenn sie die pinkfarbenen Labien mit scheuem Lächeln zeigte. Allmählich dämmerte es Tine, dass ihr der Hintergrund auf den Fotos bekannt war. Sie klickte andere Fotos an und sah das samtbezogene Sofa, den Fußboden in der Küche, die Satindecke auf dem Wasserbett des Schlafzimmers.

Ihr wurde klar, dass John diese Fotos aufgenommen hatte. Sie erkannte es besonders an den Fotos, die er im Bad geschossen hatte. Sally vor dem Spiegel, einen Fuß auf dem Wannenrand, die Finger zwischen den geschwollenen Labien. Johns verschwommene Gestalt im Spiegel, die Kamera vor seinem Gesicht. Er war nackt und zeigte eine strotzende Erektion, die er mit einer Hand hielt.

Tine empfand nichts als Neugier. Nach Monaten der Trauer hatte sie beschlossen, sich von den Erinnerungen loszusagen, aber natürlich würde sie seine Liebe stets im Herzen bewahren. Sie wusste nun, dass ihr Riese von Mann Geheimnisse hatte – hoffentlich hatte er sie nicht bereut, sondern sich an seinen jungen Modellen erfreut.

Dann entdeckte sie Sheena. Wieder ein junges Mädchen. Aber Sheena war schwarz und kannte offenbar keine Scheu. Die junge Sirene flirtete mit der Kamera und zeigte verblüffende Stellungen mit einem alarmierend dicken Dildo.

Es gab eine Menge mehr Mädchen. Denise mit den flammend roten Haaren, Angela, die wie ein Zigeunermädchen aussah, und Toronto, biegsam und athletisch. Aber erst bei Demmy empfand Tine so etwas wie Schock. Sie kannte das Mädchen, es war in Johns letztem Sommer eine ständige Besucherin gewesen. Sie war klein und zierlich und sah jünger aus als die angeblichen siebzehn Jahre. Demmy war Kunststudentin und hatte gebeten, John auf jede erdenkliche

Weise unterstützen zu dürfen. Sie hatte von seinem Ruf profitieren wollen.

Tine gegenüber war sie immer sehr scheu und zurückhaltend gewesen, aber sie hatte John verehrt, was auf diesen Fotos deutlich zu erkennen war.

Auf einem Foto hatte John ihre krausen Haare gepackt und am Hinterkopf zu einem Pferdeschwanz zusammengefasst. Das Foto war von oben aufgenommen worden, man sah die blauen Augen des Mädchens, die Lippen hatten sich geöffnet, um sich über die Eichel zu stülpen. Es folgte eine Serie solcher Fotos, die mit seinem Erguss in ihrem Mund endete.

Tine starrte auf die Bilder. Sie saß jetzt dort, wo John damals gesessen hatte, als Demmy seinen Schwanz verehrt hatte. Er hatte die exquisiten Momente gekonnt eingefangen. Wo war Tine zu der Zeit gewesen? In diesem Sommer war sie fast immer im Haus gewesen, abgesehen von Einkäufen und Bankbesuchen. Lange Sitzungen am Computer. Hatte John es riskiert, von ihr überrascht zu werden?

Was Tine am meisten erstaunte, war ihre eigene Reaktion auf die heimliche Lust ihres Mannes. Sie war nicht beschämt oder entsetzt sondern ungeheuerlich erregt. Warme Schauer rieselten über ihren Rücken. Sie ging in die Küche und braute sich einen Tee.

Das Haus war bereit. Mitternacht war vorbei, als Tine sich erschöpft in einen Sessel fallen ließ. Aber die Gedanken in ihrem Kopf ließen sie nicht zur Ruhe kommen, da rasten die Bilder der jungen Mädchen. Sie glaubte, leise Geräusche aus seinem Arbeitszimmer hören zu können. Wenn sie aufstand und nachschauen würde, sah sie wahrscheinlich den Schaft ihres Mannes, wie er von Demmy angehimmelt wurde. Ihre Gedanken ließen sie rastlos und unbehaglich erregt zurück.

Sie ging zu ihrem Computer, schaltete ihn ein und sah voller Erwartung zu, wie er sich aufbaute, bis sie sich ins Internet einlinken konnte. Sie hörte dem Klicken und Keuchen des Modems zu, als es ihren Rechner mit der Welt verknüpfte. Sie schaltete sich in ihren bevorzugten Chatroom ein.

›Astyr‹ war einer von Tines angenommenen Namen, den sie benutzte, wenn ihr nach frivolen Gesprächen zumute war. Nur drei Benutzer des Chatrooms kannten diesen Namen; das waren ihre virtuellen Liebhaber, mit denen sie über Meilen hinweg verbalen Sex gehabt hatte, denen sie sich anvertraut, mit denen sie gelacht und geweint hatte.

Sie waren ihr so nahe gewesen wie auch die Männer, mit denen sie tatsächlich Sex gehabt hatte. Aber inzwischen waren acht Monate vergangen, und ihre drei Liebhaber würden Astyr nur noch als nette Erinnerung betrachten. Sie überlegte kurz, dann tippte sie ›Astyr‹ ein, als die Maschine sie nach ihrem Namen fragte.

Sie wartete erst einmal ab, las die Namen der anderen Teilnehmer, aber sie kannte niemanden. Plötzlich tauchten ein paar Zeilen auf ihrem Schirm auf.

> Dickens> Hallo :-) Ich hoffe, es stört dich nicht, wenn ich ein bisschen mit dir flüstere, aber du hast einen wunderschönen Namen. Ich bin in Kalifornien. Wo bist du?

Normalerweise hätte sie seinen Versuch, mit ihr ins Gespräch zu kommen, ignoriert oder zurückgewiesen, denn so etwas führte oft zu sexuellen Belästigungen. Sie stellte sich einen achtzehnjährigen kalifornischen Jungen vor, der an der Uni vor einem Computer saß. Um ihn herum zehn andere Jugendliche, die auf die Tasten droschen. Bald würde ihm einer über die Schulter sehen und den Text auf dem Bildschirm lesen. Aber die Zeichen hinter dem Hallo – Doppelpunkt, Bindestrich und Klammer – zeigten ein halbes freundliches Gesicht von der Seite, und das überzeugte sie zu antworten.

Astyr> Hi! Danke, aber es ist nicht mein richtiger Name. Ich lebe in England. Was machst du denn in Kalif.?

Dickens > Danke für die Antwort. Viele Leute reagieren wütend und glauben wohl, ich wollte sie anbaggern. Ich arbeite für eine Computerfirma.

Astyr > Aha! Also ein kluges Bürschchen!

Dickens > *lach*…Glauben sie wenigstens. Darf ich fragen, wie alt du bist und wie du aussiehst?

Astyr > Hmmm... Also doch ein Anbaggern?

Dickens > Tut mir Leid. Kann schon sein. Ich bin ganz allein hier, und es wird eine langweilige Nacht, falls nicht irgendwas passiert. Aber wenn du dich belästigt fühlst, dann sage mir einfach, dass ich gehen soll.

Astyr > Zufällig bin ich auch einsam. Nach einem langen, aufregenden Tag.

Dickens > Ich sitze an meinem Arbeitsplatz. Es ist schon spät und trotz der Klimaanlage sehr warm. Ich habe mein Hemd aufgeknöpft und die Shorts auch. Ich bin knapp unter eins achtzig, ziemlich dünn und habe lange dunkle Haare.

Astyr > Wie lang?

Dickens > Ich kann darauf sitzen :)

Astyr > Puh! *staun* Das würde ich gern sehen. Vor allem, wenn es in einer warmen kalifornischen Nacht über meine Schenkel fällt.

Dickens > Du meinst, wenn ich mein Gesicht zwischen deine Schenkel drücke?

Das war eher was zum Abgewöhnen, aber Tine kicherte und stellte sich ihre gespreizten Schenkel vor, wie sie von seinen weichen Haaren gestreichelt wurden. Sie hielt ihren Ehrenkodex der Ehrlichkeit bei und antwortete:

Astyr > Hör zu, es ist nur fair, dass ich dir sage, ich bin 41. Zierlich, lange kastanienbraune Haare, kleine Brüste, braune Haare. Einige sagen, ich sei hübsch … was immer sie damit meinen.

Dickens > Oh, verdammt! Ich *liebe* ältere Frauen! Ich bin 25. Bitte, bitte, schalte nicht ab. Du hörst dich sooo gut an. Es ist mir Ernst!

Tine war sicher, dass er es ernst meinte. Sie spürte, wie die Jeans gegen ihr Dreieck drückte. Es kribbelte angenehm. Sie war den ganzen Tag schon erregt gewesen, seit sie die Bilder auf Johns Monitor gesehen hatte … Jetzt wollte sie ihr Sehnen lindern.

Astyr > Dickens … Ich muss dir sagen, dass ich sehr erregt bin und dich genießen möchte. Aber wenn du nicht willst, brauchst du es mir nur zu sagen.

Dickens > Oh, nein! Ich bin begeistert! Aber wenn du mich siehst, wärst du vielleicht enttäuscht. Obwohl manche sagen, ich hätte einen knackigen Hintern.

Astyr > Ich glaube, ich würde deine Backen gern küssen >überlegt< Hör mal, sollen wir in einen privaten Chatroom gehen?

Dickens >Was für eine Frage! *Ja*!!

Tine lächelte. Sie fuhr mit einer Hand über einen Nippel und freute sich darüber, dass er sich sofort aufrichtete. Mit ein paar Tasten öffnete sie ihren eigenen Chatroom, nannte ihn ›#glade‹, und nachdem neugierige Augen ausgeschlossen waren, lud sie Dickens zu sich ein.

Dickens > Dickens sieht tief in deine Augen und ist glücklich. Verdammt, bin ich froh, hier zu sein! Willst du mir sagen, worüber du fantasiert hast? Ich würde gern wissen, was dich anmacht.

Tines Finger flogen über die Tastatur, während sie die Bilder vor sich sah. Dickens blieb stumm; sie stellte sich vor, wie sich seine Augen weiteten, während er ihren Text las und langsam seinen Schaft rieb. Vielleicht würde er die Kontrolle verlieren und sein Keyboard besprühen. Während Tine ihren eigenen Text auf dem Monitor las, nahm ihre Geschichte Kontur an. Sie hatte die Schenkel fest zusammen gedrückt.

Astyr > Ich zog Demmys Backen auseinander und sah ihre geschwollenen, klaffenden Labien. Sie stöhnte dumpf ... Johns Schaft ruckte vor und zurück in ihrem Mund, und ich beugte mich hinunter und stieß meine Zunge in ihre feuchte Hitze. Als es John kam, bekamen wir beide seinen Saft ab, und wir leckten uns gegenseitig sauber.

Als Tine die letzten Buchstaben getippt hatte, schob sie eine Hand unter den Bund ihrer Jeans, rutschte auf ihrem Sitz nach vorn und zwängte ihre Finger so tief es ging. Sie erreichten ihre hungrige Höhle. Es erging ihr wie der Demmy in ihrer Fantasie – sie kam sofort. Sie hörte sich selbst stöhnen und blieb eine Weile wie gelähmt in ihrem Sessel hängen. Dann hackte sie mit ihren glitschigen Fingern noch einmal in die Tastatur.

Astyr > Ich bin fertig. Auf jede erdenkliche Weise :-)

Dickens > Astyr, ich bin noch nie so erregt gewesen. Noch nie hat eine Frau so mit mir geredet. Ich möchte wahnsinnig gern bei dir sein. Würdest du dann auch so offen sein?

Astyr > Ja.

Tine wusste in diesem Moment, dass sie die Wahrheit gesagt hatte. Jetzt, da die Wellen der Erregung abgeklungen waren, sehnte sie sich nach einem Mann. Sie wollte, dass er sie in die Arme nahm, sie wollte seinen frischen Schweiß riechen. Sie spürte ein leichtes Schuldbewusstsein, dass sie einen Fremden einbezogen und benutzt hatte. Sie hatte ihm kaum Fragen gestellt, sie hatte nur ihrer Libido gehorcht. Vielleicht fühlte er sich wirklich missbraucht.

Astyr >Dickens … es tut mir Leid.

Dickens > Aber warum denn? Ich muss ein Geständnis ablegen. Ich habe es mir selbst besorgt, während du getippt hast. He, ich konnte deine Fantasie in heißen Bildern sehen! Mir ist es fast sofort gekommen.

Astyr > Du bist ein netter Kerl, Dickens.

Dickens > Und du, Astyr, bist eine unergründliche Lady, und ich bin stolz, dass ich dich kennen lernen durfte.

Sie kommunizierten bis spät in Dickens' Abend hinein, was früher Tag bei Tine war. Als es dämmerte, traf sie die einzelnen Buchstaben nicht mehr genau, und ihr Kopf vibrierte vor Müdigkeit. Dieser Freitag würde ein anstrengender Tag werden. Sie verabschiedete sich von Dickens und schaltete den Computer ab. Spontan beschloss sie, nicht ins Bett zu gehen, sondern in den Supermarkt. Danach würde sie sich in einen bequemen Sessel setzen und dösen, das Telefon neben sich.

Ihr fünf Jahre alter Citröen sprang sofort an und schnurrte zufrieden, als sie sich in den Verkehr einordnete. Das Autoradio meldete, dass die Hitzeperiode der beiden letzten Wochen die heißeste seit dem Zweiten Weltkrieg war.

Der klare Himmel versprach wieder einen heißen Tag. Er kam Tine noch strahlender vor als sonst, aber dann fiel ihr ein, dass sie bisher gar nicht danach geschaut hatte. Junge Mädchen flanierten über den Bürgersteig, die schlanken Beine nackt, mit knappen Tops und ebenso knappen Shorts bekleidet. Tine musste wieder an John und die Mädchen auf seinen Fotos denken.

Erst jetzt fiel Tine ein, dass Demmys Verehrung für John das Mädchen in eine sehr verletzliche Lage gebracht haben konnte, in der sie seinen Manipulationen vielleicht hilflos ausgeliefert gewesen war.

Als eine Art Wiedergutmachung würde Tine versuchen, das Mädchen ausfindig zu machen und unter dem Vorwand einzuladen, Johns unfertige Arbeiten zu sortieren und mit ihr gemeinsam zu überlegen, welche sich zum Verkauf eigneten. Dabei würde Tine herausfinden, ob Johns leichtsinniges Handeln einen bleibenden Einfluss bei Demmy hinterlassen hatte.

Mit diesen Gedanken parkte sie ihr Auto, nahm sich einen Einkaufswagen und betrat den kühlen Supermarkt.

Es war schon viel los. Die Käuferinnen in ihren bunten kurzen Kleidern drängten sich in den schmalen Gängen zwischen den Regalen. Viele Studentinnen und Studenten waren da, laut, albern, alles, um auf sich aufmerksam zu machen. Tines Blicke wurden von den Hintern der jungen Frauen und den Schwellungen in den Schritten der Männer angezogen. Sie beobachtete eine junge Frau, die sich vor einem Weinregal bückte und sich mit einer Flasche Frascati wieder aufrichtete. Dabei strich sie wie unbeabsichtigt über die starke Beule in der Hose ihres Begleiters. Er revanchierte sich, indem er unter ihre Brüste fasste, als wollte er ihr beim Aufrichten helfen

Sie standen dicht voreinander und lächelten sich wissend an, dann bemerkten sie Tine, aber sie blieben so dicht zusammen stehen und rieben sich lüstern aneinander. Tine versuchte, nicht mehr hinzuschauen, sie lächelte vage und wandte sich dem Weinregal zu.

Sie kaufte alle Delikatessen, die der Supermarkt anzubieten hatte. Räucherlachs, Kaviar, Steaks, exotische Früchte und verschiedene Käsesorten. Sie nahm Flaschen mit Chablis und Chardonnay aus den Regalen, auch fünf Flaschen Champagner. Heidsieck. Damit wollte sie die neuen Mieter willkommen heißen.

Es war ein gutes Gefühl, dass sie wieder funktionierte. Menschen sehen und erkennen und spüren, dass sie ihre Sinne noch beisammen hatte. Obwohl sie nach der Nachtschicht am Computer todmüde war, spürte Tine die Stimulierung ihrer Sinne. Sie atmete den Benzingeruch der Autos ein, lief mit den anderen

Käufern um die Wette und hörte die fröhliche Ausgelassenheit der Jugendlichen auf der Straße. Es kribbelte in ihr, wenn sie sich die Glieder unter den dünnen Hosen vorstellte und die erigierten Nippel unter den Hemdchen der Mädchen. Sie musste an Dickens denken, an seine langen Haare und an das Erlebnis der vergangenen Nacht.

Das Haus war kühl und einladend und roch nach Putzmitteln. Sie bewunderte ihre glänzende Küche, während sie die Einkäufe einräumte. Sie saß am Frühstückstisch und aß ihr Müsli, dabei schaute sie hinaus in den Garten.

Alles war überwuchert. Der Rasen musste dringend geschnitten werden, die meisten Pflanzen brauchten eine kundige Hand. Sie erinnerte sich vage, dass sie einem Mann die Tür geöffnet hatte, der ihren Garten pflegen wollte. Er hatte ihr damals einen Reklamezettel in die Hand gedrückt, den sie zu den anderen ungeöffneten Reklamesendungen gelegt hatte. Sie suchte und fand den Zettel wieder.

Jerry, der Gärtner, hob nach dem ersten Klingeln ab und versprach, sich innerhalb der nächsten Minuten ihren Garten anzusehen. Daraus schloss Tine zwei Dinge: Erstens konnte er nicht ausgebucht sein, und zweitens schien er in der Nähe zu wohnen. Tatsächlich war er in zehn Minuten da, sonnengebleichte Haare, zerknitterte Leinenhose.

Tine führte ihn über den schmalen Weg am Haus vorbei in den Garten. Aus der Nähe sah der verwahrloste Zustand noch schlimmer aus. Tine sah den Gärtner fröhlich grinsen. Nachdem sie sich über den Preis geeinigt hatten, wollte er sich gleich an die Arbeit begeben. Tine hatte den Eindruck, dass er mit den Pflanzen besser kommunizieren konnte als mit Menschen. Auf Tines Fragen antwortete er einsilbig. Aber als er die Gartengeräte in der Garage entdeckte, strahlte er.

Jerry ließ den Mäher laufen und nahm sich den Rasen vor.

Tine sah ihm vom Frühstücksraum zu. Er hatte seinen Overall ausgezogen und lief nur in seinen knappen Shorts herum. Seine Armmuskeln spielten, während er dem vernachlässigten Rasen zu Leibe rückte, und der Schweiß rann über seinen Oberkörper. Sie überlegte, ob sie ihm ein Glas Wasser bringen sollte.

Sie öffnete den Kühlschrank und wollte gerade ein Glas füllen, als das Telefon schrillte. Sie zuckte zusammen, fühlte sich aber auch erleichtert.

Nur zwei Leute meldeten sich an diesem Tag auf ihre Anzeige, und beide wollten sich die Wohnung ansehen. Die erste Kandidatin war Sharon, angestellt bei der National Telecommunications. Sie würde gleich nach Dienstschluss um sechs Uhr bei ihr sein. Als Tine den Hörer auflegte, fühlte sie sich ein wenig eingeschüchtert. Sharons Sprache klang ein bisschen von oben herab, sie hatte ein starkes Selbstbewusstsein, war wohl auch eine eher herrische Person.

Der zweite Anrufer faszinierte und verärgerte sie zugleich. Ohne Gruß trompetete er seinen starken australischen Akzent ins Telefon, und Tine musste den Hörer eine Handbreit vom Ohr entfernt halten.

»Sie haben ein Zimmer zu vermieten.«

Was sollte sie darauf antworten? Bevor ihr etwas eingefallen war, meldete er sich wieder.

»Wann kann ich es mir ansehen?«

Das war schon besser. Sie bemühte sich um Freundlichkeit, nannte ihre Adresse und fragte: »Wann passt es Ihnen denn?«

»Heute Abend um acht Uhr.« Er knallte den Hörer auf.

Sie bedauerte schon, ihm nicht gleich abgesagt zu

haben. Er hatte ungehobelte Manieren, hatte nicht einmal seinen Namen genannt, und Einzelheiten über die Wohnung hatte er auch nicht erfragt. Er klang jung; sie hatte sich ihren Mieter in Nadelstreifen so ab Mitte dreißig vorgestellt und nicht einen Schnösel ohne Benehmen.

Sie ging wütend zurück in die Küche und dann hinaus zu Jerry, der seine Arbeit erledigt hatte. Der Garten sah viel besser aus, der Rasen frisch geschoren aber an vielen Stellen braun.

»Er muss stark gewässert werden – es ist schon lange heißes Wetter«, murmelte er. »Das macht vier Stunden.«

»Haben Sie sich was zu trinken geholt?« Tine schalt sich wegen ihrer Gedankenlosigkeit. Der junge Mann hatte vier Stunden lang geschuftet, ohne einen Tropfen zu trinken.

»Nein.«

Sie holte ihm ein Glas Wasser. Er trank es in einem Zug, und sie holte ihm noch eins, das ebenso schnell gekippt wurde.

»Tut gut.« Er überraschte sie mit einem offenen Grinsen.

»In Zukunft können Sie sich Wasser aus dem Kühlschrank nehmen«, sagte sie. »Behalten Sie den Garagenschlüssel, damit Sie Zugang zu den Geräten haben. Wann kommen Sie wieder?«

»Ich bin noch nicht fertig. Ich wässere jetzt. Ich werde das jeden Tag tun. Eigentlich bräuchten Sie Rasendünger, obwohl es schon ein bisschen spät dafür ist. Wenn Sie wollen, besorge ich Ihnen einen Sack Dünger, ich kann ihn billiger besorgen. Dreißig Pfund. Und ich bekomme zwanzig Pfund für die bisherige Arbeit. Danke für das Wasser.«

Tine sah ihn an, verwundert über seine heraussprudelnden Sätze. Er stand fast nackt vor ihr, seine Haut glänzte vom Schweiß. Er hatte lange Beine und war fast hager. Seine blassblauen Augen, umgeben von kleinen Fältchen, waren auf ihre Brüste fixiert. Sie spürte, wie sich die Nippel unter seinen Blicken verhärteten.

»Sie können mir einen Scheck geben«, fügte er noch hinzu.

Während sie den Scheck ausstellte, betrachtete er ihren Hintern. Es würde sich zeigen, ob er mit der Zeit zu mehr Mut finden würde, aber noch schien er ausschließlich mit der Arbeit beschäftigt zu sein. Sie richtete sich auf und zog die Schultern zurück, damit ihre kleinen Brüste sich unter dem dünnen Stoff deutlicher abzeichneten.

Er belohnte sie mit großen, geweiteten Augen. Tine reichte ihm den Scheck und lächelte. Er drehte sich um und ging. Sie blinzelte aus dem Fenster und sah mit Genugtuung, dass er eine Hand gegen seine Hose drückte, während die andere den sprühenden Gartenschlauch hielt.

Tine nahm das Telefon mit und stellte es auf einen Sockel im Wohnzimmer, gleich neben dem Sofa. Die Hausarbeit des gestrigen Tages, ihre neu erwachte Sexualität und die nächtliche Aufregung mit Dickens forderten ihren Tribut. Sie fiel in einen tiefen Schlaf.

Es war schon Abend, als die Türglocke in ihr Bewusstsein drang. Sie sprang auf. Sie war zerzaust und verwirrt, als sie dem ersten Mieterkandidaten die Tür öffnete.

Zweites Kapitel

Ein Auto parkte ganz am Ende des Schotterstücks vor dem Haus, gut sechzig Schritte von der Tür entfernt. Ein Porsche in Silbermetallic, dessen strenge Linien von überhängenden Zweigen einer üppig pink blühenden Bougainvillea gemildert wurden. Niemand saß drin. Die Hitze hatte zum Abend hin zwar abgenommen, aber sie strahlte immer noch intensiv, und Tine spürte in ihrem Rücken die Kühle des Hauses.

Sie war noch müde nach dem abrupten Ende ihres Nachmittagsschlafs und trat auf das Podest vor der Haustür. Sie war verwundert, dass dieses teure Auto so weit weg geparkt stand. Im nächsten Moment hörte sie hinter sich eine Stimme, und Tine zuckte zusammen.

»Mir gehört der Schlitten nicht.«

Die beiden Frauen standen sich gegenüber. Tine, zerzaust vom Schlaf, spürte spontanen Ärger über den Eindringling. Die schlanke Fremde, größer als sie, ließ die Musterung gelassen über sich ergehen. Sie hatte dunkelblonde Haare, die streng nach hinten gebürstet waren, wodurch die hohe Stirn betont wurde. Dünne gewölbte Brauen über intensiv blickenden veilchenblauen Augen mit langen Wimpern.

»Die Hintertür stand auf. Ich bin um das Haus herum gegangen, weil niemand auf mein Klingeln reagierte.«

»Ich habe geschlafen.« Tines Ärger richtete sich nun gegen Jerry. Jeder hätte ins Haus eindringen können, während sie geschlafen hatte.

»In Ihrem Garten sprengt ein Bursche den Rasen. Er hat mich aber nicht gesehen.«

»Er ist immer noch da?« Seltsam, dachte Tine. Wieso hatte die Fremde den Gärtner nicht gefragt, statt einfach ins Haus einzudringen? Sie hatte ein unbehagliches Gefühl. »Er lässt das Wasser schon seit einer Stunde laufen.« Sie sollte eigentlich mal nach Jerry sehen, aber es war ihr unangenehm, sich an der Frau vorbei zu zwängen.

»Es tut mir Leid, ich wollte Sie nicht erschrecken. Ich bin Sharon. Ich habe Sie heute Morgen angerufen.« Die Frau trat zur Seite, als wäre ihr plötzlich bewusst geworden, dass sie im Weg stand.

Sharon stellte was dar. Ihr weißes Leinenkostüm war erstklassig geschneidert, es betonte die breiten Schwimmerinnenschultern und die männlich-schmalen Hüften; die auch deshalb auffielen, weil sie eine große Oberweite zu haben schien. Die schlanken Waden waren muskulös, das mussten sie bei den hohen Absätzen ihrer Schuhe auch sein.

Tine befand sich mit ihrem zerknautschten übergroßen T-Shirt und ihren Leggings entschieden im Nachteil. Wegen ihrer nackten Füße war Sharon fast einen Kopf größer als sie. Sie lud die Besucherin ein, voraus den Flur entlang in die Küche zu gehen.

»Kaffee?«, murmelte sie abwesend, während sie auf das Hüftschwenken Sharons achtete. Die Backen bewegten sich deutlich unter dem Leinenstoff. Eine schöne Frau, entschied Tine, aber mit einer spürbaren Distanz. Komm mir nicht zu nahe, sagten ihre Blicke und ihr ganzes Verhalten, und das ärgerte Tine. Sie war enttäuscht. Sie hatte sich einen lebendigeren Mieter vorgestellt. Beinahe niedergeschlagen schenkte sie den frisch gebrauten Kaffee in hohe Tassen ein.

Durch das Fenster konnte sie Jerry im Garten sehen. Er schien irgendeine komplizierte Konstruktion mit feinmaschigem Draht zu fertigen. Zwei dieser Teile lagen schon neben ihm. Das könnten Blumenampeln sein, dachte Tine. Aber hat er die Zeit vergessen? Ich wünschte, er ginge nach Hause.

Sharon nippte am Kaffee und war sich bewusst, einen Fehler begangen zu haben. Sie hatte einen guten ersten Eindruck von der Vermieterin, aber umgekehrt war das wohl nicht der Fall. Sie fühlte sich zu der Frau mit dem Gesicht eines verschlafenen Kindes hingezogen und wünschte, sie könnte Frieden schließen mit diesen ehrlichen Augen, die verärgert blickten.

Tine konnte nicht ahnen, wie wichtig dieses Gespräch für Sharon war, deshalb wollte sich die jüngere Frau unbedingt mit ihr versöhnen. Sharon war sicher, dass sie Freundinnen sein konnten, ganz egal, wie unterschiedlich sie waren, und der kurze Blick, den sie bisher ins Haus hatte werfen können, sagte ihr, dass dies nicht nur ein weiterer kurzer Ankerplatz für sie sein würde. In diesem Haus, spürte sie, konnte sie sich daheim fühlen, und das war neu für sie.

Sie beschloss, mit offenen Karten zu spielen. Sharon war von Tines starker Persönlichkeit überzeugt, und ihr Gesicht strahlte Intelligenz aus. Bevor Sharon sich auf einen Schemel vor die Frühstücksbar setzte, streifte sie die Schuhe ab. Die Kühle des polierten Bodens zog in ihre nackten Füße. Am liebsten hätte sie auch ihre Kostümjacke ausgezogen. Der Tag war anstrengend gewesen, und obwohl sie äußerlich gelassen blieb, fühlte sie eine klamme Irritation unter dem Stoff. Sie beneidete Tine um deren lässige Kleidung.

Als ob Tine Gedanken lesen könnte, sagte sie, begleitet von einem freundlichen Lächeln: »Fühlen Sie sich ganz wie zu Hause.«

Sharon erwiderte das Lächeln. »Gewöhnlich ziehe ich mich gleich um, wenn ich von der Arbeit nach Hause komme.« Sie fügte nicht hinzu, dass genau dies der Grund war, warum ihre jetzige Hauswirtin sie aus der Wohnung warf, da Sharon sich in hauchdünner Wäsche am wohlsten fühlte.

Tina sah ihr zu, zunächst mit Gleichmut, dann mit wachsendem Erstaunen.

Sharon öffnete ihre Haarspangen, woraufhin sich ihre Haare dick wie frische Buttermilch auf ihre Schultern ergossen. Sie stöhnte vor Erleichterung, als sie ihren Nacken massierte, dann ließ sie nacheinander ihre Schultern rotieren. Sie lehnte den Kopf zurück und zeigte ihren langen Schwanenhals.

Es war viel mehr als nur das Öffnen ihrer Haare. Es schien, als wäre aus Sharon ein neuer Mensch geworden. Sie glühte vor Freude, sie schloss die Augen, und die Mundwinkel hoben sich. Als sie Tine anschaute, sah die Hausbesitzerin die Freundlichkeit in den Augen der jüngeren Frau. Das war die erste Andeutung, dass es Sharons Job war, der sie so distanziert wirken ließ, nicht die eigene Unsicherheit.

»Das ist der schönste Augenblick, der sich jeden Tag wiederholt«, sagte Sharon lachend.

Tina wandte den Blick und nippte am Kaffee. Sie stellte sich vor, wie es sein würde, viele Tassen Kaffee mit Sharon zu teilen. Es war keine leichte Vorstellung, weil die andere Frau sich in der Gesellschaft von Männern wahrscheinlich besser fühlte. Seltsam, der Gedanke ließ ihr die eigene Einsamkeit mehr als bewusst werden.

Als sie aufschaute, war Sharon dabei, ihre Strümpfe abzustreifen. Sie zog sie über die Füße und ließ sie neben den Schuhen auf dem Boden liegen.

Mit oft geübten Bewegungen griff sie mit den Fingern unter den Rockbund, zupfte kurz und zog einen spitzenbesetzten Strumpfgürtel heraus, den sie achtlos auf die Fliesen der Küche fallen ließ. Sie legte ihre Jackett auf den Boden, dann streckte sie sich wohlig, erhob sich vom Schemel und streifte den Rock ab. Er glitt über ihre Hüften und Beine und endete neben den anderen Sachen auf dem Boden.

Jetzt trug sie nur noch ein seidenes Top und einen Slip mit weiten Beinöffnungen. Man sah, dass sie nichts darunter trug; durch das Hemdchen sah man die Brustwarzen wie dunkle Flecken, und helle Haare nestelten im Delta ihres Schoßes.

Es lag nichts Verführerisches in Sharons Entkleidung, es war Tine, als könnte auch sie die Erleichterung der anderen Frau spüren. Sharon hatte die Hausherrin beim Wort genommen; jetzt konnte sie sich wie zu Hause fühlen. Sie saß lässig auf dem Schemel und beugte sich zu ihrer Tasse.

Da sitzt eine völlig fremde Frau in einem Hauch von Wäsche und ein bisschen Schmuck in meiner Küche, dachte Tine und fand es wunderbar. Sharon sah wie ein Modell aus einem Versandhauskatalog aus; sie hatte eine Natürlichkeit, um die Tine sie beneidete. Die Frau war wie verwandelt, die Augen leuchteten in einem tieferen Blau als vorher.

»Ich nehme an, Sie wollen was über mich wissen«, sagte Sharon. »Im Augenblick habe ich ein Wohnschlafzimmer in einem Haus, das etwa zehn Minuten von hier entfernt liegt, aber da muss ich raus.«

Tine erfuhr von Sharons Konflikt mit der Hausbesitzerin. Ihre philosophischen Meinungsverschiedenheiten seien unvereinbar gewesen, denn Sharons Angewohnheit, ihre Arbeitskleider auf dem Boden der Wohnung abzulegen, schuf einen Berg von Problemen. Sie deutete an, dass der Herr des Hauses nicht nur einen Blick auf die enthüllten Kurven ihres Körpers werfen wollte; offenbar war er auch mehrmals dabei erwischt worden, seine Nase tief in die Seide von Sharons abgelegten Strümpfen zu stecken.

»Er ist ein Schnüffler!«

Sharons Ausruf ließ Tine kichern. Die Geschichte zeigte, dass Sharon unkompliziert war, die Ursache für den Streit lag bei dem Mann, dessen Fetisch seine eifersüchtige Frau nicht akzeptieren konnte. Tine fand, dass Sharon eine sehr schöne und wahrscheinlich auch sehr freizügige junge Frau war. Sie stellte sich den Ehemann mit der Nase in Sharons Strümpfen vor, wie er die Ausdünstungen des Tages einfangen wollte, und kicherte wieder.

»Der Porsche gehört einem Freund. Er ist für eine Weile verreist, und in dieser Zeit kann ich ihn benutzen«, erklärte Sharon.

Ein reicher Freund, dachte Tine, und ein enger Freund. Sie stellte sich das Ebenbild eines Filmstars vor, der einer fast nackten Sharon die Schlüssel in die Hand legte. »Du kannst ihn fahren«, hatte er vielleicht gesagt und war dann zu einem großen Abenteuer aufgebrochen, und Monate später würde er tief gebräunt nach Hause kommen. Ihr Wiedersehen würde in eine stürmische Nacht mit vielen neuen Erfahrungen münden.

Tine erkannte die Gefahr ihrer Traumwelt, besonders, als sich ihre Blicke trafen. In diesem Moment stockte ihnen beiden der Atem, und eine Botschaft teilte sich ihnen mit: Wir kennen uns! Tines Gedanken rasten. Trotz des Altersunterschieds empfanden sie beide ein fundamentales Erkennen und die Gewissheit, dass alles, was von nun an geschehen würde, von keinem falsch verstanden werden konnte.

»Möchten Sie sich das Haus ansehen?«, fragte Tine nach einer Weile des Schweigens.

In der Frage und in Sharons heftigem Nicken lag die Erlaubnis, die beide brauchten, um fortzufahren. Tine hatte Sharon in ihre Welt und in ihr Haus aufgenommen, und Sharon hatte bedingungslos zugestimmt.

Tine führte Sharon in das grüne Zimmer, das kein *en suite* Badezimmer hatte. Die Vorhänge waren geöffnet und ließen den hellen Abend ein, der ein sanftes Glühen über das Zimmer legte. Sharon sah ihr Bild im hohen Spiegel gegenüber vom Bett. Sie hatte gedacht, dass schlichte Gefühle sie nicht mehr anrührten, aber sie spürte, wie die Freude, sich auf Anhieb heimisch zu fühlen, durch ihre Blutbahn kreiste. Sie sah sich, die nackten Füße im dicken dunklen Teppich versunken, erkannte das Entzücken in ihrem Gesicht und murmelte: »Ich brauche mir die anderen Zimmer nicht mehr anzusehen. Das hier ist mein Zimmer.«

Tine lächelte nur.

»Das ist großartig!«, rief Sharon, und dann brach sie in ein befreites Lachen aus.

Sharon war stumm, als Tine ihr das Badezimmer nebenan zeigte. Es kam ihr wie ein kleines Wunder vor. Der wahre Luxus lag zusätzlich darin, dass sie das Bad mit keinem anderen Mieter teilen musste. Der Gedanke an ein langes Schaumbad in dieser übergroßen Wanne war verlockend.

Sie setzte sich auf den Wannenrand und schaute Johns Gemälde an, sagte aber nichts.

Obwohl es ihnen beiden peinlich schien, setzten sie sich hin und klärten ein paar erforderliche Details. Sie einigten sich über die Höhe der Miete, Tine gab der neuen Mieterin die Schlüssel und erläuterte, wie sie sich die gemeinsame Nutzung der Küche vorstellte.

Sharon konnte am nächsten Tag einziehen, dann hatte sie den ganzen Tag Zeit, ihre Sachen einzuräumen, bevor eine neue Arbeitswoche begann.

Eine Frage blieb noch, auch wenn Sharon glaubte, dass sie überflüssig war. »Wie ist deine Haltung zu Männern?«

»Ist das eine philosophische Frage?«, gab Tine neckend zurück. Dann antwortete sie: »Dies ist Ihr Zuhause, und da können Sie tun, was Sie wollen.« Lächelnd fügte sie hinzu: »Ich bestehe sogar darauf.«

Die letzte Hürde war genommen, die beiden Frauen hakten sich unter und gingen zurück in die Küche. Jerry saß an der Frühstücksbar und trank Wasser. Einen Seidenstrumpf hielt er locker zwischen seinen streichelnden Fingern. Er ließ ihn abrupt fallen und errötete verlegen unter Sharons spöttisch-ernsten Blicken.

Jerry tastete Sharons fast nackte Figur mit heißen Blick aus verengten Augen an. Er war völlig verdutzt. Tine konnte sich gut vorstellen, dass er eine solche Schönheit noch nie aus der Nähe gesehen hatte.

Sharon bückte sich aufreizend langsam und hob ihre Sachen vom Boden auf, direkt vor Jerrys Füßen. Sie kam wieder hoch und blieb neben dem gebannten Mann stehen. Sie schürzte die Lippen und murmelte: »Es ist ja so heiß.« Sie legte ihre Kleidungsstücke auf die Frühstücksbar.

Tine war fasziniert von Jerrys Sprachlosigkeit und sah mit großen Augen auf Sharon, die in die Rolle der Jägerin geschlüpft war. Sie zwinkerte Tine zu. Die ältere Frau ahnte, dass Sharon ein Spiel plante, aber sie wusste nicht welches. Dies war jenseits von allem, was sie bisher erlebt hatte. Sie lehnte sich mit dem Po gegen die Spüle und wartete gespannt auf die Fortsetzung des Spiels.

Jerry starrte Sharon an wie das Kaninchen in die Scheinwerfer eines nahenden Autos. Seine Blicke verfolgten Sharons Bewegungen, als sie zur Spüle ging, eine Hand auf Tines Hüfte legte und sie sanft zur Seite schob. Dann drehte sie den Wasserhahn auf, schöpfte Wasser in ihre Hand und rieb sich das Nass über den Hals.

Das Wasser tropfte und fiel auf das dünne Hemdchen, das sofort durchsichtig wurde und sich um die festen Brüste schmiegte. Als sie sich zu Jerry umdrehte, waren die Nippel zu harten Knöpfen geworden. Seine Blicke blieben auf ihren Brüsten haften.

Ein paar Tropfen waren auch auf den Slip gespritzt. Sharon rieb mit der Hand darüber, und nun folgten Jerrys Blicke den verführerischen Bewegungen der Hand, die schließlich fast unschuldig in der Leiste verharrte.

Jerry konnte nicht alles aufnehmen, wie ihm geboten wurde, er hatte Mühe mit dem Schlucken und sah hinüber zu Tine, die auf die abgelegten Kleider auf der Frühstücksbar starrte, dann aber kehrte sein Blick zu Sharon zurück – auf ihre nackten Füße.

Tine wusste nicht, welcher Teufel sie ritt, als sie ihre Finger gegen Sharons Rücken drückte und sie sanft von der Spüle wegschob.

Wenn Sharon überrascht war, ließ sie es sich nicht anmerken, aber sie war sich Tines Komplizenschaft bewusst. Tine wollte, dass sie die Szene durchzog, die sie begonnen hatte. Ob es Tine bewusst war oder nicht – Sharon begriff, dass die andere Frau zusehen wollte, was auch immer sich ergeben würde. Sie hörte Tines Atem, der sich beschleunigt hatte, und spürte den sanften Druck ihrer Finger auf dem verlängerten Rücken. Sie sahen sich kurz an, dann entspannten sie sich beide.

Tines Voyeurismus war ein perfekter Vorwand für Sharons Exhibitionismus.

Aber für den Augenblick war es ihr genug. Sharon entspannte die Atmosphäre, als sie sich zu Jerry setzte und ein harmloses Gespräch begann.

Dass er der Gärtner war, gefiel ihr sehr, denn das bedeutete, dass er sich nicht ständig im Haus aufhielt. Sie würde ihn gelegentlich genießen und den Freiraum haben, den sie brauchte. Seine Blicke sagten ihr, er würde ihr gehören, wann immer sie es wollte.

Es war fast eine Erleichterung für Tine, als die Türglocke anschlug. Sie hatte wie gelähmt an der Spüle gestanden und gestarrt. Es war ihr schwer gefallen, ihren Atem unter Kontrolle zu halten.

Die zwei Spieler an der Frühstücksbar plauderten, und sie schaute ihnen zu und gewahrte, wie sie sich immer näher kamen. Jerrys Hände zuckten unruhig in seinem Schoß.

Sharon legte ihren Schmuck ab, nahm die Perlen

von den Ohren und streifte Ringe und Armbänder ab. Sie legte alles ordentlich nebeneinander auf die Bar und rieb sich mit lindernden Fingern ihre Ohrläppchen, während Jerry verzückt zuschaute.

Tine öffnete die Haustür und starrte auf den Mann, der ungeduldig auf der Matte stand.

Drittes Kapitel

Im Laufe der Jahre hatte Tine oft Grund genug gehabt, ihre Meinungen über Männer zu ändern. In der Reife ihrer Jahre war sie zu der Ansicht gelangt, dass Aussehen längst nicht so wichtig war wie andere Attribute. Mit ihren einundvierzig Jahren war sie zu der Erkenntnis gekommen, dass nur eines zählte – was sich zwischen den Ohren eines Mannes befand. Der Rest würde sich irgendwie einordnen. Wie Männer auf den Hintern einer Frau starrten, betrachtete Tine die Hintern schöner Männer. Wenn Frauen sie bedrängten, ihr Idealbild eines Mannes zu beschreiben, geriet sie ins Stottern.

Der Mann, der vor der Tür stand, kam ihrem Idealbild so nahe, wie man nur hoffen konnte. Sein Mund war vollkommen, obwohl er nicht lächelte. Eine dünne Oberlippe mit der Andeutung eines Amorsbogens über einer vollen Unterlippe. Die Mundwinkel zeigten nach unten, als wollten sie ihre Missbilligung zeigen. Das Kinn war hart und kantig und hatte ein Grübchen, in das Tine sich auf Anhieb hätte verlieben können. Aufgeheizt von dem Geschehen in der Küche fühlte sie den starken Drang, mit einem Finger über die Konturen seiner Lippen zu fahren. Es war mühsam, aber sie widerstand der Versuchung.

Er war groß. Tine, die aufgeschaut hatte, um seinen Mund zu studieren, senkte den Blick. Er trug ein Top, das einmal ein T-Shirt gewesen sein musste, aber jetzt waren die kurzen Ärmel ausgefranst, und der Halsausschnitt hing so tief nach unten, dass die schwarzen krausen Härchen hervorlugten. Eine verwaschene Beschriftung war kaum noch zu lesen, aber als Tine die Augen zusammenzog, entzifferte sie: *Programmierer tun es mit den Fingern.*

Das Ende des T-Shirts hing locker über den abgeschnittenen Jeans, der blaue Baumwollstoff war mit der Zeit grau geworden. Die Fransen baumelten über den Knien. Der Mann hatte muskulöse Beine; seine Füße steckten ohne Socken in befleckten Schuhen.

Tine blickte wieder nach oben und sah, dass er die Arme vor der Brust verschränkt hatte. Er hat kräftige Hände, stellte sie befriedigt fest, und an einigen Knöcheln war die Haut abgeschürft.

Als sich ihre Blicke trafen, sagte sie: »Sie arbeiten mit Computern.«

»Das ist nicht schwer zu ergründen, wenn es dick und breit auf meinem Hemd steht.« Er hörte sich mürrisch an.

»Haben Sie sich Ihre Knöchel bei der Arbeit mit der Hardware aufgeschürft?«, fragte Tine.

Er schien überrascht zu sein und nahm sich die Zeit, die Frau näher zu betrachten. Seine Augen waren beunruhigend: Jadegrün, fast oval und mit langen schwarzen Wimpern geschmückt. Bei einer Frau hätte Tine an zu viel Mascara gedacht.

Die Wirkung der Augen auf Tine war verblüffend. Es war, als wollte sie eine Katze streicheln, obwohl sie wusste, dass sie gekratzt würde. Seine Haare waren zu einem lockeren Pferdeschwanz zusammengefasst; einige Strähnen hatten sich befreien können und hingen unordentlich bis zum unrasierten Kinn hinunter.

»Wer sind Sie?«, fragte Tine.

»Rupe. Ich habe wegen des Zimmers angerufen.«

»Eins ist schon vergeben.«

Hinter ihm sah sie einen verbeulten Van in einem pockennarbigen Rot. Die Fahrertür war grau. Am Kennzeichen erkannte Tine, dass das Gefährt acht Jahre alt war, aber es sah viel älter aus. Sie konnte durch die Windschutzscheibe blicken und Kartons und Koffer erkennen. Er hatte seine ganze Habe schon mitgebracht.

Sie schätze ihn auf Mitte zwanzig und war entsetzlich unschlüssig, ob sie diesen Mann im Haus haben wollte. Sie wollte mehr über ihn wissen, ehe sie ihm ein Zimmer vermietete. Wären nicht schon Menschen im Haus gewesen, hätte sie bestimmt gezögert, ihn über die Türschwelle treten zu lassen.

Sie führte Rupe in die Küche und hoffte inständig, dass sie keine verfängliche Szene zwischen Sharon und Jerry sehen würde. Zum Glück war Jerry gegangen. Sharon nippte noch am Kaffee. Sie hatte die Beine übereinander geschlagen und saß mit einem einstudierten unschuldigen Lächeln da. Ihre Augen verengten sich, als Rupe eintrat.

»Sharon, das ist Rupe. Er interessiert sich auch für ein Zimmer. Rupe, Sharon wohnt hier.« Es machte ihr Freude, das sagen zu können.

»Ach so.« Sharon blieb kühl. Ihre Reaktion bei Jerry war ganz anders gewesen. Rupe hatte für die schöne, spärlich bekleidete Frau nur einen kurzen Blick übrig, dann wandte er sich wieder an Tine.

»Ich muss ganz schnell eine Bleibe finden, verstehen Sie?«

Es stellte sich heraus, dass Rupe an diesem Nachmittag aus London gekommen war, um an einem Auftrag ganz in der Nähe zu arbeiten. Er musste schnell erreichbar sein, falls es Pannen mit der neu installierten Anlage gab. Das Programmieren konnte er größtenteils an seinem eigenen Computer ausführen, deshalb brauchte er ein Zimmer für sich allein, wo er ungestört sein konnte, und er wollte auch nichts mit Hausarbeiten zu tun haben. Seine Firma zahlte die Miete. Er brauchte die Bleibe für sechs Monate.

Tine sagte, was er bräuchte, wäre ein Hotel. Sie würde keine Mahlzeiten anbieten, und es gab auch keinen Zimmerservice. Jeder Bewohner musste sich selbst versorgen und auch auf seine Vorräte achten. Aber wenn er für sich sein wollte, wäre der Speicher ideal für ihn, denn dort gab es auch einen eigenen Telefonanschluss. Sie erklärte ihm die Hausordnung und zeigte ihm schließlich den Kühlschrank. Die oberen zwei Regale waren mit ihren Vorräten gefüllt, die unteren waren leer.

Der Kühlschrank war ein amerikanischer Import. Er hatte den dreifachen Umfang und Inhalt eines normalen britischen Kühlschranks und drei Türen, zwei kleine für die Tiefkühlfächer und eine große, die Tine eben geöffnet hatte. Es gab auch ein Fach für kaltes Wasser und ein Eisfach. In der Hitze der Küche blieb Tine gern vor der geöffneten Tür stehen und genoss die kühle Luft.

Sie versuchte, Sharons Blick aufzufangen, um zu erkennen, was die junge Frau von Rupe hielt. Sie vermutete, dass Sharon nicht begeistert war, und eine Grimasse bestätigte das. Tine fragte sich, ob Sharons Meinung davon beeinflusst war, dass Rupe sie überhaupt nicht beachtete, oder ob er einfach nicht ihr Typ war. Tine selbst betrachtete den Kandidaten wieder und war auch unschlüssig. Der Speicher wäre ideal für seine Zwecke, und dann wären auch dieser leerstehenden Räume vermietet. Wenn er so zurückgezogen lebte, wie es den Anschein hatte, würde er die anderen Hausbewohner nicht stören.

Ein Teil von ihr bewunderte immer noch sein Aussehen und wollte, dass er einzog. Wenn sonst schon nichts für ihn sprach – es lohnte sich, ihn anzuschauen. Während sie über die Hausordnung geredet hatte, hatte er ein verschlissenes Band aus den Haaren gezogen, die jetzt sanft gewellt auf seine Schultern fielen. Er rechnete wohl nicht damit, bedient zu werden, deshalb schenkte er sich eine Tasse Kaffee ein und betrachtete Tine gleichmütig über den Tassenrand hinweg. Die grünen Augen unter den langen Wimpern, die Haare, die seine Wangen einrahmten ... Tines Hände zuckten, so sehr wollte sie ihm die Haare aus dem Gesicht streichen.

Sie war entsetzt über sich, als sie Bilder vor ihren Augen sah, die sich nicht zurückdrängen ließen. Sie packte seine Haare, zwang seinen Kopf nach hinten und drückte ihren Mund fest auf seine Lippen, während sie sich auf seinen Schoß setzte. Sie spürte seine Brusthaare, die ihre nackten Brüste kitzelten, während sie sich langsam hin und her wiegte. Zwischen ihren Schenkeln spürte sie seine wachsende Härte.

Sharon sah Tine alarmiert an. Es war ihr klar, dass Tine den arroganten Kerl attraktiv fand. Sharons erster negativer Eindruck setzte sich fest. Rupe war eine Nervensäge mit dem Hang zur Eigenverehrung. Himmel, der Mann spielte mit Maschinen herum, das war alles. Dafür brauchte man Geschick, ja, aber man wurde dadurch nicht gottgleich.

Sie war der felsenfesten Überzeugung, dass Männer nur deshalb von Computer fasziniert waren, weil sie mit Menschen nicht umgehen konnten. Sie warf einen Seitenblick auf Rupe und stellte entsetzt fest, dass er Tines schlecht verstecktes Interesse bemerkte. Ein dünnes Grinsen spielte um seine Mundwinkel. Sharon war wütend, aber sie wusste nicht, wie sie eingreifen konnte. Es lag an Tine, ihr eigenes Drama zu inszenieren.

Sharon sah, wie Tine sich die Lippen leckte, die sichtbar geschwollen waren. Eine Geste, offenbar darauf abgezielt, Rupes Interesse zu ermutigen. Dann ging plötzlich ein Zucken durch Tines Körper, es war, als wäre ihr Bewusstsein zurückgekehrt. Zu Sharons Freude schien Tine wieder mit beiden Beinen auf der Erde zu stehen.

»Ich ... eh ...« Sie errötete und räusperte sich. »Ich zeige Ihnen jetzt den Speicher.«

Es war Tine bewusst geworden, dass sie ihre Schwäche für ihn verraten hatte und dass Rupe über ihr Interesse auf eine spöttische Weise amüsiert war. Lag es an ihrem Alter? Es schmerzte sie, dass der junge Mann, der nun hinter ihr die Treppe hoch stieg, sie für eine geile Alte halten könnte. Sie schalt sich eine Närrin und beschloss, auf Distanz zu gehen.

Drei Treppen führten hinauf zum Speicher, und es dauerte eine Ewigkeit. Sie achtete darauf, die Hüften still zu halten, was beim Treppensteigen gar nicht so einfach war. Aber sie hätte sich keine Sorgen machen müssen. Als sie oben angekommen waren, sah er sich um, forschte im Wohnzimmer nach Steckdosen, bewunderte den Schreibtisch und saß Probe auf dem ledernen Drehsessel. Nichts deutete darauf hin, dass er sich überhaupt noch an ihr Verhalten unten in der Küche erinnerte. Sie hielten Abstand, als sie nüchtern über die Miete diskutierten, und nach wenigen Sätzen waren sie sich einig.

Sharon war hinter ihnen die Treppe gestiegen und blieb in der Tür stehen. Sie traute sich erst näher, als sie sicher war, dass Tine sie bemerkt hatte. Sie legte freundschaftlich einen Arm um Tines Schultern und drückte sie tröstend an sich. Tine bekam feuchte Augen vor Dankbarkeit. Zum ersten Mal seit langen Monaten sehnte sie sich nach der Wärme einer menschlichen Umarmung, und jetzt nur, weil sie fürchtete, sich zur Närrin gemacht zu haben. Sie drückte sich an Sharon, ehe sie hinunter in Sharons Zimmer gingen. Rupe war noch damit beschäftigt, die Steckdosen zu zählen.

»Ich muss gehen.«

Sharon blickte zu Tine. Sie hatte die Vermieterin aufs Bett gezogen und hielt ihre Hände umschlungen. Sie hatten sich schon eine Weile unterhalten.

»Ich bin eine Närrin.«

Sharon lachte fröhlich und stimmte zu, und nach ein paar Sekunden fiel auch Tine in das Lachen ein. Eine Frauenfreundschaft war neu für sie. Sie mokierten sich gemeinsam über Nervensägen und andere unausstehliche Typen, dann gingen sie in die Küche, wo Sharon sich anzog. Ihre Strümpfe waren weg.

An der Tür verabschiedete sich Sharon. »Ich werden morgen früh wieder hier sein«, versprach sie und gab Tine einen Kuss auf die Wange.

Es war erst neun Uhr, und es würde noch eine Stunde hell bleiben. Der Abend saugte die unerträgliche Hitze des Tages auf. Tine bereitete zwei Sandwiches zu und öffnete eine Flasche Chablis. Sie schenkte zwei Gläser ein, dann hob sie den Hörer des Haustelefons und wählte die Nummer des Speichers.

Rupe meldete sich sofort. Tine sagte ihm, auf dem Küchentisch warteten Sandwich und ein Glas Wein auf ihn, falls er was essen wollte. Sie legte auf, bevor er etwas sagen konnte.

Das Wohnzimmer lag nach Westen. Die Sonne, die schon tief stand, schien durch die Scheiben der Terrassentür. Tine schloss auf und schob einen Flügel zur Seite. Sie trug die Sandwiches, die Flasche und das Glas Wein zur Terrasse.

Der Wein war erfrischend, und der erste Schluck biss angenehm in ihre Kehle. Es dauerte nicht lange, bevor sie sich nachschenkte. Sie entspannte sich. Der Alkohol erwies sich als Puffer zu den seltsamen Vorfällen des Tages.

Wenn man bedachte, dass Jerry nur einen Tag im Garten gearbeitet hatte, war ihm Wundersames gelungen. War es wirklich nur ein Tag?, fragte Tine sich. Sie sah Jerry vor sich, wie er mit nacktem Oberkörper und nur mit seinen Shorts bekleidet hinter dem Rasenmäher her lief, dann sah sic seine großen Augen, als er Sharon anstarrte.

Sie musste lächeln, als sie an Sharon dachte, und eine freudige Spannung machte sich in ihr breit. Die Frau war erst vor drei Stunden in Tines Leben getreten, provozierend und lachend, aber auch einfühlsam und tröstend. Im nächsten Moment musste sie an ihren anderen Mieter denken, an Rupe, und Tines fröhliche Stimmung erhielt einen Dämpfer. Sie musste lernen, ihre Phantasien auf die Zeiten zu beschränken, in denen sie allein war. Sie war entsetzt über ihr krasses Verhalten und ärgerte sich, dass sie nicht so locker wie Sharon sein konnte.

In der Ferne hatte sich der Verkehr zu einem leisen Summen abgeschwächt. Im Feierabendverkehr wirkte die nahe Straße schön störend, wenn man sich im Garten oder auf der Terrasse entspannen wollte. Sie konnte die Vögel im Dachgesims zwitschern hören.

Eine Katze schwebte stolz durch eines der hinteren Blumenbeete, senkte den Kopf und schnüffelte. Tine hatte sich überlegt, auch eine Katze ins Haus zu holen, sie liebte das sanfte Vibrieren ihres Schnurrens und die pelzige Wärme, wenn sie sich abends an sie kuschelte. Als ob die Katze Tines romantisierenden Vorstellungen von einem Leben mit den vierbeinigen Raubtieren durchkreuzen wollte, kratzte sie Jerrys frisch umgegrabene Erde auf, hockte sich hin, verrichtete ihr Geschäft, schnüffelte daran und bedeckte es wieder mit Erde.

Rupe trat auf die Terrasse und hörte Tine glucksen, die schmunzelnd verfolgte, wie die Katze stolz aufgerichtet davon schritt. Sie hatte ihren Standpunkt deutlich gemacht. Tine hatte im Hintergrund Geräusche gehört, das Öffnen und Schließen der Haustür, die Schritte auf der Treppe. Rupe schleppte sein Gepäck vom Van aufs Zimmer.

Jetzt setzte er sich zu ihr auf die Steine der Terrasse. Sandwich und Weinglas hielt er in den Händen. Er saß still da, genoss den Abend und den Blick in den Garten.

Die Rosen waren ein kirschroter Fleck im Umfeld unterschiedlich grüner Sträucher. An allen anderen Stellen des Gartens überschlugen sich die Farben, manche bissen sich. Tine wusste, dass ihr Garten sich nicht zum Vorzeigen eignete, aber sie wollte ihn so haben. Sie hatte nur blühende Sträucher gepflanzt. Nach Jerrys großzügigem Gießen roch die Erde feucht und würzig.

»Danke.« Rupes tiefe Stimme durchbrach das Schweigen, aber nicht die friedliche Atmosphäre. Er wies auf den jetzt leeren Teller und nippte an seinem Weinglas.

Tine füllte die Gläser neu. Es war schon ihr drittes Glas. Ihr war danach, die Geschehnisse des Tages zu entwirren, und dazu würde ein langes, warmes Bad beitragen. Danach würde sie ins Internet gehen und Kontakt mit Dickens aufnehmen.

Rupe erhob sich und stand verlegen da. Irgendwas schien ihm auf der Seele zu brennen.

»Ist was?« Tine empfand nach dem Chablis ein großes Wohlbehagen. Sie vermied es, Rupe anzusehen.

»Kann ich die Kaution zahlen? Ich möchte meine Geräte in den nächsten Stunden aufbauen, und danach muss ich mich mit jemandem im Internet treffen.«

Später gratulierte Tine sich, dass sie nicht damit herausplatzte, dass sie ein gemeinsames Interesse hatten. Sie nickte nur und fragte, welchen Online-Server er benutzte. Rupe schien von der Frage nicht überrascht zu sein und nannte einen Namen, der für seine technische Ausrichtung bekannt war, nicht für Unterhaltung. Tine war erleichtert, dass er sich eines anderen Servers bediente. Die einzelnen Benutzer konnten die Emailadressen ermitteln, wenn sie lange genug suchten. Sie zog es vor, anonym zu bleiben.

Sie nahm sich vor, etwa zu der Zeit ins Netz zu gehen wie Rupe. Es war ein Vorteil, dass sie mehr von ihm wusste als er von ihr. Es war unwahrscheinlich, dass auch er sich bei IRC einlinkte, aber ausgeschlossen war es nicht. Wenn er es tat, würde sie ihn ausfindig machen.

Fast gleichzeitig gingen sie zurück ins Haus. Tine zog die Terrassentür hinter sich zu und sperrte ab. Rupe zog eine Rolle mit Fünfzig-Pfund-Noten aus der Tasche, zählte ab und reichte Tine ein kleines Bündel, Kaution und erste Monatsmiete. Vom nächsten Monat an würde sie Rechnungen an seine Firma schicken, die den Betrag gleich auf ihr Konto überweisen würde. Es war beruhigend zu wissen, dass ihre neuen Mitbewohner keine finanziellen Probleme zu haben schienen.

Im Flur standen mehrere Kartons. Tine bückte sich und erkannte einen UNIX Rechner. Wieder schwieg sie und ließ Rupe in dem Glauben, sie sei beeindruckt aber unfähig zu erkennen, wie leistungsfähig der Rechner war. Irgendwann in der Zukunft konnte sie dieses Wissen nutzen. Natürlich würde er besser ausgerüstet sein als sie. Sie hätte sich gern seinen Laptop genauer angesehen, aber er hatte den Karton schon in der Hand und trug ihn die Treppe hoch.

Die gewaltige Wanne war viel zu groß für Tine, aber sie hatte eine Technik entwickelt, wie sie sich ausstrecken konnte, ohne zu ertrinken. Sie lehnte sich zurück, den Kopf auf einem Wannenkissen, und stützte sich mit einem Arm auf dem breiten Rand ab. Dadurch blieb eine Hand frei, in der sie entweder ein Weinglas oder ein Buch hielt. Oder sie ließ den Schaum auf ihre Brüste schweben.

Sie hatte dem Badewasser verschiedene Essenzen hinzugefügt: Weihrauch, Bergamottöl und Ylang-

Ylang, dazu einen kräftigen Guss eines Pinienschaumbads. Der aufsteigende Duft ging ihr zu Kopf, wo auch schon der Wein seine Wirkung verrichtete. Sie fühlte sich wie abgehoben und von einer wunderbaren Sinnlichkeit erfasst. Die vielen Eindrücke und Bilder des Tages formten sich in ihrem Kopf.

Sie drehte sich um und legte sich auf den Bauch. Ihre Brüste drückten gegen das glatte Emaille, und das Wasser klatschte über ihrem Po zusammen. Sie stützte das Kinn mit den Händen, sonst wäre ihr Kopf unter Wasser gewesen.

In der Sicherheit des abgeschlossenen Badezimmers ließ sie ihrer Phantasie freien Lauf. Rupe drängte sich in ihre Gedanken, trotz der Demütigung, die sie erst vor einer Stunde erlebt hatte. Sie gestand sich ein, dass sie für ihn schwärmte.

In ihrer Phantasie war er verschwitzt, er lag auf dem Boden, von Kabeln umstrickt, und versuchte, sie mit den Steckdosen zu verbinden. Dann sah sie ihn vor dem Monitor sitzen. Er hatte das T-Shirt abgestreift, und das gespenstische Licht des Bildschirms lag glühend auf seiner nackten Haut. Sie ließ die Hände über seinen Brustkorb gleiten, und während sie sich an ihn schmiegte, stieg ihre Erregung.

Natürlich würde er zuerst den Schweiß abduschen wollen, den Schweiß von der langen Fahrt und der Anstrengung, die Kartons mit den Geräten die drei Treppen bis zum Speicher zu tragen. Vielleicht sehnte auch er sich nach einem Bad, wo er über die letzten Stunden nachdenken konnte.

Rupe betrat das Bad, völlig unvorbereitet auf den Anblick, der sich ihm bot. Das Licht war gedämpft. Der bronzefarbene Spiegel reflektierte die brennenden Kerzen. In der tiefen Wanne mit der dicken Schaumschicht lag Tine. Von ihrem Körper war nicht viel zu sehen. Sie lag auf dem Bauch, das Kinn hochgereckt, die Augen geschlossen und Schaum in ihren Haaren.

Tine bewegte sich sanft hin und her, ihre Hüften hoben sich ein wenig an, und ihre Pobacken ragten aus dem Wasser. Durch ihre gespreizten Backen schlugen leichte Wellen gegen ihre glitschige Spalte. Im nächsten Moment ließ sie sich wieder sinken, und der Po verschwand unter der Schaumdecke.

Rupe sah, dass Tine sich in ihren eigenen Gefühlen verlor. Ihre Lippen bewegten sich, aber sie blieben stumm. Doch dann hörte er sie flüstern, und als er näher an die Wanne trat, war er sicher, dass sie seinen Namen raunte. Wieder hoben die Backen sich aus dem Wasser.

Rupe konnte nicht widerstehen, er tauchte mit den Fingern unter Wasser und streichelte ihren Rücken. Tine verhielt sich ganz still, ihr Po eine blasse Insel, umgeben von knisterndem Schaum. Er strich mit einer Hand über die festen Backen, drang mit einem Finger in die Kerbe, die vom duftenden Öl ganz glitschig geworden war. Ihr Fleisch bebte, und er spürte seine immer härter werdende Erregung, die im Gefängnis seiner Jeans revoltierte.

Er ignorierte seine Erektion und griff zwischen ihre Schenkel. Die Fingerspitzen teilten die geschwollenen Labien. Tine seufzte, stöhnte und stieß sich den Fingern hungrig entgegen. Sein Zeigefinger tupfte gegen die Klitoris. Ihr Stöhnen wurde lauter und presste sich aus ihrem Mund.

Er konnte sich nicht länger zurückhalten. Schwer atmend streifte er mit einer Hand seine Shorts ab und rutschte zu ihr in die große Wanne.

Behutsam zwang er ihre Schenkel auseinander und glitt dazwischen. Sein pochender Penis stieß gegen ihre Spalte. Tines Muskeln schnappten nach ihm. Er hielt still und lauschte ihrem keuchenden Atem. Sie stöhnten beide, als Rupe langsam tiefer in ihre Höhle stieß.

Er folgte seinem Instinkt und stieß kraftvoll zu. Tine

hob den Schoß an, bäumte sich auf und sah zu, wie seine Länge in ihr verschwand.

Sie überraschte ihn mit ihrer Kraft, als sie plötzlich auf die Knie ging. Sie zwang Rupe, sich ebenfalls zu knien. In dieser Position befand sich der Schaft in einem schmerzenden Knickwinkel, deshalb legte er beide Hände unter ihren Po und hob sie an. Flink schlang sie die Beine um seine Hüften. Sie griff nach vorn und hielt sich am Wannenrand fest. Ihr Körper bildete eine Brücke.

Er hatte die Bewegungen unter seiner Kontrolle. Sie war ihm ausgeliefert. Tine verhielt sich ganz still. Sie fühlte sich aufgespießt. In diesem Moment hatte sie alles, was sie sich erträumte. Nein, es hätte noch jemand da sein können, der ihre Nippel zwickte und in die Länge zog. Und sie hätte gern einen harten, zuckenden Penis im Mund.

Rupe glitt mit einer Hand über ihre Hüften und tiefer. Seine Finger schlossen sich um die fleischige Kuppe. Ein stärker werdendes Beben fuhr durch Tines gestreckten Körper. Rupe stieß immer wuchtiger in sie hinein. Sie spürte, dass er sich seinem Höhepunkt näherte. Sie hielt den Atem an und wusste, dass sich auch bei ihr in den nächsten Sekunden die Erleichterung einstellen würde.

Er brauchte länger, als sie gedacht hatte, aber sie fühlte die Welle ihres Orgasmus heranrollen. Die tropfenden Wände ihrer Vagina zogen sich zusammen und pumpten seinen Schaft. Sie rang nach Luft und spürte die Wucht seines Ergusses.

Das Wasser spritze um sie herum, als Rupe ihre Hüften anhob, während er sich in ihr entlud. Ihre Sexmuskeln verkrampften sich um ihn, als wollten sie alles aus ihm herauspressen. Ächzend warf er den Kopf in den Nacken, und Tine spürte, dass ihr vor Wonne die Sinne schwanden.

Sie kam wieder zu sich, prustend und hustend, und fühlte sich benommen. Auf dem Höhepunkt ihrer Fantasie war sie unter Wasser gerutscht und hatte einiges geschluckt. Ihre Kehle fühlte sich wund an, in ihrem Mund der Geschmack von Seife und Öl. Sie rollte sich wieder auf den Rücken, lehnte sich mit dem Kopf gegen das Wannenkissen und rang immer noch nach Luft.

Sie war allein, aber es war, als könnte sie sein Gewicht noch spüren. Die Tür war abgesperrt. Ihre Verwirrung wuchs noch, als sie sich fragte, wieso es ihr gelungen war, mit sich selbst zu einem solchen Höhepunkt gekommen zu sein. Ihre Fantasie hatte den Körper überlistet.

Tine war glücklich und entsetzt. In ihr stritten die widersprüchlichsten Gefühle. Sie erkannte, dass sie keine Ruhe finden würde, bis sie Rupe erobert hatte. Ihre Not war riesengroß. Ihre Verführungswaffe würde das Internet sein. Ganz egal, wie lange es dauerte, er würde zu ihr kommen, und er würde ebenso gierig auf sie sein wie sie auf ihn.

Bibbernd stieg sie aus dem nur noch lauwarmen Wasser, wischte den Boden mit einem Badetuch auf, bevor sie sich trocken rubbelte. Sie fühlte sich ein wenig wund und wusste, dass sie sich nicht geschont hatte, aber es war kein unangenehmes Gefühl. Sie war immer noch erregt und wusste, dass sie rasch noch einmal kommen könnte. Entschlossen bewahrte sie sich ihre Erregung; sie würde daraus Nutzen ziehen, dachte sie, als sie auf ihren Computer zuging.

Sie hatte sich einen Bademantel übergeworfen, ehe sie in ihr Arbeitszimmer ging. Irgendwie hatte sie die Hoffnung, Rupe auf der Treppe zu begegnen. Sie fragte sich, wie laut sie in ihrer Ekstase gewesen war, dann tat sie die Frage mit einem Achselzucken ab. Das Haus war im späten neunzehnten Jahrhundert erbaut worden und war gut schallisoliert. Ein kleines Teufelchen in ihr flüsterte, es wäre aber auch nicht schlimm, wenn Rupe ihre Leidenschaft gehört hätte. Vielleicht würde es ihn ja auf eine Idee bringen.

Tine ließ sich vor ihrem Computer nieder, schaltete ihn ein und linkte sich als Astyr in den IRC ein. Fast augenblicklich leuchtete auf ihrem Bildschirm ein Satz auf.

Dickens > Da bist du ja! *Tausend Umarmungen*

Astyr > Oho! Hast du auf mich gewartet?

Dickens > Natürlich! :-) Obwohl ich gestehen muss, dass ich auch noch eine andere Verabredung hatte. Bist du eifersüchtig?

Astyr > Nicht, wenn du mir alles über sie erzählst. Sonst ja. Dann will ich dich ganz für mich haben. :-)

Dickens > Es ist ein Er. Können wir uns auf #glade treffen? Ich habe den Chatroom schon eingerichtet.

#glade war der Chatroom, in dem Dickens und Astyr in der vergangenen Nacht Vertraulichkeiten ausgetauscht hatten. Es juckte in Tines Schoß, als sie seine Ungeduld herauslas. Bevor sie aber zu Dickens ging, rief Tine alle Benutzer auf, die in diesem Moment im IRC waren und sich dieses Servers bedienten, den Rupe ihr genannt hatte. Sie hatte keine Ahnung, welches Pseudonym er hatte, aber keines der zwölf hörte sich nach Rupe an. Deshalb schaltete sie sich in #glade ein.

Dickens > Du hast dir Zeit gelassen. Ja, ja, spanne mich nur auf die Folter!

Astyr > Manchmal lohnt es sich zu warten, Schatz.

Dickens > Okay. Ich habe Neuigkeiten. Es kann sein, dass ich nach England komme. Ich soll bei einer britischen Filiale das ganze Netzwerk überprüfen. Ich versuche, zusätzliche Zeit für einen Urlaub herauszuschinden.

Astyr > Das wäre wunderbar ... und natürlich kannst du bei mir wohnen. Aber dann musst du dich beeilen, bevor alle meine Zimmer belegt sind.

In der folgenden halben Stunde erzählte sie Dickens von ihren neuen Mietern. Dickens zeigte großes Interesse an Sharon, nachdem Tine sie beschrieben hatte. Als sie über Rupe berichtete, gab sie sich zurückhaltender. Sie erwähnte seinen Namen nicht, aber sie gestand, dass sie für ihn schwärmte. Dickens wartete mit seiner Antwort, dann fragte er:

Dickens > Was bedeutet dir dieser Kerl, Astyr?

Astyr > Um ehrlich zu sein, ich weiß es nicht.

Dickens > Ich glaube, ich kann eine Menge zwischen den Zeilen lesen, Süße. Ich wünschte, ich wäre an seiner Stelle, aber mein Ratschlag lautet: Ran an den Mann. Und he, ich will ALLE saftigen Einzelheiten hören. Ich verspreche auch, nicht eifersüchtig zu werden.

Astyr > Ich habe gehofft, dass du das sagst. Er ist etwa in deinem Alter, schätze ich, und ich brauche deine Hilfe bei dieser Sache.

Dickens > Der Mann ist verrückt, wenn er an den Altersunterschied denkt. Hat er einen Namen?
Astyr > Rupe. Er ist Australier. Ich weiß, dass er das Internet nutzt, aber ich weiß noch nicht, ob er den

IRC kennt. Ich hoffe ja, dann kann ich auf diese Weise Kontakt mit ihm aufnehmen. Ich will nur nicht, dass er erfährt, wer ich bin … ich meine, wer ich in Wirklichkeit bin.

Dickens >Und du sagst, er ist heute für sechs Monate bei dir eingezogen? Er ist in deinem Haus, und du willst ihn übers Internet verführen???

Astyr > Ja.

Tines Monitor blieb blau. Keine neuen Sätze mehr. Hatte sie Dickens verärgert? Von früheren Erfahrungen wusste sie, dass die Menschen im Netz sehr reale Gefühle empfanden, viele verließen sich auf jedes geschriebene Wort. Auch sie selbst war schon bei der elektronischen Liebe verletzt worden.
Sie fragte nach Dickens' Aktivitäten und entdeckte, dass er mit einem anderen Benutzer kommunizierte.

Astyr >Du flüsterst.

Tine klickte wieder die Liste der anderen IRC-Benutzer an. Diesmal war sie schockiert – dort war jemand namens Rupe registriert, und er nutzte den Provider, den er ihr genannt hatte. Mehr konnte sie nicht herausfinden, es sei denn, sie wandte sich direkt an ihn, aber dann würde er wissen, dass sie mehr über ihn wissen wollte.

Dickens > Jemand will in diesen Chatroom. Es ist der Bursche, den ich eben erwähnt habe. Ich war vorher mit ihm im Chat, weil wir uns über was Technisches austauschen mussten. Ich glaube, er wird dich überraschen. Sei auf der Hut, ja? Du solltest auch wissen, dass ich ihn gut kenne.

Rupe klinkte sich in den #glade Chatroom ein. Tine saß wie festgefroren da. Sie wusste mit krankmachender Gewissheit, dass der Rupe im IRC auch der Rupe war, der auf dem Speicher saß. Aber dass Dickens mit ihm befreundet war, dieser Zufall raubte ihr den Atem. Sie sah zwar Nachrichten auf ihrem Schirm, aber sie hatte keine Augen für sie. So etwas wie Panik erfasste sie. Die Buchstaben tanzten vor ihren Augen.

Sie zwang sich zur Ruhe. Dickens begrüßte Rupe und stellte Astyr als neue Freundin vor. Rupe grüßte sie auch, dann stieg er wieder in die technische Diskussion ein, die sie früher am Abend begonnen hatten. Sie war nicht sicher, wie lange sie stumm geblieben war und tat so, als hätte sie den Computer für eine Weile verlassen.

Astyr > Ich bin zurück und habe gelesen, was ich verpasst habe. Oh, hallo, Rupe!

Dickens > Schön, dass du wieder da bist, Astyr. Rupe und ich haben gerade ein technisches Problem gelöst. (Glaube ich).

Rupe > Hallo, Astyr. Dickens hat mir erzählt, was für eine wunderbare junge Lady du bist.

Astyr > Frau ist mir lieber. Und so jung bin ich nicht mehr, eher schon verrunzelt.

Rupe > Haha. Bist du in England, Astyr?

Astyr > Ja. Und du?

Rupe > Ja, ich bin gerade erst als Mieter in ein Haus eingezogen. Hübsches Haus.

Tine war wachsam. Sie musste unbedingt direkte

Fragen vermeiden, denn sie fühlte sich verpflichtet, ehrlich zu antworten. Zum Glück war sie eine gute Zuhörerin und hatte ihr Talent auch in die Internet-Chats retten können. Sie war sicher, anonym zu bleiben, während sie eine Menge über ihn erfahren konnte.

Astyr > Gibt es noch viele andere Mieter im Haus?

Rupe > Bisher noch nicht. Ich glaube, bisher hat die Vermieterin allein gewohnt. Jetzt hat sie zwei Mieter, neben mir noch ein seltsames Weib.

Astyr >Ein seltsames Weib? *Grins*

Rupe >Ja. Ich komme da rein, da sitzt dieses Weib nur mit einem Höschen bekleidet in der Küche. Sie ist noch nicht eingezogen, hat sich aber schon ausgezogen!

Astyr > Hört sich doch vielversprechend an. Dann wirst du nicht mehr so viele Abende im Internet surfen.

Rupe > Nicht mein Typ … Sie vernascht mich und spuckt mich zum Frühstück wieder aus. Die Vermieterin ist seltsam.

Astyr > Wieso?

Rupe > Nun, sie ist alt. Nein, nicht alt, etwa fünfunddreißig, aber älter als das Weib und ich. Aber wenn sie dich anschaut, hast du das Gefühl, sie zieht dich aus.

Astyr > Nun, bei diesem Weib hat es funktioniert, oder? *Grins* Hört sich nach vertauschten Rollen an. Ich schätze, du wirkst sexy auf die Frauen.

Rupe > *lach* Nicht die Spur.

Astyr > Vielleicht sieht die Vermieterin das aber so … Wie sieht sie denn aus?

Tine hielt die Luft an. Was würde er schreiben? Was hielt er von ihr? Sie fühlte sich wie eine Lauscherin, die Schlechtes über sich hört.

Rupe > Eigenartig. Sie sieht älter aus, aber sie wirkt jung. Ich meine, sie ist sexy. Ich habe über sie nachgedacht, seit ich sie kenne. Sie ist in meinem Kopf.

Astyr > Warum vergisst du nicht einfach ihr Alter? Wie alt bist du?

Rupe > Vierundzwanzig. Also, es fällt mir schwer, das Alter zu ignorieren. Ich meine, vielleicht ist sie alt genug, um meine Mutter zu sein.

Astyr > Ja, aber sie ist nicht deine Mutter. Hat sie Kinder?

Rupe > Habe noch keine gesehen. Vielleicht hat sie sie im Keller eingeschlossen.

Astyr > Haha. Sie ist also alt und sexy :-) Und was ist mit dir?

Rupe > Da gibt's nicht viel sagen >sieht in den Spiegel<. Lange Haare, und man sagt mir nach, dass ich schlampig aussehe. Ziemlich dürr und ziemlich groß. Und ich habe grüne Augen.

Astyr > Aha. Du bist also groß und schlank gebaut und hast lange Haare. Sind sie dunkel? Und du hast wunderschöne grüne Augen.

Rupe > Hast du mit meiner Mutter gesprochen?

Astyr > Nein, natürlich nicht. Aber Dickens wird dir bestätigen, dass ich eine Schwäche für Männer mit langen Haaren habe.

Rupe > Und wenn ich dir nun sage, dass ich überall stark behaart bin?

Astyr > Habe ich dich schon gewarnt, dass solche Gespräche mich dazu bringen, verdammt leichtsinnig zu werden?

Es entstand eine Pause, in der Tine verwundert feststellte, welche Richtung das Gespräch genommen hatte. Dieser Chat bestätigte überhaupt nicht den Eindruck, den sie von dem spröden Rupe oben im Speicher erhalten hatte.

Dieser hier war spaßig, sexy und freundlich. Sie mochte ihn. Sie begehrte ihn nach wie vor, aber sie wollte keine virtuelle Beziehung mit ihm eingehen. Sie bereute auch schon, dass sie ihn hinters Licht geführt hatte. Wenn er es erfuhr, würde er wütend sein. Entweder spielte sie ehrlich mit ihm, oder sie würde sich ihm gegenüber nie zu erkennen geben können.

Dickens sprang wieder in den Chatroom, als Rupes neuer Text auf dem Bildschirm aufleuchtete.

Rupe >Dickens hat mir von dir erzählt. Ich habe dich für irgendeine falsche Schlange gehalten, die sich in den Chats abreagiert. Dafür entschuldige ich mich. Er mag dich sehr, und er ist mein Freund.

Dickens >Oho!

Rupe > Oh, du Bastard! Das nächste Mal machst du dich bemerkbar, ehe ich was über dich schreibe!

Dickens > Tut mir leid, Mann :-) He, es freut mich, dass ihr euch gut amüsiert.

Rupe > Ich will mich nicht drücken, aber ich muss noch eine Menge Arbeit erledigen. Aber eigentlich möchte ich gar nicht weg.

Dickens > Das Gefühl kommt mir bekannt vor. Ich habe gerade einen kranken T500 im Stich gelassen, um nach euch beiden zu sehen. Astyr, Süße, komm nach Kalifornien!

Astyr > Was? Ich soll diesen lasterhaften Menschen allein lassen, damit er Großbritannien terrorisieren kann?

Rupe > *lach* Astyr, es war eine Lust, mit dir zu plaudern … Hoffentlich bald wieder!

Astyr > Bis bald, Jungs!

Tine schaltete ab. Sie musste daran denken, dass Rupe oben an dem großen Schreibtisch saß, direkt über ihr. Sie fühlte sich wie eine Gestalt in diesen Illustrationen, in denen ein Haus von außen gezeigt wird, das scheinbar gläserne Wände hat und wo man die verschiedenen Aktivitäten der Bewohner sehen kann.

Sie streckte sich, verschränkte die Hände hinterm Kopf und schüttelte sich, als ihr Mantel von den Schultern rutschte. Ihr war kalt. Und sie war erschöpft, denn in den letzten achtundvierzig Stunden hatte sie nicht viel Schlaf gefunden. Es war noch nicht Mitternacht, aber sie wollte mit ihren kleinen Geheimnissen ins Bett.

In ihrem Schlafzimmer warf sie sich ein übergroßes

T-Shirt über. Sie hatte Mühe mit dem Zähneputzen, weil sie nicht aufhören konnte zu grinsen. Sie war also sexy, eh? Und Rupe hat sie im Kopf. Genau so hatte er es formuliert.

Eigentlich müsste sie verzweifelt sein, denn sie war unehrlich gewesen und hatte vielleicht die Chance vertan, ihn in der wirklichen Welt zu verführen.

Tine schlüpfte unter die seidene Bettwäsche und spürte das sanfte Wiegen des Wasserbetts, als sie sich umdrehte, das Licht auszuschalten.

Wildes Weib, dachte sie lächelnd. Sie sah Sharons Gesicht vor sich und zwinkerte froh.

Viertes Kapitel

Das durchdringende Schrillen des Telefons am frühen Samstagmorgen platzte in Tines Träume. Sie rutschte zum anderen Bettende, wo das Telefon auf dem Nachttisch stand. Sie hob den Hörer ab, doch die Leitung war tot. Wahrscheinlich hatte Rupe das Gespräch angenommen. Blinzelnd sah Tine auf die Uhr. Kurz nach sieben. Sie verfluchte Rupe, dass er Freunde hatte, die um diese unchristliche Zeit anriefen.

Die gute Stimmung des Abends war verflogen, und ihre Träume hatten sie mit einem Gefühl der Verzweiflung zurückgelassen. Der Traum war noch sehr lebendig in ihr. Sie sah einen weiten Strand vor sich, eine sandige, sonnige Bucht. Ein Mann ging den Strand entlang. Er hatte Rupes hagere, hoch aufgeschossene Gestalt, Rupes lange Haare. Lauter als das Rauschen der Wellen war seine Stimme, als er rief: »Du hast mich belogen!«

Sie befand sich im turbulenten Wasser und wollte zu ihm gehen, aber sie schaffte es nicht, sie war zu schwach. Ohne die Hilfe des Mannes am Strand würde sie ertrinken. Aber er war zu wütend auf sie und half ihr nicht.

Tine spürte, wie ihre Augen sich mit Tränen füllten. Das Gefühl der Verzweiflung aus dem Traum steckte noch in ihr. Sie begriff, dass sie ihre Täuschung aufgeben musste, allein schon, um ihr Gewissen zu erleichtern. Aber es schien töricht zu sein, Rupe mit der Wahrheit zu konfrontieren. Er war noch ein Fremder in ihrem Haus. Ein Geständnis würde ihn schockieren. Oder er würde sie für hysterisch halten.

Sie verdrängte das Problem. Sie hatte noch genug Zeit, darüber nachzudenken. Sie stand auf und ging hinunter, um Milch und Orangensaft von der Türschwelle zu holen. Als sie sich nach den Flaschen bückte, fiel ihr in ihrem Blickfeld eine Bewegung auf. Eine Joggerin, die an ihrer Hecke vorbei lief. Um diese frühe Zeit waren Jogger kein ungewöhnliches Bild. Die Luft war noch nicht von den Abgasen des Berufsverkehrs verpestet, und die lange gerade Straße lud geradezu zum Joggen ein.

Aber es überraschte sie schon, als die Frau auf der Stelle trat und in Tines Hof schaute. Sie war groß, trug bunte Lycrashorts und ein kurzes Hemdchen. Nachdem sie sich gründlich umgesehen hatte, lief sie um die Hecke und in den Hof hinein. Ihre Haut erinnerte Tine an geröstete Kaffeebohnen. Sie glänzte, teils vom Schweiß, teils vom Öl, mit dem sie sich eingerieben hatte.

Tine widerstand ihrem ersten Gedanken, rasch zurück ins Haus zu gehen und die Tür zuzuschlagen. Vielleicht wollte die Frau ja nur ein Glas Wasser. Der klare Morgen versprach wieder einen heißen Tag. Jogging, dachte Tine, ist sowieso ein Hobby für Masochisten. Lächelnd hielt sie der Frau eine Flasche mit Orangensaft hin.

Die Frau nahm das Angebot dankbar nickend an, öffnete die Folie und setzte die Flasche an die Lippen. Sie warf den Kopf in den Nacken, und das Muskelspiel am Hals war deutlich zu sehen. Als sie genug getrunken hatte, wischte sie sich mit dem Handrücken über den Mund.

»So, jetzt ist erst einmal Schluss mit dem Laufen.« Ihr Akzent erinnerte Tine an Rupe, auch sie ließ die Vokale schleifen. »Tut mir Leid, dass ich mich verspätet habe. Ich habe die Entfernung unterschätzt.«

Tine war verdutzt, sie wusste von keiner Verabredung. Dann hörte sie Rupes Stimme aus dem Flur. »Das ist Stevie. Sie hat wegen des Zimmers angerufen.«

Tine drehte sich um und sah, dass der Australier einen großen Karton aufgehoben hatte und gegen den Heizkörper im Flur drückte. Er schien verlegen zu sein, und sein Blick wich Tine aus. Ihr blieb keine Zeit, das zu analysieren; sie wandte sich wieder der Frau zu.

»Tut mir Leid, Stevie. Kommen Sie herein.«

Rupe hob den Karton wieder an und schleppte ihn in die Küche. Die beiden Frauen folgten ihm. Er öffnete den Kühlschrank und räumte seine Sachen in zwei Fächer ein. Es handelte sich um Gemüse, Obst und Fleisch, wie Tine erkannte, während sie die Kaffeemaschine bediente.

»Das ist noch Zeug aus meiner früheren Wohnung«, erklärte Rupe. Immer noch mied er Tines Blick. »Ich hätte es schon gestern einräumen sollen.«

Tine musterte Rupe ausgiebig. Sie konnte sein Verhalten nicht verstehen. Hatte er ihre Identität als Astyr durchschaut? Wenn Stevie nicht dabei gewesen wäre, hätte sie Rupe in diesem Moment die Wahrheit gesagt.

Rupe fühlte sich schuldig. Kurz nach Tine war er die Treppe hinunter gegangen, wenn auch langsamer, weil er den schweren Karton mit den Lebensmitteln trug. Als Tine sich nach den Milchflaschen bückte, streckte sich das T-Shirt über den Hintern und rutschte hoch. Die Backen teilten sich und gestatteten einen Blick auf ihre Spalte. Da Tine von Stevie überrascht worden war, verharrte sie etwas länger in dieser Position. Neugierig und erregt trat Rupe näher, um die unfreiwillige Entblößung besser sehen zu können. In seinen Fingern juckte es; er hätte am liebsten mit einem Finger in die Kerbe gelangt.

Mit seinen vierundzwanzig Jahren betrachtete Rupe sich als kläglich unerfahren. Er schob seine Unfähigkeit, mit Frauen reden zu können, auf seine fast besessene Beschäftigung mit Computern. Noch nie hatte er einen so freizügigen Einblick wahrnehmen dürfen, mal abgesehen von Bildern in pornografischen Magazinen, aber auch die hatten ihn nicht auf die Realität vorbereitet – und auch nicht auf seine alarmierende Reaktion. Er spürte, wie sein Penis sich erhob und steif wurde. Da er nur seine Trainingshose trug, verriet der ausgebeulte Stoff seinen Zustand.

Im nächsten Moment richtete Tine sich auf, und das T-Shirt rutschte wieder nach unten. Rupe fühlte sich beschämt und schuldig. Ein Spanner. Er war erleichtert, dass keine der Frauen sein Starren bemerkt hatte. Er war froh, dass der Karton seine Erektion verdeckte, aber er traute sich nicht, Tine in die Augen zu sehen. Obwohl Rupe wusste, dass sie seinen Voyeurismus nicht bemerkt hatte, war ihm, als hätte er seine Vermieterin beleidigt.

Zu Rupes Entsetzen hatte Stevie einen Blick auf die Erektion erhaschen können, und da sie Tines spärliche Bekleidung und die leichte Röte im Gesicht mit dem halbsteifen Schaft in Verbindung brachte, sagte sie: »Es tut mir Leid, wenn ich euch beide in einem ungünstigen Augenblick gestört habe.«

Tine drehte sich überrascht zu Rupe um und sah dessen tiefes Erröten. Sie hatte seine behaarte Brust gesehen, und als er ihnen voraus in die Küche gegangen war, hatte sie bemerkt, dass auch sein Rücken stark behaart war, nicht so sehr wie die Brust, aber doch recht stattlich. Sie fragte sich, ob sich die Haarpracht auch zum Schoß hin fortsetzte. Die Gier, das herauszufinden, verzehrte sie.

Stevies falsche Schlussfolgerung hatte die Unsicherheit der beiden bloßgelegt, sie sahen sich entsetzt an und erkannten die Verlegenheit in den Augen des jeweils anderen, aber niemand konnte sie deuten.

Peinlich berührt verdrückte Rupe sich aus der Küche. Tine sah ihm bedauernd nach.

Stevie hätte lieber noch etwas Orangensaft getrunken, aber Tine hatte ihr den dampfenden Kaffee angeboten, und wenn sie dankend abgelehnt hätte, wäre die Situation vielleicht noch schwieriger geworden. Sie sah, dass Tine nachdachte, und beschloss, das Ergebnis abzuwarten. Die zierliche Vermieterin schien tief in ihren Gedanken verstrickt zu sein.

Eines hatte Stevie sofort erkannt: Rupe und Tine kämpften hart dagegen an, ihre gegenseitigen Gefühle zu zeigen. Wieso sahen sie nicht die Lust in den Augen des anderen? Am liebsten hätte Stevie die zierliche Frau darauf angesprochen, aber sie hatte kein Recht dazu. Außerdem wurde Stevie ganz langsam bewusst, dass sie selbst sich auch zu der Frau hingezogen fühlte.

Tine war sich ihres Grübelns nicht bewusst. Sie saß auf einem Schemel an der Frühstücksbar, hatte die Ellenbogen aufgestützt und die Hände um die heiße Kaffeetasse gelegt. Sie starrte Stevie mit blinden Augen an. Das viel zu weite T-Shirt klaffte am Hals auseinander, und Stevie konnte den Ansatz der kleinen Brüste sehen.

Ohne es zu wollen, stieß Stevie einen Seufzer aus, der Tine aus ihrer Starre holte. »Oh, es tut mir Leid.« Ein Ruck ging durch ihren Körper, sie richtete sich auf und sah Stevie an, eine Augenbraue hochgezogen. Die Aufforderung zum Reden.

»Ich arbeite im Fitness-Club.«

»Das überrascht mich nicht.«

Sie lachten beide. Stevies austrainierter Körper war nicht zu übersehen. Tine erinnerte sich, dass vergangenes Jahr ein Fitness-Club in dem Luxushotel eingerichtet worden war, das eine Meile weit entfernt lag. Sie selbst hatte schon mal überlegt, Mitglied zu werden, aber sie hatte den Gedanken wieder verworfen. Vielleicht würde sie eine andere Einstellung zu ihrer mangelnden Fitness bekommen, wenn sie Stevies Körper jeden Tag als leuchtendes Vorbild vor sich sah.

»Wo kommen Sie her, Stevie? Ihr Akzent hört sich vertraut an, aber ich weiß nicht, wo ich ihn plazieren soll.«

»Simbabwe. Ich bin wegen meines Studiums nach England gekommen. Physiotherapie. Jetzt möchte ich hier auch arbeiten, ehe ich zurück nach Hause gehe. Die Erfahrung, die ich hier sammeln kann, werden mir später sehr nützen. Außerdem liebe ich England. Ich bin lesbisch, und hier gibt es eine große Gemeinde, die sehr zwanglos damit umgeht.«

»Oh«, sagte Tine, dann fügte sie hinzu: »Sharon, die heute einzieht, hat mich gefragt, was ich zu Männerbesuchen sage. Werden Sie mich jetzt fragen, was ich zu Frauenbesuchen sage?« Tine lachte.

»Ja.« Tines Reaktion gefiel ihr. »Aber wichtiger noch ist mir Ihre Einstellung zu lesbischen Frauen allgemein. Im Augenblick habe ich keine Freundin. Ich hatte eine, aber als wir unseren Kursus beendeten, ist sie nach London zurückgekehrt. Wir haben dann beschlossen, uns zu trennen.«

»Das tut mir Leid.« Tine sah sie voller Mitgefühl an. »Es ist schwer, jemanden zu verlieren, den man liebt.« Sie überlegte einen Moment, ehe sie fortfuhr: »Ich glaube, ich habe nichts gegen Homosexuelle. Mir fällt nicht ein, warum ich was gegen sie haben sollte. Meiner Meinung nach sollen Menschen das tun, was für sie richtig ist. Außenstehende haben leicht urteilen.«

Tine brach ab, doch die dunkelhäutige Frau schien mehr von ihr zu erwarten.

»Ich weiß nicht, was Sie noch hören wollen, Stevie. Sie sind mir willkommen und auch, wen Sie als Gast mitbringen.« Tine hob die Schultern. »Zwischen den einzelnen Mitbewohnern werde ich gern vermitteln, wenn es erforderlich sein sollte, aber ich werde nicht eure Schlachten schlagen. Wir wohnen zusammen, und ich hoffe, dass wir uns alle vertragen.«

Es entstand ein längeres Schweigen. Die Frauen

sahen sich an. Tine wartete darauf, dass Stevie sich entschied.

Stevie hatte viele Vorurteile und Beweise von Intoleranz erlebt, deshalb hatte sie ein feines Ohr für die Einstellungen der Menschen in ihrem Umfeld. Sie war nicht sicher, ob dieses Haus mit mehreren vielleicht sehr unterschiedlichen Mietern die richtige Bleibe für sie war. Das Haus, das sie verließ, war während der College-Zeit ihre Heimat gewesen, die anderen Bewohner ihre Freunde.

Sie wollte keine neue Beziehung, aber sie fühlte sich zu Tine hingezogen. Sie sah Wärme und Weisheit in den Augen der älteren Frau, und eine Friedlichkeit, die man wahrscheinlich nur durch Schmerz und Erfahrung erreichte.

Auch körperlich fühlte sie sich zu ihr hingezogen, gestand Stevie sich ein. Ganz ungehemmt saß die Vermieterin in ihrem unmöglichen T-Shirt da. Unter dem Haarschopf lugte ein Ohr hervor, klein und elegant, und Stevie juckte es, die Hand auszustrecken und darüber zu streicheln. Und die Konturen mit der Zunge nachzuziehen. Während sie hinschaute, fuhr Tine mit der Zunge über die Lippen, eine unschuldige Geste, die den rosigen Amorsbogen befeuchtete.

Stevie war sicher, dass Tines Haut sich sanft und glatt anfühlte. Sie sah auch, dass Tine etwas für ihren Körper tun musste. Die Muskeln zeigten schon Anzeichen ihres sitzenden Lebens. Stevie hätte gern das blasse Fleisch massiert.

»Darf ich mir das Zimmer ansehen?«, fragte sie.

»Ja, sicher.« Tine rutschte vom Schemel und winkte Stevie, ihr zu folgen.

Als sie die Treppen hinauf ging, beobachtete Stevie die Bewegungen von Tines Po. Bei jedem Tritt hob sich der Saum des T-Shirts und verriet, dass Tine auf ein Höschen verzichtet hatte. Stevie unterdrückte ihr Verlangen, die Hand auszustrecken und zwischen Tines

Backen zu greifen. Sie spürte die Enge des Lycrastoffs, der zwischen ihren Schenkeln rieb. Ihre Nippel versteiften sich. Sie fühlte sich unbehaglich, und sie spürte, dass bald etwas Wichtiges passieren würde.

Seit ihre Beziehung vor ein paar Monaten zu Ende gegangen war, hatte sie sich zu keiner anderen Frau mehr hingezogen gefühlt. Vielleicht würde die Beziehung zu Tine ganz anders sein. Vielleicht sogar nur platonisch. Aber wertvoll.

Das purpurne Zimmer mit dem Blick auf den Garten gefiel ihr auf Anhieb. Das Zimmer war groß, es gab genug Platz, dass sie ihre Gewichte heben konnte, womit sie jeden Morgen den Tag begann, noch bevor sie zum Joggen aufbrach.

Tine lehnte sich gegen einen Heizkörper und sah zu, wie Stevie das Zimmer in Augenschein nahm. Sie ging in das Bad hinter dem Zimmer, und Tine sah, wie Stevie die Daumen unter den Bund der Shorts steckte und sie langsam über die Hüften zog. Sie setzte sich auf die Toilette, und gleich darauf begann es zu plätschern. Da Stevie die Tür weit offen gelassen hatte, konnte Tine direkt ins Bad sehen. Sie war fasziniert von Stevies natürlichem Verhalten. Der straffe Bauch ging in den leicht gewölbten Schoß über, sanft und unbehaart.

Stevie griff nach der Toilettenrolle, riss einige Blatt ab und tupfte sich trocken.

Tine stand verdutzt da. Noch nie hatte sie eine andere Frau bei der Toilette beobachtet. Ja, sie und John hatten sich beim Pinkeln erlebt, aber das war anders gewesen.

Stevie, die von Tines Gefühlswirrwarr nichts ahnte, öffnete die Türen des eingebauten Kleiderschranks und probierte die Schubladen des Frisiertischs. Schließlich drehte sie sich zu Tine um. »Kann ich am Dienstag einziehen?«

Tine lächelte. »Natürlich.« Der Tag hatte verrückt

begonnen, und wahrscheinlich würde er noch verrückter werden. Rupe hatte sie beunruhigt, Stevie verwirrte sie, und Sharon würde entsetzt sein, dass Tine noch ein weiteres Zimmer vermietet hatte.

Der Porsche fuhr durch das Tor, während Tine und Stevie sich auf der Treppe verabschiedeten. Stevie versprach, morgen die Kaution zu bezahlen. Das schwarze Mädchen ging die Treppe hinunter und warf einen hochnäsigen Blick auf die blonde Frau oder den Porsche. Beide erregten sie.

Sharon trug ein ledernes Mieder, das ganz locker geschnürt war, sowie PVC-Shorts mit hoch geschnittenen Beinen. Ihre Brüste wurden von dem weichen Leder kaum gebändigt. Sie war barfuß, und um einen Fuß trug sie eine goldene Kette. Ihre Haare waren geöffnet und glänzten wie Buttermilch in der Sonne. Sie lehnte sich zum Rücksitz, nahm dort eine Tasche auf und wusste, dass die Shorts sich dabei in die Kerbe der Pobacken drückten und zwei schwarz glänzende Halbkugeln bildeten.

»Ich muss duschen und mich anziehen, dann komme ich und helfe dir«, rief Tine ihr zu.

Sharon winkte, um anzuzeigen, dass sie verstanden hatte. Sie holte noch eine Stofftasche aus dem Wagen und stellte sie auf die Kühlerhaube, bevor sie sich wieder tief ins Innere beugte und weiteres Gepäck herausholte.

Tine brauchte länger, als sie gedacht hatte. Sie drehte die Dusche voll auf und lehnte sich mit dem Kopf gegen die kühlen Fliesen, während die scharfen Strahlen auf ihre Haut prasselten und Nacken und Rücken massierten. Sie blieb lange reglos so stehen; ihr war, als klärten die nadelspitzen Wasserstrahlen ihre Gedanken.

Als sie herauskam, war das Zimmer voller Dampf

und ihr Haar klamm. Ein grauer Schleier hatte sich über den Spiegel gelegt. Sie fuhr mit der Hand darüber und betrachtete kritisch die feinen Linien um die Augen, während sie die Zähne putzte. Ich bin einundvierzig, dachte sie, deshalb dürfen auch die ersten Fältchen kommen.

Es irritierte sie nicht mehr, dass sie die Anmut der Jugend verloren hatte. Es war sogar eine Erleichterung, dass die unruhigen Jahre hinter ihr lagen. Das Alter verlieh einem Stärke und die Kraft, selbstbewusst in die Welt zu blicken. Sie hoffte, sich zu einer jener Frauen zu entwickeln, die sich mit achtzig den Rucksack umschnüren und nach Indien aufbrechen.

Sie hatte das Bild der spärlich bekleideten Sharon im Kopf, als sie sich für kurze Jeansshorts und eine dünne, ärmellose Weste entschied, die über dem Nabel endete.

Da sie ein paar Kilo verloren hatte, drohten die Shorts zu rutschen. Sie schob einen Seidenschal durch die Schlaufen und band ihn zu einer Schleife. Sie schlüpfte in leichte Leinenschuhe und lief hinunter, um Sharon zu helfen.

Im Flur stapelten sich die Taschen, darüber lagen einige Kleider. Tine fand einen Zettel: Sharon war zurückgefahren, um ›eine weitere Ladung‹ zu holen. Tine hatte keine Lust, dieses Durcheinander der anderen Frau zu sortieren und ging zum Frühstück in die Küche. Rupe saß an der Bar und las in einer Computerzeitschrift.

»Hi«, sagte Tine und rechnete halb damit, dass er sie ignorierte.

»Hi«, gab Rupe zurück und hob den Kopf.

Sie seufzte erleichtert und bot ihm Frühstück an. Er nahm dankend an und versprach, nachher zum Supermarkt zu gehen, um seine Vorräte aufzustocken. Sie aßen schweigend ihr Müsli und strichen Erdbeermarmelade auf die gebräunten Toastscheiben. Rupe las weiter in seiner Zeitschrift, und Tine holte ein Buch aus ihrem Zimmer.

Schließlich hörten sie den Porsche, der vor der Tür anhielt. Rupe verdrehte die Augen, als wüsste er, dass die Zeit des Friedens vorbei sein würde. Er verdrückte sich und sagte, er wollte einkaufen. Im Flur quetschte er sich an Sharon vorbei und starrte staunend auf ihre Brüste.

Er ging durch die Tür und hörte, wie sie ihm nachrief: »Knackiger Arsch, Rupe.«

Er tat so, als hätte er nichts gehört und ging weiter. Die beiden Frauen kicherten und sahen, wie er in seinen Van stieg. Sharon hakte sich bei Tine unter und zog sie zurück in die Küche.

»Was ist mit dem schwarzen Mädchen?«

»Ab Dienstag wird sie hier wohnen.«

»Oh. Sie wird dafür sorgen, dass du den Tag mit hundert Kniebeugen beginnst, meine Liebe.«

Tine zwickte ihren nackten Bauch. »Das hoffe ich.«

Sie half Sharon, die Taschen und Kleider nach oben zu bringen, dann setzte sie sich mit überkreuzten Beinen aufs Bett und sah zu, wie Sharon ihre Wäsche und Kleider einräumte. Sie hörte nicht auf zu reden, und Tine fühlte sich glücklich.

»Die alberne Kuh hat mich zum Abschied sogar umarmt, so erleichtert war sie, dass ich endlich weg bin«, sagte Sharon grinsend.

Tine lachte. Das meiste von dem, was Sharon gesagt hatte, war an ihren Ohren vorbeigerauscht, aber das schien nicht aufgefallen zu sein. Sie gähnte und wusste, dass sie ganz leicht einschlafen könnte, eingelullt von Sharons Monologen.

Tatsächlich wachte sie erst Stunden später auf. Sie lag zusammengekauert auf Sharons Bett, über sich eine große, warme Häkeldecke. Sie war allein. Sie ärgerte sich über die vergeudeten Stunden und ging langsam hinunter in die Küche. Sie suchte was zu trinken. Der Kühlschrank war bis obenhin vollgestopft. Ein Zettel vor dem mittleren Regal warnte: »Fass mich an, und du stirbst!« Tine erkannte Sharons Handschrift.

Rupe saß an der Bar, den Rücken zum Fenster, und aß eine Lasagne aus der Originalverpackung. Er hatte sein Essen in der Mikrowelle erhitzt. Dazu trank er Bier aus der Flasche. Er musste Tines Blicke gespürt haben, denn er fühlte sich zu einer Erklärung genötigt: »Das erspart mir den Abwasch.«

Er schien irgendwie verlegen zu sein, und als Tine durchs Fenster schaute, sah sie den Grund. Sharon war im Garten. Sie war mit einem scharlachroten Schal bekleidet, den sie doppelt geschlagen, zwischen ihren Beine durchgezogen und auf den Hüften verknotet hatte. Jetzt bildete der dünne Stoff vorne und hinten ein Dreieck. Ihre Brüste hüpften in fröhlicher Nacktheit; feste kleine Melonen mit vorwitzigen rosigen Nippeln. Sie bückte sich und streichelte eine Katze hinter den Ohren. Es war die Katze, die Tine gestern Abend schon amüsiert hatte. Das Tier schmiegte sich an die streichelnde Hand und schnurrte laut, dann wälzte sie sich auf den Rücken und bot ihren Bauch für weiteres Kosen an.

Tine lehnte sich mit dem Bauch gegen die Spüle und sah vergnügt zu.

Jerry wählte diesen Augenblick für seinen Auftritt aus. Er trat um die Hausecke und blieb wie erstarrt stehen. Sharon präsentierte ihm einen wunderbaren Anblick mit dem gespannten Po und den gespreizten Beinen. Die Wirkung auf Jerry war sehenswert. Er rieb sich die Augen und starrte, trat einen Schritt zurück und lehnte sich gegen die Hausmauer, als könnten seine Beine ihn nicht mehr tragen.

Tine ahnte, dass Sharon von Jerrys Gegenwart

wusste, denn ihre Körpersprache wurde offener, herausfordernder, verführerischer. Sie bewegte die Hüften ganz leicht und setzte die Füße noch ein wenig weiter auseinander, dann richtete sie sich auf und hob mit einer Hand die Haare, die ihr in den Nacken fielen. Sie drehte sich langsam um und schürzte die Lippen, als wäre sie überrascht, den schwer schluckenden Gärtner zu entdecken.

Ein kaum wahrnehmbarer Seitenblick zum Küchenfenster verschaffte ihr Gewissheit, dass sie Zuschauer hatte. Sie sagte etwas zu Jerry, der kurz verschwand und dann mit einem Gartenschlauch zurückkehrte. Er rollte ihn auf, verstellte die Düse und produzierte einen nebligen Sprühregen.

Sharon stand mitten auf dem Rasen, die Hände über den Kopf gehoben, während Jerry den Schlauch so hielt, dass sie die kalte Dusche genießen konnte. Ihre Nippel richteten sich protestierend auf, und Sharon kreischte fröhlich, als Jerry den Druck des Strahls erhöhte und auf ihren Schoß richtete. Der Seidenschal war völlig durchnässt und wurde durchsichtig. Er klebte an ihrer Scheide. Sharon hob den Kopf zum Nachmittagshimmel, die Hüften vorgestreckt. Jerry trat näher und hielt den Strahl immer noch auf ihren Schoß gerichtet.

Tine war zu weit entfernt, um den Ausdruck auf Sharons Gesicht erkennen zu können, aber der Körper der jungen blonden Frau verriet ihr Entzücken.

Sharon streckte die Hände aus und legte sie auf Jerrys Schultern. Sie schaute ihm ins Gesicht, bevor sie ihn an sich zog und dann auf die Knie drückte. Sie schaute eifrig zum Küchenfenster und spreizte die Beine noch mehr, während der Gärtner die Düse auf ein leichtes Sprühen drehte. Er hielt den Schlauch in einer Hand, während er mit der anderen den nassen Stoff zur Seite schob. Er spreizte die Labien und richtete das Wasser direkt auf die Klitoris.

Sharon hielt sich mit beiden Händen an Jerrys zerzausten Händen fest. Die Düse kam immer näher, bis sie fast die Haut berührte. Obwohl Jerry die Düse so klein wie möglich gedreht hatte, nahm Tine an, dass der Druck auf die empfindliche Stelle noch ungeheuer stark war. In erregter Sympathie quetschte sie die Schenkel fest zusammen.

Sie war so sehr mit dem Geschehen auf dem Rasen beschäftigt, dass sie gar nicht bemerkt hatte, wie hart sie sich gegen die Kante der Spüle presste. Ihr Atem ging schneller, und plötzlich fiel ihr Rupe ein. Sie blickte kurz über die Schulter, aber zu ihrer Erleichterung stellte sie fest, dass der Australier noch an der Bar saß. Er hatte ihr immer noch den Rücken zugewandt. Sie tat ihn mit einem Achselzucken ab und wandte sich wieder dem Paar im Garten zu.

Jerry achtete darauf, dass das kalte Metall der Düse nicht mit Sharons Haut in Berührung kam. Seine freie Hand spreizte immer noch die Labien, damit die kleinen Wassertropfen ihren Weg fanden. Sharon krümmte sich, sie wiegte sich hin und her. Jerry ging mit dem Kopf näher, den Mund weit aufgerissen. Sharon wurde von kleinen heftigen Schauern gepackt. Ihr Körper bebte, als Jerrys Zunge und Lippen zu zupfen und lecken begannen.

Tine hörte Sharons Aufschrei der Erlösung. Der Körper der jungen Frau erstarrte einen Moment lang, die Muskeln gespannt, dann schien sie für einen kurzen Moment aus dem Gleichgewicht zu geraten. Jerry ließ den Gartenschlauch fallen und fing sie auf, eine Hand um ihre Hüfte gelegt.

Sharons Kopf sackte auf seine Schulter. Ihr Mund flüsterte. Jerry hob sie auf und trug sie hinüber zur Garage, wo er sie sanft auf die Werkbank setzte. Er hatte seine Shorts innerhalb einer Sekunde abgestreift. Sein Penis sprang ins Freie. Er führte ihn ungeduldig zwischen die Schenkel, die sich um seine Taille schlangen, und stieß fest zu. Er pumpte in sie hinein und brachte sie rasch zu einem weiteren Orgasmus. Sie lachte triumphierend, als sie über seine Schulter zu Tine schaute.

Tine fühlte sich steif vor Verlangen. Ihre Vagina verkrampfte sich eifersüchtig, als sie das Zucken von Jerrys Backen sah. Als es ihm kam, krümmte sich sein Körper wie ein Bogen, während seine Hüften weiter zustießen. Das Paar umarmte sich, und Tine beneidete sie um ihre Gefühle, während die Erregung in ihr kochte. Sie spürte eine krankhafte Enttäuschung, die sich in ihr ausbreitete. Sie drehte sich um.

Rupe starrte sie an, die Augen dunkel und durchdringend, seine Lippen nur ein schmaler Strich.

Fünftes Kapitel

Rupe war es, der das Duell der starrenden Augen verlor. Er schaute weg. Vor ein paar Minuten hatte er sich umgedreht, um die Silberfolie der Lasagne in den Abfalleimer zu werfen, und dabei war ihm Tine an der Spüle aufgefallen.

Das allein hätte ihn nicht neugierig gemacht, aber etwas an ihrer Haltung hatte ihn verdutzt. Er hatte dann in den Garten geschaut, wo Jerry vor Sharon kniete.

Rupe war weniger an den beiden interessiert gewesen als an Tine selbst. Die Muskeln ihrer Beine waren gespannt, so sehr drückte sie sich gegen die Spüle. Trotz der weiten Shorts konnte er das Zusammenkneifen ihrer Pobacken erkennen. Die Erregung strahlte von ihr aus, und er begriff, dass die Szene im Garten sie aufgewühlt hatte. Sie schien kaum zu atmen und seine Anwesenheit vergessen zu haben.

Sharons Exhibitionismus fand Rupe eher schamlos, aber Tines Voyeurismus rührte etwas tief in ihm, und plötzlich sah er wieder das Bild vor sich, wie sich das T-Shirt gehoben hatte, als sie sich nach den Milchflaschen bückte.

Er spürte ein Verlangen in sich, das ihn dazu drängen wollte, seine Arme um sie zu schlingen, sie fest an sich zu drücken und ihre Brüste anzufassen. Er zuckte; seine Vorstellungskraft war so überzeugend, dass er meinte, ihre Nippel auf seiner Haut zu spüren. Sein Penis versteifte sich, als sein Blick auf ihre Hüften und die gespannten Pobacken fiel.

Rupe fühlte sich am falschen Ort. Seine Vernunft rang mit seinem Verlangen. Der Mund fühlte sich trocken an, die Muskeln im Nacken spannten sich. Der Garten verschwand in einem undeutlichen Schemen im Hintergrund, während er sich auf Tine konzentrierte.

Sie hatte sich auf die Zehenspitzen gestellt. Die harte Ecke der Spüle drückte jetzt gegen ihren Schoß. Tine wippte auf und ab. Jerry hatte Sharon auf die Arme genommen. Rupe sah, wie der Gärtner sie aus seinem Blickfeld trug.

Er stellte sich Tine mit Shorts vor, die zu ihren Füßen lagen, und mit herausgestrecktem Hintern, während er unermüdlich in die gierige Nässe stieß. Seine Erektion wurde immer beharrlicher, und er war dankbar für die weite Hose, die seine Erregung versteckte. Ihm wurde leicht schwindlig, das Blut pochte in seinem Kopf, und es war ihm, als wäre er tatsächlich mit Tine zugange. Sie, die wunderbar mitfühlende englische Rose mit einem drängenden Verlangen, das er stillen konnte.

Es schien alles ganz einfach zu sein. Er sollte zu ihr gehen und ihr die Erlösung anbieten, nach der sie beide dürsteten. Aber er konnte die Distanz zwischen ihnen nicht überbrücken. Es waren nicht nur die paar Schritte auf dem Boden. Es war die Kluft zwischen Absicht und Tat. Ihm fehlte die Erfahrung, diese Kluft zu schließen.

Seine Frustration war nicht nur körperlich, sie ging über in Wut über sein eigenes Unvermögen, als Tine ihn ansah. Ihre Augen weiteten sich, als sie sich anstarrten. Ihre Lippen waren geschwollen und ein wenig geöffnet, ihr Atem ging flach. Ihre Brüste hoben und senkten sich heftig, und der nackte Bauch flatterte. In diesem Moment hätte Rupe die Kluft überwinden können, er hätte nur eine Hand ausstrecken müssen. Ihre Sehnsucht war greifbar. Aber er war wie benommen, und dann sah er die Furcht in ihren Augen.

Rupe erkannte, wie er auf Tine wirken musste, wie sie seine aggressive Haltung deuten würde. Zum zweiten Mal an diesem Tag rannte er aus der Küche und die Treppe hinauf. Er blieb erst stehen, als er die Tür seines Zimmers hinter sich zugeknallt hatte und sich erschöpft und hinter Atem dagegen lehnte.

Er war entsetzt, dass er Tine einen Schrecken eingejagt hatte, und er überlegte in rasenden Gedanken, wie er sie besänftigen konnte. Er brauchte Rat. Er verstand noch nicht, was in diesem Haus vorging. Er kam sich jung, unerfahren und verletzlich vor. Rupe wusste jetzt, dass er Tine sehr begehrte, dass er sie brauchte, aber er hatte keine Ahnung, wie er zu ihr finden konnte. Ohne weiteres Überlegen klickte er sich in den IRC ein und suchte Astyr.

Tine konnte nicht gegen ihre Furcht an. So erregt und lüstern und voller Sehnsucht sie auch nach Rupe war, seine muskulöse Masse schockierte sie. Natürlich wusste er nichts von ihren Monaten der erzwungenen Enthaltsamkeit. Sie hatte die Ungeduld seiner Erektion bemerkt, die gegen den Stoff seiner Hose drängte, und die Röte an seinem Hals. Sie hörte, wie er oben die Tür zuknallte.

Eine Reihe von Missverständnissen, jammerte sie.

Ihre Erregung schwand und ließ sie ausgebrannt und leer zurück. Sie empfand ein ungestümes Verlangen nach einem Freund mit breiten, tröstenden Schultern. Mit diesem Gedanken schleppte sie sich hoch in ihr Arbeitszimmer.

Sie ließ sich in den Sessel fallen, loggte sich ein und hoffte, Dickens zu treffen. Verblüfft sah sie einen Satz auf ihrem Bildschirm leuchten.

Rupe > Ich muss mit dir reden, bitte!

Tine wollte Rupe aus dem Weg gehen. Sie fühlte sich zu erschöpft für ihn, und außerdem wollte er sich wahrscheinlich nur den Frust und die Wut von der

Seele schreiben, und dafür eignete sich ein Fremder als Zuhörer viel besser. Ihr erging es ähnlich, auch sie wollte ihr Unglücklichsein mitteilen. Sie atmete kräftig durch und zwang sich zur Ruhe. Die Szene im Garten hatte sie aus dem Gleichgewicht geworfen.

Sie hätte in ein anderes Zimmer gehen können, zum Beispiel in Stevies Zimmer. Von dort hätte sie auch einen ungehinderten Blick auf das Geschehen im Garten gehabt, ohne sich um Rupes Anwesenheit zu sorgen. Natürlich war es nicht seine Schuld gewesen. Er war ebenso erregt wie sie gewesen.

Astyr > Du hörst dich ganz aufgeregt an. Was ist denn geschehen?

Rupe > Ich brauche einen Rat. Ach, ich weiß nicht … Du bist älter …

Astyr > Warum treffen wir uns nicht im #glade?

Tine dachte noch einmal über die Situation nach. Auf eine Weise war die Entwicklung schlimmer, als sie vorausgesehen hatte. Es war schon einige Male geschehen, dass ein Chatter bei ihr Rat suchte – einfach, weil sie älter war. Sie schwankte. Sollte sie ihm die Wahrheit sagen? Oder sollte sie den Betrug fortsetzen und ihm den Rat geben, den er brauchte?

Rupe > Danke!

Astyr > *De nada*. Du siehst so aus, als könntest du eine Umarmung gebrauchen. Was ist geschehen?

Rupe > Also, ich weiß selbst, wie sich das anhören muss … aber ich will mit jemandem darüber reden.

Astyr > Hör auf, um den heißen Brei herum zu

reden. Erzähle einfach. Ich entscheide dann, wie es sich anhört.

Rupe >Das wilde Weib und der Gärtner haben es im Garten getrieben, und Tine hat zugesehen, und ich habe Tine dabei beobachtet.

Astyr > Das heißt, sie haben im Garten gevögelt, und Tine (das ist die Vermieterin, nicht wahr?) hat gespannt, und du hast ihr dabei zugeschaut?

Rupe >Ja … Sie hat sich erregt, und ich war auch aufgegeilt und habe ihr Angst eingejagt. Ich traue mich nicht, ihr noch mal in die Augen zu sehen.

Astyr > Wieso hast du ihr Angst eingejagt?

Tine wusste genau, wie er ihr Angst eingejagt hatte, aber sie wollte die Szene durch Rupes Augen sehen.

Rupe > Nun ja, ich bin ziemlich kräftig gebaut. Ich muss ihr wie ein wildes Tier vorgekommen sein.

Astyr > Du hast sie begehrt?

Rupe > Oh, ja. Aber ich wusste nicht, wie ich damit umgehen sollte.

Astyr > Bist du noch Jungfrau?

Rupe > So gut wie. Ich bin mit Frauen nie zurechtgekommen. Ich schätze, ich habe Angst vor ihnen.

Astyr > Mal ehrlich – warst du scharf auf sie?

Rupe > Ich weiß es nicht. Ich weiß nur, sie wollte es … und ich war da. Ich glaube, ich hätte uns beiden helfen können.

Astyr > Du warst bereit, dich missbrauchen zu lassen?

Rupe > Ja, aber es wäre auch gut für mich gewesen, verstehst du? Ich will sie haben.

Astyr > Entschuldige meine Hartnäckigkeit … Du wolltest ihre Gier befriedigen, und sie wollte es auch? Ganz egal, wer es war, du oder der Briefträger?

Rupe > Ja. Obwohl es nicht so direkt war.

Astyr > Du kennst die Frau erst seit ein paar Tagen, und du willst sie. Du hast keine Augen für das wilde Weib, das du mit Verachtung strafst. Aber Tine erregt sich, wenn sie ihr zusieht. Rupe, was ist denn, wenn Tine ganz hohl ist? Oder wenn sie dir was vormacht? Woher willst du das wissen?

Tine sah zu, wie sie sich auf dem Bildschirm selbst verunglimpfte. Sie müsste wegen ihren arglistigen Täuschungen in Sack und Asche gehen und verfluchte sich im Stillen. Es war an der Zeit, den dünnen Faden, der zwischen ihnen war, zu stärken, statt ihn zu zerschneiden. Aber sie wollte, dass Rupe sich über das, was er wollte, ganz klar wurde.

Rupe > Ich weiß es natürlich nicht. Ich weiß nur, dass sie nicht wie das wilde Weib ist. Und ich weiß, was ich will.

Nun, dachte Tine, es ist ihm also klar, und ich muss aufhören, ihn wie ein Kind zu behandeln.

Astyr > Und du willst Tine. Musst du denn überhaupt wissen, ob Tine dich will? Du wirst doch nicht so blöde sein, dich in sie zu verlieben, oder?

Rupe > Ja, ich will sie. Ja, ich muss wissen, ob sie mich auch will – und ob ich mich in sie verliebe – wie sollte ich das wissen?

Astyr > Du wirst erst wissen, ob sie dich will, wenn du sie fragst.

Rupe > Ich soll sie fragen?

Astyr > Ja.

Rupe > Nein.

Astyr > Dann musst du beobachten, wie sie auf dich reagiert. Ich erinnere mich, dass du gesagt hast, wenn sie dich ansieht, fühlst du dich ausgezogen. Und heute hätte sie dich angesprungen, wenn du nicht wie ein wildes Tier auf sie gewirkt hättest.

Rupe > *lach*

Astyr > Ist das ein echtes Lachen?

Rupe > Ja. Aber du solltest mir Tipps geben und mich nicht zum Lachen bringen.

Astyr > Du brauchst keine Tipps, Rupe. Du warst ein bisschen durcheinander und brauchtest Zeit zum Nachdenken, glaube ich. :-)

Ich habe diese Zeit auch gebraucht, dachte Tine.

Rupe > Was ist mit dir, Astyr? Du wirkst so abgeklärt. Bist du auch mal durcheinander?

Astyr > Eh … fast immer. Und manchmal bin ich auch erregt.

Rupe > Weißt du, eigentlich sollte ich hinter dir her sein und nicht hinter Tine. Ich fühle mich wohl bei dir.

Astyr > He, was für ein Kompliment! Vielleicht würdest du dich nicht mehr so wohl bei mir fühlen, wenn ich neben dir stehe. Wir befinden uns hier im sicheren Hafen.

Rupe > Du bist doch in England, warum finden wir das nicht heraus?

Astyr > Das ist der lausigste Vorschlag, den ich seit langem gehört habe. Warum wollen wir etwas aufs Spiel setzen, was gut und schön ist? Hier können wir uns unterhalten, wir bringen uns zum Lachen. Wir können uns nur nicht berühren.

Rupe > Wenn du es so sagst, ergibt es einen Sinn. Ich habe nur das Gefühl, dass ich dich berühren möchte.

Astyr > Oh? Ich würde dich am liebsten fragen wo *frivoles Grinsen*, aber ich glaube, damit warten wir bis zum nächsten Mal. Ich muss gehen.

Rupe > Danke, Astyr. Es war mir wichtig.

Astyr > Mir auch.

Tine schaltete ab und legte den Kopf in beide Hände. Als sie sich nach einer Weile erhob, hatte sie einen Beschluss gefasst. Rupe brauchte nie von ihrer Täuschung zu erfahren. Er konnte seine Astyr in der virtuellen Welt haben und seine Tine im wahren Leben. Er begehrte sie, hatte er geschrieben.

Sie verweigerte sich ihre Schuldgefühle. Sie rief sich

die Gründe in Erinnerung, warum sie Fremden ihr Haus geöffnet hatte. Wegen der Geselligkeit, wegen des Lachens und vielleicht auch wegen der möglichen Abenteuer. Tine begehrte Rupe, und sie glaubte, ihm eine gute Freundin sein zu können. Tiefer sollte ihr emotionales Engagement nicht gehen.

Tine war hungrig. Seit dem Frühstück hatte sie nichts mehr gegessen. Sie fühlte sich erschöpft, war aber nicht müde. Die Dämmerung warf gespenstische Schatten über den Garten. Es war immer noch heiß, und die verschiedenen Düfte schufen ein beklemmendes, durchdringendes Aroma.

Tine war erleichtert, dass sie weder Sharon noch Rupe auf der Treppe begegnete. Sie holte den tragbaren CD-Spieler aus dem Wohnzimmer, schob Rachmaninows *Vespers* hinein und wartete mit geschlossenen Augen auf die kräftigen Stimmen der Croydon Sisters, die aus dem Kopfhörer drangen und Tines Sinne überfluteten.

Sie schob das Gerät unter den Bund, ging zur Garage und holte die Gartenmöbel heraus. Nacheinander trug sie den Tisch und vier Stühle zur Terrasse. Sie hatte die Möbel seit dem vergangenen Sommer vernachlässigt. Jetzt sah die Terrasse wieder einladend aus.

In der Küche bereitete sie sich einen griechischen Salat zu. Garnelen in geröstetem Sesamöl, frisch gepresster Knoblauch und Zitronensaft. Sie gab einen Spritzer Mineralwasser hinzu und trug ihr Abendessen auf die Terrasse.

Die Katze, angelockt vom Geruch der Garnelen, streunte um ihre Beine, als Tine sich an den Tisch setzte.

»Ich muss dich mit einem Namen ansprechen«, murmelte Tine und sah die Katze an. Das Tier sah zu ihr hoch und mauzte beifällig.

»Du musst doch einen Namen haben.«

Die Antwort war ein stummes, grünäugiges Starren. Die langen Haare glänzten. Die Katze schien sich in der Umgebung von Menschen wohl zu fühlen.

Tine hielt ihr eine Garnele hin. Die Katze schnappte danach und verschmähte auch den griechischen Ziegenkäse nicht. Irgendwann schob Tine den Teller von sich und lauschte den Chorstimmen. Die Katze sprang auf ihren Schoß und schnurrte, während Tine ihr das Fell streichelte.

Jerry hatte den Garten wieder gewässert, und der Geruch nach frischer Erde lag in der Luft. Tine empfand eine leichte Verärgerung, als Licht hinter ihr aufflammte. Aus dem Küchenfenster fiel ein Lichtschein auf die Terrasse. Sie hatte keine Lust auf Gesellschaft, deshalb drehte sie sich nicht um. Nach einer Weile zog sie die Ohrstöpsel heraus. Rupe stand in der Terrassentür.

»Tut mir Leid, ich wusste nicht, dass Sie hier waren«, sagte er mit sanfter Stimme.

Tine wies auf einen Stuhl. »Nehmen Sie Platz.«

Überrascht sah sie, dass er sich ein Abendessen zubereitet hatte; ein Lachssteak mit grünem Salat und Nussbrot. Er fing ihren verwunderten Blick auf und sagte: »Ja, kochen kann ich auch.«

»Dann können Sie mich heiraten.« Tine wollte nur einen Scherz machen, aber es entstand ein unbehagliches Schweigen. Sie war froh, dass Rupe ihr Erröten nicht sah, weil er damit beschäftigt war, sein Essen auf den Tisch zu bringen. Er setzte sich, starrte auf seinen Teller und dann auf Tine. Er schluckte, räusperte sich und brachte dann heraus: »Was da am Nachmittag geschehen ist … es tut mir Leid.«

Tine war gerührt. Es musste ihn viel Überwindung gekostet haben, das Thema anzuschneiden. Beinahe unbewusst streckte sie ihre Hand aus. Ein paar Sekunden vergingen, während er auf die Hand starrte, ebenso benommen wie sie selbst, ehe er die Hand in seine nahm und sanft drückte. Sie saßen da, sahen beide gebannt auf die vereinten Hände, bis Tine den Moment abschloss.

»Mir tut es auch Leid.«

Er nickte, atmete geräuschvoll die angestaute Luft aus, lachte trocken und lockerte den Griff seiner Hand.

Widerwillig zog Tine ihre Hand zurück. Sie war noch warm von seiner Hand und drückte sie unbewusst gegen ihren Bauch. Sie zwang sich zu schweigen und sah ihm beim Essen zu. Er aß zügig und mit sichtbarem Vergnügen. Als der Teller leer war, schloss er einen Moment die Augen, als wollte er danken.

»Ich werde Sie nicht heiraten«, sagte er nach einer Weile, »aber morgen Abend möchte ich für Sie kochen.«

»Abgemacht.« Sie lächelten sich an. »Am Dienstag zieht Stevie ein. Gegen Ende der Woche möchte ich zu einem gemeinsamen Essen einladen. Vielleicht am Freitag.«

»Alle?« Er hob die Augenbrauen.

Tine nickte. »Ich sollte Jerry auch einladen – allein schon wegen Sharon.«

»Ja, gute Idee, dann ist sie wenigstens beschäftigt.« Wieder lächelten sie sich an.

Seit die Situation geklärt war, konnten sie entspannter miteinander umgehen. Eine Freundschaft von Komplizen, dachte Tine. Sie plauderten, bis der Garten im Dunkel der Nacht verschwand. Rupe lauschte Rachmaninow und sagte, dass er auch für diese Musik schwärmte. Sie teilten auch ihr Interesse für Bücher, dann sprachen sie über Computer, Reisen, Essen und Trinken. Tine lernte ihn als einen Mann des trockenen Humors kennen, er konnte selbstkritisch sein und würzte manchen Satz mit mildem Sarkasmus.

Die Katze hatte die Seiten gewechselt und war des breiteren Schoßes wegen zu Rupe gegangen. Er neckte sie gutmütig, was aber in einer zerkratzten Hand endete. Als das Tier heimwärts trollte, räumten Tine und Rupe den Tisch und erledigten gemeinsam den Abwasch.

Rupe servierte den Kaffee, und sie tauschten Erfahrungen über das Internet aus. Tine erwähnte den IRC nicht, und Rupe ging überraschend auch nicht darauf ein, statt dessen sprachen sie über die Fülle der Pornographie in diesem Medium. Beide hatten durch die Seiten mit nackten Leibern gestöbert, und Rupe gestand, dass er auch einige Seiten mit perversen Inhalten besucht hatte, bei denen man sich registrieren musste.

Schließlich sprach er doch vom IRC. Tine gab zu erkennen, dass sie von dieser Möglichkeit, mit anderen Benutzern in Kontakt zu treten wusste, ging aber nicht weiter darauf ein, während Rupe von einer Beziehung erzählte, die er via IRC gepflegt hatte, die ihm aber mehr Frust als Lust gebracht hatte.

Eine Frau in New York hatte ihn mit ihrem Charme verzückt, sie war sinnlich und voller Humor gewesen. Er war so vernarrt in sie, dass er einen Auftrag in den USA angenommen hatte, um sie zu besuchen. Seine Illusion war zerschellt, als er erfuhr, dass die Frau in Wirklichkeit ein Mann war.

Tine fühlte mit ihm, aber sie konnte ihm auch jetzt nicht von ihren Erfahrungen im Netz erzählen. Sie hätte sich damit enttarnen können. Sie räumte nur ein, dass sie mit E-mail-Verbindungen auch schon einige schlechte Erlebnisse gehabt hatte.

Je länger sie sich unterhielten, desto intimer wurden die Themen, und Tine spürte ein zunehmendes Unbehagen.

Es war Sharon, die sie rettete. Sie kam herein und hob die Augenbrauen, als sie das Paar so vertraut nebeneinander an der Frühstücksbar sitzen sah.

»Ich störe doch nicht?«

Rupe schnaufte und erhob sich. Er wünschte Tine lächelnd eine gute Nacht und warf Sharon einen spöttischen Blick zu.

»Ich vertreibe ihn jedes Mal«, sagte Sharon bedauernd und sah Tine entschuldigend an. »Ich kann nichts dafür.«

Tine sah ihr zu, wie sie sich einen heißen Drink zubereitete, den sie mit ins Bett nehmen wollte. Die blonde Frau erwähnte mit keinem Wort die Szene mit Jerry im Garten. Die beiden Frauen unterhielten sich noch eine Weile.

Während Tine geschlafen hatte, erfuhr sie nun, hatte Rupe geholfen, den Rest von Sharons Habe aus der alten Wohnung zu holen. Er war freundlich und hilfsbereit, lobte Sharon, aber immun gegen ihren Charme. Als sie direkter vorgegangen war, hatte Rupe sie höflich aber bestimmt zurückgewiesen. Tine spürte einen Stich der Eifersucht, aber sie freute sich, dass Rupe der Rivalin widerstanden hatte.

Sharon setzte sich auf den Schemel, den Rupe geräumt hatte, und stieß Tine mit der Schulter an.

»Außerdem weiß ich, dass du scharf auf ihn bist.« Sie blies in den heißen Kakao und nippte daran. Als sie Tines verdutztes Gesicht sah, musste Sharon lächeln. »Der einzige, der das noch nicht bemerkt hat, ist Rupe.«

Sie stellte die Tasse ab und wandte sich an Tine, die violetten Augen blickten freundlich.

»Weißt du, dass er auch scharf auf dich ist?«

Tine nickte.

Sharon hob die Schultern und stand auf. »Worauf wartest du denn noch?« Sie hob die Tasse auf und hauchte einen Kuss auf Tines Stirn, ehe sie verschwand.

Tine genoss Sharons unbeschwerte Art, aber sie war auch erleichtert, dass die sexuelle Spannung, die sie ausstrahlte, werktags nur in den Abendstunden da sein würde. Dadurch würden die anderen Bewohner Kraft sammeln können, um die Wochenenden zu überstehen. Sie verdrängte den Gedanken an die Nächte dazwischen, nahm eine Flasche Mineralwasser aus dem Kühlschrank und ging in ihr Arbeitszimmer. Sie loggte sich im IRC ein, und beinahe sofort leuchtete ihr Bildschirm auf.

Rupe > *kuschel* Hast du Lust auf #glade?

Rupe und Astyr waren allein. Mit einigen wenigen Worten schuf er ein virtuelles Sofa, auf dem sie beide Platz nahmen, dann erzählte er ihr, wie er Tines Hand gehalten hatte, wie gut er sich dabei fühlte und wie er immer sicherer glaubte, dass sie ihn auch wollte. Sie kuschelten auf dem Sofa, und sie wollte eine Fußmassage. Rupe beschrieb seine Handgriffe und begann ihre Waden zu massieren.

Astyr > Möchtest du das auch mit Tine machen?

Rupe > Das und mehr!

Astyr > Zeig's mir. Dann kann ich dir sagen, ob es gut ist.

Rupe verfügte über einen großen Wortschatz, und seine Beschreibungen zogen Tine mit in seine lebhafte Fantasie. Er beschrieb alles, was er mit ihr anstellte und was er dabei fühlte. Er wartete auf keine Reaktion von ihr.

Tine stand auf und zog sich aus, nur den dünnen Slip ließ sie an. Sie zog ihn zur Seite und massierte sanft ihre Vulva, dann schlüpfte sie mit einem Finger hinein, und als er nass war, reizte sie die Klitoris, die sich langsam aus ihrer Fleischkapuze erhob. Sie wollte sich zurückhalten, um sich von Rupe tiefer in seine Fantasie ziehen zu lassen.

Im Text auf dem Bildschirm drängte Rupe die vermeintliche Astyr, sich auf den Boden zu legen. Er schuf einen virtuellen Perserteppich und rollte sie zärtlich auf den Rücken, die Beine ein wenig gespreizt. Er hatte eine Massage geplant, aber er hatte nicht mehr die Geduld dazu, er schob die Öle weg und setzte statt dessen seine Lippen ein.

Er begann mit ihren Füßen, nahm jeden Zeh einzeln in den Mund und drang mit der Zunge in die Zwischenräume ein. Dann strichen die Lippen über ihre Waden und glitten höher zu den empfindlichen Innenseiten ihrer Schenkel. Bald erreichte die Zunge ihre Labien. Er beschrieb seine Aktionen wortreich, er beschrieb den Geschmack und die Sensationen, die sein Tun bei ihm auslösten. Die Wonne, die er empfand, wenn er ihre Labien mit der Zunge teilte, wenn die Zunge tief in sie eindrang. Er war völlig in die virtuelle Welt versunken, eine Fähigkeit, die auch Tine immer wieder genoss.

Als sein Text eine Weile unverändert auf dem Bildschirm stehenblieb, übernahm sie und beschrieb, was sie unter seinen ausgedachten Liebkosungen empfunden hatte. Sie veränderte ihre Positionen und nahm seinen Schaft tief in den Mund. Sie ritt ihn mit den Muskeln, bis sie nach Luft rang. Er kam, und sie schluckte fast alles, behielt aber einen Rest von ihm im Mund, damit sie ihn später beim langen Kuss daran teilhaben lassen konnte.

Als sie ihren Text beendete, entstand eine Stille. Tine war erregt, aber es war nicht die Art Erregung, die eine sofortige Erfüllung verlangte. Ihre Finger kreisten langsam über den sanften Hügel. Der leichte Druck war lustvoll; sie hatte das Gefühl, ihr Vorspiel könnte ewig so weiter gehen. Der Orgasmus war nicht so wichtig.

Schließlich fragte Rupe, ob sie Cunnilingus liebte. Sie schrieb zurück, dass sein Saugen und Streicheln wahnsinnig gut getan hätten. Wenn er im wahren Leben so geschickt war wie im virtuellen, schrieb sie, dann war er einer jener seltenen, wunderbaren Männer, die jede Frau wenigstens einmal im Leben genießen sollte.

Er gestand, dass er es im wahren Leben noch nie gemacht hatte, aber er wollte es unbedingt versuchen. Und noch nie hatte eine Frau ihn in den Mund genommen, und auch das wollte er unbedingt erleben.

Sie schrieben, was sie sonst noch alles ausprobieren wollten und dachten sich eine Vielzahl erotischer Abenteuer aus. Rupe wollte alles probieren, alle Stellungen, oral und anal, er wollte Fesselspiele versuchen und selbst erleben, wie sich Schmerz mit Lust vertrug. Auch die Vorstellung, es mit einem anderen Mann zu treiben, bereitete ihm keinen Kopfschmerz. Mit Fetischen konnte er nichts anfangen, und unappetitliche Perversionen sprachen ihn auch nicht an.

Er fügte hinzu, dass er noch nie über die ganze Bandbreite der Sexualität so intensiv nachgedacht hatte wie in den letzten beiden Nächten, während er wach im Bett gelegen hatte und Tine in seine Fantasien eingedrungen war.

Es fiel ihr schwer, sich zur Ruhe zu zwingen, schließlich wusste sie, dass Rupe nur eine Treppe weit entfernt war. Sie konnte zu ihm gehen, offen und nackt, und die Wirklichkeit mit ihm genießen. Aber sie konnte auch nicht die Lust leugnen, die sie dabei empfand, wenn sie mehr und mehr von ihm erfuhr. Je länger sie sich zurückhalten konnte, desto größer und schöner würde ihr erstes reales Erlebnis sein.

Sechstes Kapitel

Als Tine am anderen Morgen aufwachte, nahm sie sich vor, Kontakt mit Demmy aufzunehmen. Der Schlaf hatte sie nicht wirklich erfrischt, und sie erinnerte sich daran, dass sie gestern Abend ungeduscht ins Bett gegangen war.

Sie zwang sich aus dem Bett, ging unter die Dusche und stieg hastig in Jeans und Hemd. Sie ging die Treppe hinunter und erinnerte sich daran, dass Rupe heute Abend für sie kochen wollte. Sie freute sich darauf. Sie würde sich gern von ihm verwöhnen lassen.

Minuten später saß sie mit einer Scheibe Toast in Johns Arbeitszimmer und schaltete seinen Computer ein, um Demmys Adresse aufzuspüren. Sie fand sie sofort. Sie wischte die Krümel von ihren Fingern und wählte die Nummer, dann hörte sie das Tuten. Sie wollte nach einer Weile schon aufgeben, aber dann meldete sich eine Stimme. Unzweifelhaft Demmys. Tine hatte das gehauchte Klein-Mädchen-Lispeln schon fast vergessen.

»Hallo, Demmy.«

»Wer ist da?«

»Tine, Johns Frau.« Sie verbesserte sich: »Witwe.«

Es folgte ein Schweigen, und sie empfand Mitleid mit dem Mädchen. Johns Tod war auch für sie ein Verlust gewesen, und nun rief die Frau an, die sie betrogen hatte. Aber trotzdem war Tine nicht auf Demmys Reaktion vorbereitet.

»Was willst du?« Sie hörte sich feindselig an.

Tine hatte einen Satz des Beileids oder auch der gemeinsamen Trauer erwartet, und nun bereute sie schon ihren Anruf. Aber sie wollte nicht so schnell aufgeben. Sie erklärte, dass sie versuchen wollte, mögliche unfertige Bilder auf Johns Computer zu suchen, und Demmy, die den letzten Sommer so eng mit John gearbeitet hatte, wäre die ideale Person für diese Aufgabe.

Tine bemühte sich um Freundlichkeit. Sie sagte, dass sie sich freute, Demmy überhaupt erreicht zu haben, denn sie hätte ja auch Zugang zu einem anderen Künstlerkreis in London gefunden haben können. Allmählich schien Demmy aufzutauen. Sie war an der Uni geblieben und hatte sich auf Computergrafiken umgestellt. John hatte sie dazu ermutigt. Jetzt waren Semesterferien, und bis September war sie frei.

Tine hörte eine Arroganz in Demmys Stimme. Demmy fühlte sich wohl der betrogenen Frau überlegen.

Es überraschte Tine, dass sie Demmys Haltung nicht vorausgesehen hatte. Die junge Geliebte ihres Mannes sollte nicht glauben, dass Tine als Bittstellerin anrief. Sie zweifelte nicht daran, dass Demmy davon profitierte, wenn sie unveröffentlichte Arbeiten von John entdeckte. Ihr Name würde in Katalogen erwähnt. Sie wies deutlich auf diese Vorteile hin und nahm sich vor, wenn sie eine schnippische Antwort erhielt, würde sie ihr Angebot zurückziehen.

Demmy überraschte sie erneut, als sie fragte, wie hoch diese Aufgabe bezahlt würde, schließlich könnte sie in dieser Zeit ja auch Arbeiten für die Uni erledigen. Sie würde wenigstens einen Teil des Verkaufserlöses haben wollen.

»Du wirst gar nichts erhalten! Und du wirst die unfertigen Bilder auch nicht anfassen, falls es denn welche gibt. Wenn du die Chance nicht siehst, die darin liegt, unveröffentlichte Bilder von John zu entdecken, dann war es ein Fehler, dich überhaupt anzurufen.«

Tine brach die Verbindung verärgert ab. Sie saß im stillen Arbeitszimmer, fühlte sich schuldig, bereute aber nichts. Demmy war achtzehn Jahre und erwachsen; ihre Haltung war kindisch und inakzeptabel. Sie bedauerte, dass die Beziehung des jungen Mädchens zu John von hohlem Materialismus bestimmt gewesen sein musste, auch wenn sie berücksichtigte, dass Demmy eine mittellose Studentin war.

Tine saß wie erstarrt da, als ihr der schreckliche Gedanke kam. Demmy war bezahlt worden. John hatte Demmy für ihre Gunst bezahlt. Er hatte ihre finanzielle Situation ausgenutzt, um die Jugendlichkeit des Mädchens besitzen zu können.

Tine verwarf schleunigst ihre romantisierenden Vorstellungen über die Art von Johns Beziehungen mit den jungen Mädchen und erkannte den schnöden monetären Charakter seines Handelns. Hatte er die Straßen englischer Städte nach immer neuen Mädchen heimgesucht? Sie dachte an die Ausreißerinnen, an junge Prostituierte und obdachlose Waisen, die seinen Angeboten vielleicht nicht hatten widerstehen können. Tine dachte auch an die Risiken, die er für sich, für die Mädchen und auch für sie eingegangen war.

Sie stand in stiller Verachtung da, als die Türglocke sie aus ihren Gedanken riss. Langsam ging sie die Treppe hinunter. Sie fühlte sich erschöpft, und als sie die Tür öffnete und Demmy vor sich sah, war das kein Anblick, der sie fröhlicher stimmte.

Demmy war nicht mehr die zierliche Elfe, die sie noch vor einem Jahr gewesen war, sie hatte deutlich sichtbare Konturen bekommen. Die blassblauen Augen waren noch so durchscheinend wie früher. Das dichte dunkle Haar war mit wilden pinkfarbenen Strähnen durchzogen.

Eine Seite des Kopfes war bis auf Stoppellänge rasiert, die Haare der anderen Seite waren mit Gel zu Spikes erhoben. Eine kleine goldene Kugel war durch ein Nasenloch gepierct, und als Demmy sprach, glitzerte ein goldener Ring, der durch die Unterlippe gezogen war. An einem Ohr gab es so viele Piercings, dass man sie nicht auf Anhieb zählen konnte. Tine wunderte sich, wieso das Ohr unter dem Gewicht nicht abfiel.

Demmy trug ein kurzes schwarzes Wickelkleid. Tine konnte keine Wäsche unter dem dünnen Stoff erkennen, wohl aber die Andeutung, dass sich die Piercings fortsetzten. Um einen Nippel schien ein alarmierend großer Ring zu hängen. Sie trug schwere hohe Schuhe mit kurzen Söckchen. Dicke Lederarmbänder und eine Fülle von Ringen komplettierten ihren Schmuck. Auf dem rechten Oberarm war ein Fisch tätowiert. Ihr Gesicht trug kein Make up, ihre Haut war blass und makellos.

»Ich bin wegen Johns Arbeiten gekommen.« Sie sagte kein Wort der Entschuldigung, und ihr kindlicher Sopran stand im Widerspruch zu dem Bild, das sie abgab.

Tine trat stumm beiseite und ließ sie eintreten. Demmy ging gleich durch ins Arbeitszimmer. Tine fühlte sich nicht in der Lage, dem jungen Mädchen jetzt zu begegnen, sie ging in die Küche und füllte die Kaffeemaschine. Sie blieb etwa eine halbe Stunde in der Küche sitzen. Wahrscheinlich saß Demmy an Johns Computer, um die ›j_piks‹ zu finden, die Tine in eine andere Datei verschoben hatte.

Trotz ihrer Verärgerung fühlte Tine mit dem Mädchen. Natürlich kannte Demmy Johns Ablagesystem und wusste, wo er die Fotos einsortiert hatte. Als sie sie dort nicht fand, musste sie in leichte Panik geraten. Was, wenn Johns Anwälte sie entdeckt hatten und sich nun in fremden Händen befanden? Falls sie selbst mal eine bekannte Künstlerin würde, konnten die Bilder eine Bedrohung für ihre Karriere sein.

Als Tine endlich das Arbeitszimmer betrat, stand Demmy vor dem Computer. Sie war in Tränen ausgebrochen. In der Hand hielt sie die Hülle der CD-Rom, die Tine von ›j_piks‹ gebrannt hatte. Auf dem Schirm war noch das Bild zu sehen, auf dem Demmy mit der Fellatio begonnen hatte.

Die beiden Frauen sahen sich an, Tine ruhig, zwei Tassen Kaffee in der Hand, und Demmy zitternd. Die Tränen liefen weiter über ihr Gesicht.

»Du hast es gewusst!« Ihre Stimme klang wie ein Vorwurf, als ob es Tine wäre, die Böses getan hätte.

»Nicht, als ich angerufen habe. Aber ich habe es herausgefunden.« Du bist verrückt, dachte Tine. Warum sollte ich mich bei ihr entschuldigen? Sie wusste nicht, warum das Mädchen weinte. Ihr natürlicher Impuls war, freundlich zu sein. Sie stellte die beiden Kaffeetassen ab, nahm die CD aus Demmys Hand und die junge Frau in ihre Arme.

Demmy schluchzte ein paar Minuten lang an Tines Schulter, als suchte sie dort Trost. Ihr Nippelring drückte gegen Tines Brust und löste dort eine angenehme Reibung aus. Als Demmy ihr Gesicht in die Halsbeuge schmiegte, spürte Tine den Lippenring. Sie erfuhr die Vorteile des eigenwilligen Schmucks. Die Nasenkugel berührte leicht ihr Ohrläppchen; auch ein sinnliches Gefühl.

Es dauerte einige Zeit, bis Tine gewahrte, dass Demmy nicht mehr weinte. Das Mädchen hatte die Arme um Tines Taille geschlungen und hielt sie fest an sich gedrückt. Demmy war ein wenig größer als Tine, und wenn sie den Kopf hob, war ihr Kinn genau auf Tines Augenhöhe.

Tine wurde bewusst, dass dies der erste enge Körperkontakt war, den sie nach Monaten erlebte, und es wurde ihr auch bewusst, dass sie danach hungerte. Sharons kurze Umarmung war angenehm gewesen, aber dies hier hätte den Durst nach der Durchquerung der Wüste stillen können. Tine nahm aus der Umarmung so viel mit, wie sie nur konnte.

Demmy freute sich. Sie empfand nicht viel für Tine, aber sie sah ihr an, dass ihr Besuch sie verunsichert hatte. Nach dem Anruf war Demmy zunächst schockiert gewesen, aber dann hatte sie sich einen Plan ausgedacht, der ihr schon seit Monaten durch den Kopf gegangen war.

Sie wusste, wie John seine Kunst generiert hatte, sie brauchte nur Zugang zu seinem Programm und den Filtern zu erhalten, um ähnliche Bilder herzustellen. Natürlich würde sie einige Details verändern, aber als Johns Jüngerin würde ihre Kunst dieselbe Klientele ansprechen. Sie war keine Puristin, sie wollte nur viel Geld mit einer Technik verdienen, die John erfunden und reich gemacht hatte.

Als sie die CD-Rom gefunden hatte, wusste sie durch Tines Handschrift, dass die Frau von ihrer Beziehung mit John erfahren hatte. Demmy war in Tränen ausgebrochen, weil sie das Programm nicht gefunden hatte, mit dem John seine Bilder verfremdet hatte. Ihre Tränen waren nicht Tränen der Scham, wie Tine offenbar glaubte, sondern Ausdruck der Frustration. Aber in Tines Armen fand sie nicht Trost, sondern Hoffnung auf eine neue Gelegenheit.

Sie konnte ihren Plan immer noch realisieren, wenn es ihr gelang, das Vertrauen der älteren Frau zu gewinnen. Der Weg war gewiesen, als die Umarmung andauerte.

Sie schmiegte sich an Tine und spürte, wie ihr Ring sich an Tines Nippel rieb. Durch den dünnen Stoff spürte sie das Anschwellen der Brustwarzen, und sie hörte auch, dass Tine kürzer und schneller zu atmen begann. Sie legte die Arme um Tines Taille, stand abwartend da und drückte dann die zierliche Frau an sich. Da war kein Zögern, kein Zurückweichen. Demmy strich mit einer Hand über Tines Rücken, glitt immer tiefer, streichelte kreisend über die Pobacken. Der Jeansstoff war ärgerlich, fand Demmy. Kurz entschlossen glitt sie mit beiden Händen unter den weiten Bund und massierte Tines nackte Halbkugeln.

Es begann Tine Spaß zu machen. Sie lehnte sich entspannt gegen Demmy, rieb sich an der jungen Frau und zitterte unter ihren Händen. Demmy lächelte still. Tine reagierte gut auf das beharrliche Streicheln und Kneten. Ein Finger schlich sich probend in die Kerbe, während die andere Hand an ihr Geschlecht fasste, wodurch sie Tine auf die Zehenspitzen zwang. Tine keuchte, als Demmy mit den Fingern in beide Öffnungen drang.

Demmy erregte sich an Tines leisem Stöhnen. Die ältere Frau hungerte nach Sex. Demmy wusste genau, wie sie Tine hoch bringen konnte. Sie wollte sie an einen Punkt bringen, von dem es kein Zurück mehr gab.

Demmy war nicht an Kuschelsex gewöhnt. Ihr ging es um den direkten Weg, und den würde sie auch bald mit Tine gehen können, sobald die Verführung gelungen war. Danach würde die befriedigte Tine ganz lieb und bereit zum Teilen sein. Sie würde ihr das Programm zeigen, und dann …

Sie spürte Tines Nässe und war erstaunt über den Eifer der älteren Frau. Demmy schob die Finger tiefer, und Tine ließ den Schoß rotieren, um Demmys Finger einzufangen. Dann verharrte sie plötzlich mitten in der Bewegung. Der Atem kam stoßweise, und sie schien zu erstarren, als sie versuchte, sich wieder unter Kontrolle zu bringen.

Demmy erkannte sofort, dass ihr Versuch fehlgeschlagen war. Ihre Finger glitten aus Tine heraus. Noch sorgte Demmy sich nicht. Sie sah die Lust in Tines Augen. Nach kurzer Zeit würde sie es noch einmal versuchen, aber jetzt musste sie zurückstecken. Fieberhaft dachte sie nach, wie sie die Situation zu ihrem Vorteil nutzen konnte.

Schließlich flüsterte sie: »Es tut mir Leid.« Sie hielt

den Kopf gesenkt. Eine einzelne Träne rann die Wange hinunter. »Ich weiß, wie das auf dich wirken muss. Aber ich war mit John eng verbunden, und jetzt, in deiner Gegenwart, stürmten die Erinnerungen wieder auf mich ein.«

Tine hatte hart gekämpft, um die Kontrolle über sich wieder zu gewinnen. Ihr Körper lechzte immer noch nach den kundigen Berührungen der jungen Frau und brannte auf Erlösung. Aber dies war nicht das, was sie wirklich haben wollte. Sie hatte erkannt, dass Demmy nur eine schlechte Schauspielerin war.

Oh, dieses junge Ding kannte alle Tricks, eine Frau zu erregen, sie hatte alle richtigen Berührungen und Bewegungen drauf. Nicht einmal John hatte es verstanden, sie derart schnell zu erregen. Tine war sich nicht sicher, aber sie glaubte, ihr Misstrauen war geweckt worden, als Demmy so gezielt, so berechnend vorging.

Sie war zu klug, um nicht auf ihre innere Stimme zu hören, deshalb hatte sie um ihre Beherrschung gerungen. Jetzt musste ihr Körper mit der Enttäuschung fertig werden. Am schlimmsten war die Erkenntnis, wie leicht sie sich hatte verführen lassen, wie empfänglich sie für Zärtlichkeit war. Sie hatte zwar Trost geben wollen, aber sie hatte Wärme gesucht. Ihre Libido hatte alle anderen Gefühle überlagert.

Demmys Wandlungsfähigkeit hatte sie stutzig gemacht. Vor den Tränen war sie kurz angebunden und verdammt selbstsicher gewesen. Danach der Tränenausbruch, für die Tine noch keine Erklärung hatte, und dann die gewiefte Verführerin.

Jetzt sah Tine die Lüge in den blassblauen Augen. Sie sah sich in ihrer Ahnung bestätigt, dass Demmy gar nicht an John interessiert gewesen war, sondern nur an seiner Arbeit, von der sie profitieren wollte. Sie ahnte auch, dass Demmy an Johns Programm interessiert war, damit sie ihn kopieren konnte. Wenn das wirklich der Fall war, musste Tine die Pläne der jungen Frau durchkreuzen.

Tine bat Demmy, jetzt nach Hause zu gehen. Wenn sie wolle, könnte sie am Dienstag wiederkommen.

»Vielleicht brauchen wir beide etwas mehr Zeit, um noch einmal über alles nachzudenken«, sagte sie und dachte, sie würde bis dahin selbst noch einmal den Computer nach Johns Programm durchforsten. Sie hatte eine größere Chance als Demmy. Sie legte die CD-Rom zurück ins Regal und führte die junge Frau zur Haustür.

Tine sah Demmy auf die Straße treten. Ihre Hüften schwangen sinnlich, und Tine spürte einen Stich in der Magengrube. Ein Wirrwarr der Gefühle tummelte sich in ihr, von Ärger bis Sehnsucht. Sie verstand jetzt besser, wie sie gestern auf Rupe gewirkt haben musste, geil und entblößt. Sie war erleichtert, dass sie sich zurückgehalten hatte, und noch erleichterter, dass sie sich im letzten Moment von Demmy gelöst hatte. Sich dem jungen Mädchen hinzugeben wäre der noch schlimmere Fehler gewesen. Noch schlimmer, als es mit Rupe zu treiben.

Sie fühlte sich zu der jungen Frau nicht hingezogen, aber trotzdem reizte Demmy sie. Sie war sicher, dass es Demmy gelungen wäre, sie körperlich zu befriedigen, und vielleicht wäre das auch genug gewesen, aber sie wusste, dass Demmy Revanche von ihr erwartete, und dieser Preis wäre zu hoch gewesen.

Während sie das dachte, machten sich Schuldgefühle in Tine breit. Demmy war kein schlechtes Mädchen, sie war jung und suchte noch, wohin sie gehörte. Je länger sie darüber nachdachte, desto sicherer war sie, dass Demmy sie ganz gezielt verführt hatte. Sie hatte etwas erreichen wollen. Im nächsten Moment war sie davon überzeugt: Johns Programm. Hatte sie nicht ihr Studienfach gewechselt? Damit sie so arbeiten konnte wie John?

John war ein wahres Genie gewesen. Aber das Genie lag nicht an seinen künstlerischen Qualitäten, sondern an seiner Erfahrung als Computergrafiker. Um seine Bilder so kunstvoll zu verfremden, hatte er ein Programm entwickelt, mit dessen Hilfe jeder Bilder in Johns Technik fertigen konnte. Kein Wunder, dass Demmy bereit war, am Dienstag wiederzukommen.

Tine würde wahrscheinlich auch beim nächsten Mal kein Glück haben, wenn sie das Programm auf Johns Rechner suchte. Wahrscheinlich bedurfte es eines Spezialisten … und plötzlich fiel ihr Rupe ein.

Sie hatte in der offenen Haustür gestanden, während diese Gedanken durch Tines Kopf gingen. Das Geräusch von Töpfen und Pfannen riss sie aus ihren Grübeleien. Sie drückte die Tür zu und ging in die Küche.

Rupe ging summend seiner Arbeit nach, hatte Zutaten aufgereiht, Messer und Bretter aus dem Schrank geholt. Tine schaute auf die Uhr. Drei Uhr am Nachmittag. Demmy war über zwei Stunden bei ihr gewesen.

»Soll ich aus der Küche gehen?«, fragte Tine. Sie wusste, wenn sie ein Essen vorbereitete, war sie lieber für sich allein. Aus den Vorbereitungen war zu schließen, dass dies ein besonderes Essen sein würde.

»Ja.«

»Okay.« Sie grinste und freute sich auf das gemeinsame Essen. Sie schenkte sich ein Glas Orangensaft ein und ging ins Arbeitszimmer. Sie verzog das Gesicht, als sie die Tassen mit dem kalten Kaffee sah, dann schaltete sie den Computer ein.

Sie begann mit der Suche nach Johns Programm. Sie ging systematisch durch seine Dateien, aber sie ahnte, dass es eine langwierige Suche werden würde.

Rupe klopfte an die Tür des Arbeitszimmers. Er hatte gesehen, dass Tine hineingegangen war. Als sie nicht antwortete, trat er ein. Er sah sie konzentriert auf den Bildschirm starren. Mit zusammengezogenen Augen betrachtete er die Hardware und dann Tines geschicktes Öffnen der verschiedenen Grafiken. Offenbar suchte sie etwas, denn sie öffnete eine Datei nach der anderen.

Er wollte sie in ihrer Konzentration nicht stören und ging wieder. Verwundert war er nur darüber, dass sie ihm nicht gesagt hatte, wie firm sie im Umgang mit dem Rechner war. Er war neugierig geworden und schlich hinauf in ihr Arbeitszimmer. Auch sie verfügte über einen Minicomputer und einen PC.

Rupe wusste von Johns Erfolgen mit am Computer generierter Kunst. John hatte einen großen Namen, nicht nur in Kunstkreisen, sondern auch unter Computerfans. Er wusste auch, dass Tine seine Witwe war. Im ganzen Haus hingen seine Bilder. Was er bisher nicht gewusst hatte, war Tines Erfahrung am Computer. Ihn verblüffte auch, mit welcher entschlossenen Konzentration sie die einzelnen Dateien durchforstete.

Sie musste einen Grund haben, ihm ihr Wissen vorzuenthalten; als sie sich gestern Abend unterhalten hatten, war sie zurückhaltend gewesen, was ihre Arbeit mit dem Rechner anging. Aber natürlich ahnte Rupe nicht den wahren Grund für Tines Untertreibung.

Er nahm sich vor, ihr Geheimnis noch heute Abend herauszufinden. Er würde sie betrunken machen und dann alles von ihr erfahren.

Zwei Stunden später trat Tine in den Flur und wurde von köstlichen Aromen empfangen. In der Küche waren sie am stärksten. Sie sah mehrere gefüllte Schüsseln, die darauf warteten, in den Ofen geschoben zu werden. Rupe deckte den Tisch im Esszimmer. Er hatte das feine Porzellan gefunden und das Silberbesteck, und jetzt war er dabei, die Servietten zu hübschen Rosetten zu falten. Als er Tine bemerkte, schob er sie hinaus, weil alles eine Überraschung sein sollte. Sie sollte sich gedulden; um sieben Uhr gäbe es einen Aperitif auf der Terrasse. Er fügte noch hinzu, dass Sharon ihm gesagt hatte, sie wollte an diesem Abend ausgehen.

Tine wollte seine Mühe mit festlicher Kleidung vergelten. Aus dem Versprechen, etwas für sie zu kochen, war inzwischen so etwas wie eine Verabredung geworden. Sie duschte und ölte sich ein, beschäftigte sich lange mit ihrem Make-up und betrachtete sich kritisch im Spiegel des Kleiderschranks.

Sie entschied sich für ein Haremskostüm, eine schwarze Hose aus Schleierstoff, dazu ein spitzenbesetztes Mieder. Es war bequem und doch elegant, und Rupe würde wissen, dass sie ihm damit eine Freude bereiten wollte. Erfolglos mühte sie sich mit der Frisur ab. Die Haare waren zu dick, um gezähmt zu werden, deshalb bürstete sie so lange, bis sie glänzten.

Sie tupfte *l'eau d'Issey* auf ihre Handgelenke und ging Punkt sieben Uhr ins Esszimmer.

Die Terrassentür stand offen, und das Zimmer glänzte im Sonnenlicht. Der Tisch war wunderschön gedeckt, eine Kerze in einem silbernen Halter versprach Intimität, und neben jedem Teller standen eine Champagnerflöte und je ein Glas für Weißwein und Rotwein. In den Falten der Servietten steckte der Kopf einer roten Rose.

Rupe hatte sich auf einer Liege auf der Terrasse ausgestreckt und wandte ihr den Rücken zu. Seine Haare waren nass, und jetzt trug er ein schwarzes T-Shirt und Chinos. Wie sie war auch er barfuß. Neben seiner stand noch eine Liege, er musste sie in der Garage entdeckt haben, dachte Tine. Auf dem Tisch standen eine Karaffe mit einer goldgelben Flüssigkeit mit Eiswürfeln und Obststückchen sowie zwei Gläser.

Tine fühlte sich plötzlich ganz scheu. Eine leichte Brise spielte mit einem Blatt auf dem Rasen, hob es an und wirbelte es herum. Als die Katze hinter einem Rhododendronbusch hervorsprang, um das Blatt zu fangen, musste sie lachen. Rupe drehte sich um und lächelte Tine an.

Er sah eine schöne Frau vor sich. Sie stand auf der Terrasse, und nun ließ sich der leichte Wind an ihrem Schleierstoff aus und schob ihn an den Beinen hoch. Der leichte Stoff blähte auf, als wollte er mit dem Wind reiten, ehe Tine mit einer Hand die Hose wieder glättete.

Tine sah die Bewunderung in Rupes Blicken und erwiderte sie rückhaltlos. Es war ein ernster, offener Moment, und beide freuten sich auf den Abend. Rupe erhob sich, um den Aperitif einzuschenken, wartete, bis sie auf der Liege Platz genommen hatte, und reichte ihr dann ein Glas. Es fühlte sich kühl an, und die Eiswürfel klirrten zum Willkommen. Sie nippte zuerst, schmeckte den Obstpunsch, der mit Passionsfrucht und Zitrone angereichert war, um die Süße zu nehmen. Sie nickte zustimmend.

Sie saßen eine Weile in angenehmem Schweigen da, ehe Rupe etwas sagte.

»Ich war heute Nachmittag im Arbeitszimmer, als Sie da gearbeitet haben. Ich wollte Sie nicht stören, deshalb bin ich wieder gegangen.«

Tine hatte Verständnis dafür, dass Rupe sich für die Hardware interessierte; es gab kaum jemanden, der ihr Haus besuchte, der sich nicht für die Anlage begeistern konnte. Wenn er ihr zugeschaut hatte, würde er auch bemerkt haben, dass sie recht vertraut mit den Geräten war.

Einen entsetzlichen Moment lang fürchtete sie, er könnte gekommen sein, als sie mit Demmy im Arbeitszimmer gewesen war, aber sie verwarf diesen Verdacht sofort wieder. Wäre das der Fall gewesen, hätte er den Vorfall nicht angesprochen.

»Sie hätten mich ruhig stören können. Ich habe etwas gesucht, aber nicht gefunden.«

Sie redeten noch ein wenig über harmlose Dinge, ehe er fragte: »Wer war denn das Tankgirl?«

Er musste Demmy gesehen haben, als sie das Haus verlassen hatte. »Sie ist der Grund dafür, dass ich gesucht habe. Und warum ich Sie um Hilfe bitten muss.«

Tine entschied, Rupe alles über Johns Beziehung mit Demmy und den anderen Frauen zu erzählen, über seine Kunst und die Ablagen, die sie suchte. Es war eine lange Geschichte, sie überdauerte den Punsch, den Salat vorab und den gebackenen Camembert mit dem pürierten Rote-Bete-Saft.

Rupe lauschte intensiv und ohne zu unterbrechen. Er hatte absichtlich mit dem Öffnen der Champagnerflasche gewartet, denn irgendwie passte kein Champagner zu der Geschichte, die sie zu erzählen hatte.

Er war traurig, als er daran dachte, wie sie die heimlichen Fotos entdeckt hatte. Was für ein Beginn für ihr neues Leben. Traurig war auch, wenn ihre Vermutungen über Demmys wahre Absichten zutrafen. Aber er hörte keinen Schmerz in ihrer Stimme, als sie von Johns Untreue sprach.

Er nickte Zustimmung, als sie ihn inständig bat, das Geheimnis von Johns Kunst zu bewahren. Ihr verstorbener Mann mochte ein unmoralischer Mensch gewesen sein, aber Rupe fand, es stand ihm nicht zu, den Charakter des brillanten Programmierers zu beurteilen. Dass auch Tine ihn nicht verurteilte, steigerte seinen Respekt für sie noch. Als er an Demmy dachte, stöhnte er innerlich. Zuerst das wilde Weib und jetzt das Tankgirl – Tine schien bizarre Typen anzuziehen. Er sah an sich hinunter, als wollte er erkunden, wie er zu dieser Sammlung passte.

Er servierte Seebarbe mit *courgettes* und Fenchelsauce und schenkte Mont Rachet in die glitzernden kleineren Weingläser. Tine konnte seine Kochkünste nicht fassen, und er erklärte ihr, dass sein Vater ein angesehener Küchenchef war und in Sydney ein eigenes Restaurant betrieb. Bevor Rupe sich für eine Computer-Karriere entschieden hatte, war er im Restaurant ausgebildet worden und fast so gut wie sein Vater gewesen. An diesem Abend hatte er seine eigenen Rezepte gekocht.

»Sie sind die erste Frau, die ich bekoche«, sagte er plötzlich, als hätte er sich selbst mit diesem Gedanken überrascht. »Danke, dass Sie mir Gelegenheit dazu gegeben haben.«

Tine sah ihn froh und verdutzt an. Dass er dieses wunderbare Essen ganz allein für sie zubereitet hatte, war schon mehr als genug, und nun bedankte er sich auch noch bei ihr. Was für ein erstaunlicher junger Mann!

Einfach nur danke zu sagen, schien ihr zu banal, deshalb erhob sie sich, beugte sich über den Tisch und hauchte einen Kuss auf seine Lippen. Sie hielt den Kontakt lange genug, um das Zittern seiner Unterlippe zu spüren.

»Es war ein wunderbares Essen«, sagte sie leise. »Und Sie sind ein wunderbarer Mann.«

Rupe grinste verlegen und stand auf. »Der nächste Gang«, verkündete er.

Er brachte eine Kalbsschnitte mit einer Käsesauce auf den Tisch, dazu gebackene Kartoffeln an buntem

Gemüse. Jeder Gang bestand nur aus wenigen Bissen, um den Gaumen zu kitzeln, und erhöhte Tines Spannung auf den nächsten. Der erwies sich als Wild, serviert mit schwarzen Kirschen, und dazu schenkte er Corbières ein.

Die Nacht war angebrochen. Rupe zündete die Kerze an und dimmte das elektrische Licht. Er hatte die Außenlampe an der Garage eingeschaltet, und der Schein legte einen gelblichen Schimmer über Rasen und Sträucher; eine Atmosphäre wie ein Bühnenbild zu *Ein Sommernachtstraum*.

Die Kerzenflamme tanzte in der Brise und warf winzige Prismen auf das geschliffene Kristall der Gläser, bevor sie sich im rubinroten Wein spiegelte. Sie tranken nicht viel. Rupe freute sich, dass Tine offenbar seine Kochkünste genoss. Sie sagte nicht viel, aber ihre Blicke trafen sich immer wieder, und in ihren Augen las er ihre Freude.

»Erzählen Sie mir von Ihren Computern«, sagte Rupe. »Ich meine, wie Sie gelernt haben, so geschickt mit ihnen umzugehen.«

»Ich bin nicht wirklich geschickt, nicht im Vergleich zu Ihnen.« Das stimmte sicherlich. »Ich kenne mich mit ganz bestimmten Dingen aus, weil John sie mir beigebracht hat. Manchmal habe ich kleinere Probleme lösen müssen, die bei ihm auftraten.«

»Und was ist mit dem Internet?«

Wieder empfand Tine den starken Drang, ihm alles zu erzählen. Aber sie widerstand.

»Früher habe ich viel Zeit im Internet verbracht. Erst kürzlich habe ich gedacht, ich sollte wieder damit anfangen. Aber dann hat das reale Leben mich davon abgehalten.«

Rupe nickte. In den ersten beiden Jahren war er auch süchtig geworden und hatte viele Nächte vor dem Schirm verbracht. Wie Tine hatte er zwischen der realen und der virtuellen Welt kaum noch unterscheiden können. Aber allmählich hatte er sich zurück in die Wirklichkeit gezwungen. Jetzt hatte er gelernt, beide Welten zu genießen, jede zu ihrer Zeit. Für ihn war das Internet eine Bereicherung. Es erweiterte den Horizont und bescherte ihm neue Freunde. Er erzählte von Dickens, mit dem ihn eine Freundschaft verband, die er im wahren Leben bei niemandem gefunden hatte.

»Er würde Ihnen gefallen, Tine.«

Ihr fiel keine Antwort ein, die nicht ihre Identität als Astyr verraten hätte, deshalb lächelte sie nur. Es war ein geheimnisvolles Lächeln, das die Falten um ihre Augen vertiefte.

Rupe, unfähig, sich weiter zurückzuhalten, streichelte über ihre glänzenden Haare. Er strich sanft über ihre Wange. Seine Augen starrten sie an. Tine hielt seinem Blick stand und schloss dann die Augen.

»Sie sind schön«, flüsterte er. »Als Sie eben auf die Terrasse traten, war mein erster Gedanke, dass ich nie eine schönere Frau gesehen habe.« Er stand auf, zog Tine von ihrem Stuhl hoch, legte seine Hände auf ihre Schultern und küsste sie. Sein Mund drückte sich auf ihre Lippen, dann auf ihre Wangen. Sie konnte seine Wimpern spüren.

Seufzend schlang er die Arme um sie, und sie legte einen Arm um seine Taille. Minutenlang standen sie stumm da und drückten ihre Körper.

Tine reichte Rupe nur bis zum Kinn. Sie presste die Lippen gegen seinen Hals, und sie spürte, wie er schluckte. Sie fühlte seinen Herzschlag, drehte den Kopf zur Seite und schmiegte sich an seine Brust, damit sie den regelmäßigen Rhythmus hören konnte. Seine Arme hielten sie weiter umfangen, und seine Schenkel wärmten ihre.

Sie spürte seine steife Erektion. Sie fühlten keinen Zwang, die Beziehung sofort weiter zu treiben, ihnen war die Gewissheit eigen, dass sie es irgendwann tun würden. Tine schüttelte sich vor Entzücken, als sie daran dachte.

Rupe legte seine Hände wieder auf ihre Schultern, und nachdem er einen sanften Kuss auf ihre Augenbraue hauchte, löste er sich mit einem Lächeln von ihr.

»Der Nachtisch.«

»Der muss aber schon außerordentlich köstlich sein, wenn er besser sein sollte als das Dessert, das wir gerade hatten«, sagte Tine, neigte den Kopf zur Seite und ließ ihn mit leisem Bedauern gehen.

Das Dessert bestand aus einer Schokoladenmousse mit gespickten Zitroneneisstückchen, serviert mit Amarettokugeln und Champagner. Rupe hatte *Serenade to Music* von Vaughan William in den CD-Spieler geschoben, und ein beschwingter Chor füllte das Zimmer.

Tine fühlte sich angenehm gesättigt, und als Rupe seinen Stuhl näher an ihren rückte, bis sie sich gegenüber saßen, fühlte sie sich sehr glücklich. Sie saßen da, er hielt ihre Schenkel mit seinen umfangen, und genossen den perlenden Champagner.

Rupe hatte auch die Videothek gefunden. Er führte Tine ins Wohnzimmer, setzte sie aufs Sofa und ging, um kurz darauf mit Espresso, dünnen Plätzchen aus Halbbitterschokolade und zwei hohen Gläsern mit gekühltem Mineralwasser zurück zu kommen. Den Film, den er für den Abend ausgewählt hatte, war Strictly Ballroom. Er schob die Kassette in den Videorecorder , setzte sich ans andere Ende des Sofas und zog ihre Füße auf seinen Schoß. Er begann mit einer leichten Massage, ehe er das Band abspulen ließ.

Tine schlief ein unter dem sanften Massieren seiner Hände. Rupe betrachtete sie eine lange Zeit, ehe er sie aufhob und in ihr Schlafzimmer trug. Sie wurde kaum wach und murmelte gegen seinen Hals, als er die Treppe hinauf ging, und sie seufzte glücklich, als er sie aufs Bett legte.

Er öffnete ihre Kleidung, aber er traute sich nicht, ihr beim Ausziehen zu helfen. Es bedurfte schon seiner ganzen Willenskraft, sich nicht einfach neben sie zu legen und mit ihr in seinen Armen einzuschlafen.

Siebtes Kapitel

Das erste, was Tine am Morgen nach dem Aufwachen bemerkte, war, dass sie das Haus für sich allein hatte. Eine unwirkliche Stille umgab sie. Es war ihr gar nicht bewusst geworden, wie sehr ihre Sinne sich schon auf Rupe und Sharon eingestellt hatten. Es war seltsam, aber sie wusste, dass sie nicht im Haus waren. Ein leicht unangenehmes Gefühl, obwohl es auch Vorteile hatte, wieder mal ganz für sich zu sein. Nach dem feinen Essen und der guten Gesellschaft war sie ein wenig zögerlich, Rupe unter die Augen zu treten. Sie wollte zuerst mit ihren Gefühlen ins Reine kommen.

Sie erinnerte sich an den Beginn des Videofilms und an seine sanft massierenden Hände. Dann war sie in einen angenehmen, vom Wein ausgelösten Schlummer gefallen. Jetzt fühlte sie sich erhitzt; sie lag mit ihrem Spitzenmieder unter der Decke, und ihre Hose war die Beine hochgerutscht.

Ihr Make-up hatte das Kissen verschmiert. Tine hoffte, dass Rupe sie nicht als betrunkene Schnarcherin erlebt hatte. Sie erinnerte sich vage an die Kraft seiner Arme, als er sie die Treppe hinaufgetragen hatte.

Sein Kuss. Sie drückte einen Finger auf die Lippen und schloss die Augen, um sich intensiv daran zu erinnern. Sie lechzte nach mehr. Seine Arme um ihren Körper. Was gestern Abend perfekt gewesen schien, kam ihr jetzt völlig unzureichend vor. Wie gern hätte sie sich an seinem nackten Körper gerieben.

Schließlich erhob sie sich mit einem Seufzer aus dem Bett und betrachtete sich finster im Spiegel des Badezimmers. Blasse, schwarz verschmierte Augen blickten sie missbilligend an. Ihr ungekämmtes Haar sah wie ein Staubwedel aus, mit dem eine Hausfrau gewütet hatte. Sie war froh, dass Rupe nicht geblieben war, um ihr schlampiges Aussehen zu bezeugen.

Geduscht und zahnpastafrisch und mit Haaren, die nach Äpfeln dufteten, ging sie hinunter in die Küche. Alles war aufgeräumt, die Oberflächen blitzten. Auch im Esszimmer konnte sie das Poliermittel riechen. In der Küche fand sie ein kleines Päckchen, auf dessen braunen Umschlag Rupe geschrieben hatte:

Muss nach London. Habe das Programm gefunden!
R xxx

(Ihr Essen, Madam, steht im Kühlschrank)

Im Päckchen fand sie ein Band, das nicht beschriftet war. Sie beschloss, es liegen zu lassen und nicht abzuspielen, sie konnte Rupe später nach dem Inhalt fragen. Aber sie ahnte, dass er Johns Filter gefunden hatte.

Im Kühlschrank fand sie einen gefüllten Teller, darauf lag ein Zettel, mit einem Zahnstocher an der Folie befestigt. Rupe schrieb, der Rest des Weins, den sie gestern Abend getrunken hatten, stünde in dem zweiten Türfach. Auf dem Teller lagen feine Streifen der Seebarbe und ein gemischter Salat, daneben stand ein kleiner Topf mit reichlich Sauce.

Ich könnte man daran gewöhnen, dachte Tine lächelnd. Rupe konnte nicht lange geschlafen haben. Sie selbst mochte gegen Mitternacht im Bett gewesen sein. Dann hatte er noch die Küche aufgeräumt und geputzt und auch das Esszimmer. Und schließlich hatte er sich an den Computer gesetzt und das Programm gefunden. Ihr fiel ein, dass sie die Maschine nicht abgestellt hatte, was eigentlich ein Fehler war, aber dadurch hatte Rupe arbeiten können, ohne ihr Password zu kennen. Sie ging in ihr Schlafzimmer und legte das Band in die Schublade ihres Nachttischs.

Während sie auf der Terrasse saß und zum Toast frisch gepressten Orangensaft trank, entschied Tine, das Bild im Wohnzimmer loszuwerden. Sie hatte das Motiv erst erkannt, als sie die Bilder von Demmy gesehen hatte: Der Hintergrund des Kunstwerks bildete das Foto, auf dem Demmy den Schaft des Künstlers lutschte. John hatte es so verfremdet und mit Linien überfrachtet, dass ihr das bisher nicht aufgefallen war, aber jetzt wusste sie es, und sie wollte es nicht länger im Haus haben.

Ihr erster spontaner Entschluss war gewesen, alle Bilder zu verkaufen, die noch im Haus hingen, aber nach dem ersten Zorn hatte sie diesen Gedanken wieder verworfen. In der ersten Zeit der Trauer hatten die Bilder ihr Halt gegeben. Sie versuchte auch nicht mehr, die Hintergründe der anderen Bilder im Haus zu identifizieren. Unangenehm war ihr, dass John sie hinters Licht geführt hatte, nicht der Inhalt der Bilder.

Abgesehen von Demmy. Sie wollte das Bild von ihr loswerden, weil die junge Frau eine Realität war. Und weil Tine sie nicht mochte. Bei Demmy musste sie stets auf der Hut sein, sonst würde sie betrogen. Hatte John zu Demmys Charakterbildung beigetragen? Das herauszufinden war Tine wichtig. Das war schließlich auch der ursprüngliche Anlass für den Anruf bei Demmy gewesen. Irgendwie fühlte sie sich für Johns Taten verantwortlich. Das war nicht logisch, aber sie war es sich schuldig.

Mit frischem Schwung holte Tine das Bild von der Wand, trug es in den Flur und stellte es an die Wand, dass man nur die Rückseite sehen konnte. Dann rief sie Johns Agent an, der überrascht und überglücklich war, dass sie ein Werk aus der Privatsammlung verkaufen wollte. Sie verabredeten eine Zeit für den nächsten Tag, wenn er das Bild abholen wollte. Er sagte einen raschen Verkauf und einen guten Preis voraus. Tine hatte gar nicht an das Geld gedacht; sie wollte lediglich das Bild loswerden.

Um eine weitere ungeliebte Aufgabe zu erledigen, holte sie den Stapel der Werbesendungen von der Kommode im Flur und trug sie auf die Frühstücksbar. Sie legte zwei Stapel an, einen zum direkten Entsorgen, den anderen zum näheren Betrachten. Aber während sie noch sortierte, wurde es ihr zu lästig; sie packte beide Stapel und warf sie in die Mülltonne. Natürlich war es möglich, dass sie etwas wegwarf, was sie sich näher hätte ansehen sollen, aber sie hatte keine Geduld dafür.

Jerry war wieder im Garten beschäftigt, und sie nahm die Gelegenheit wahr und lud ihn zum Mieter-Begrüßungs-Essen am Freitag ein. Er murmelte etwas und zupfte weiter die welken Köpfe von den Rosensträuchern. Er mied es, in Tines Richtung zu blicken.

Kopfschüttelnd ging Tine zurück in die Küche und bereitete sich einen frischen Kaffee zu. Natürlich fiel ihr wieder die Szene mit Jerry und Sharon im Garten ein. Die beiden hatten ihre Beziehung offenbar geregelt: Sharon forderte, und Jerry lieferte. Tine wünschte, sie könnte sie forsch und unverfroren sein wie Sharon, aber ihr mangelte es an Selbstsicherheit und an der zur Schau getragenen Sexualität.

Sie musste an Rupe denken. Wenn er nicht der perfekte Gentleman wäre, hätte sie ihre Scheu bei ihm überwinden können. Sie versuchte sich vorzustellen, es mit ihm im Garten zu treiben, wie Jerry und Sharon es getan hatten, aber das gelang ihr nicht. Sie rief sich seine Berührungen in Erinnerung zurück. Und seine Küsse erst! Sie spürte, wie die Muskeln in ihrem Bauch sich zusammenzogen.

Sie wollte ihre Fantasie bremsen und lief hinauf in ihr Arbeitszimmer. Vielleicht fand sie Dickens im IRC. In Kalifornien war es später Morgen. Sie hatte Glück.

Sie sprangen fast simultan in ihren privaten Chatroom und tauschten eine elektronische Umarmung.

Dickens > Vor ein paar Abenden wollte ich mich melden, aber ich sah, dass du mit Rupe im #glade warst :-)

Astyr > Du hättest uns Gesellschaft leisten sollen. Du bist immer willkommen.

Dickens > Hui! Das werde ich Rupe sagen. Ich habe ihn mitten in der Nacht getroffen. Was stellst du mit dem Jungen an?

Astyr > Ich labe mich an seinem Essen, trinke seinen Wein und komme mir wie ein kleines Mädchen vor. Außerdem stelle ich nichts mit ihm an, sondern er mit mir.

Dickens > Ja, das habe ich auch gehört. Der Junge ist ganz schön scharf auf dich.

Astyr > Mal ernsthaft, und du brauchst es auch nicht zu beantworten: Er hat sich doch nicht in mich verliebt?

Dickens > Hast du Angst davor?

Astyr > Ja … Weißt du, auf solche Komplikationen kann ich verzichten. Uns trennen fast zwanzig Jahre, und das würde hässlich enden.

Dickens > Es liegt an dir, Liebling. Ich glaube, er ist ein vernünftiger Junge, liebenswert aber nicht verrückt. Erzähle mir, wie er aussieht … schließlich habe ich ihn noch nie gesehen.

Tine beschrieb Rupe nur allzu gerne. Während sie ihre Worte auf dem Schirm las, bemerkte sie, dass sie ihre Beschreibung mit feinen Details anreicherte. Sie beschränkte sich nicht nur auf das Körperliche und beschrieb die Berührung seiner Hände, seine rücksichtsvolle Art, und wie sehr er sich um sie bemühte. Und wie sich seine Lippen auf ihren anfühlten. Wie er roch und wie die Wimpern wie Schmetterlingsflügel über ihre Wangen huschten.

Dickens > He, du führst mich fast in Versuchung!

Astyr > Warum nicht?

Dickens > Nein, Liebling, ich steh nicht drauf. Ausschließlich Mädchen :-) Und jetzt du natürlich.

Astyr > Ja, natürlich. Wie steht's mit deinen Reiseplänen?

Dickens > Das wissen die Götter. Drück mir die Daumen. Aber selbst wenn sie nicht gnädig gestimmt sind, bin ich wild entschlossen, in einen Flieger zu steigen, um dich kennen zu lernen.

Astyr > Das würde mir gefallen, Dickens.

Tine meinte es ehrlich. In ihrem Kopf entwickelte sich eine Szene. Zu gut, um sie zu verschwenden fragte sie Dickens, ob er sie hören wollte. Er antwortete enthusiastisch.

Ihre Finger flogen über die Tastatur und schufen eine Vision, die damit begann, dass Dickens bei ihr vor der Tür stand. Er hatte alles hinter sich gelassen und war über den großen Teich geflogen, um Besitz von ihr zu nehmen. Astyr öffnete ihm die Tür.

Astyr > Wir starren uns an, und ohne ein Wort zu sagen wissen wir, wer wir sind. Mein Herz bleibt stehen, du siehst wunderbar aus. So groß. Deine dunklen Haare hängen lose um deinen Kopf, der Wind bläst sie hin und her. Deine Blicke starren durch mich hindurch. Ich kann nicht anders, ich strecke meine Hand nach dir aus, ich will mich davon überzeugen, dass du aus Fleisch und Blut bist. Du kommst näher, drückst mich gegen die Wand und hältst mich an den Handgelenken fest.

Astyr fühlte sich hilflos, als Dickens sich hart gegen sie presste. Sie hörte seinen keuchenden, hungrigen Atem. Er drückte seine Lippen auf ihren Mund. Sie gab sich ihm hin und spürte, wie eine Welle der Lust durch ihren Körper lief. Sie labten sich aneinander wie Tiere am Wassertrog.

Sie hatte geduscht und trug einen kurzen Bademantel, der von einem lose gebundenen Gürtel gehalten wurde. Der Gürtel löste sich, und sie konnte fühlen, wie seine Erektion hart gegen die Knöpfe seiner Jeans pochte. Er rieb sich gegen sie. Die Jeansknöpfe kratzten an ihrem entblößten Venushügel.

Dickens packte ihre Handgelenke mit einer Hand und schob die andere zwischen ihre Körper. Er zerrte an den Knöpfen, und im nächsten Moment sprang sein Schaft ins Freie.

Er roch nach Reise, Schweiß, Schlaflosigkeit und Geilheit. Spontan schlang sie die Arme um seinen Hals und die Schenkel um seine Taille. Dickens drang stöhnend in sie ein, während er den Kopf beugte und in ihre Halsbeuge biss.

»Du musst die Beine fester um mich schlingen«, raunte er heiser. Sie schloss die Schenkel und presste die Waden um seinen Rücken. Er drückte sie härter gegen die Wand und griff mit beiden Händen unter ihre Backen.

»Warte!« Dickens' Stimme klang gepresst. Sein Penis pochte in ihr, und sie versuchte, auf ihm zu reiten. Er biss sie wieder in den Hals, was schon ausreichte, sie gefügig zu machen. Sie erstarrte, der Schmerz flaute ab, und seine saugenden Lippen erweckten sie zu neuem Leben.

In diesem Moment sah sie Rupe. Er stand im dämmrigen Flur, die Augen starr, der Mund weit geöffnet. Astyrs Mantel war von den Schultern geglitten und auf den Boden gefallen. Sie war nackt. Dickens stieß wieder zu, gezielt und behutsam, denn er wollte nicht zu früh kommen.

Die Blicke der Männer trafen sich, braun und grün. Dickens' Muskeln versteiften sich. Er verstärkte den Druck der Hände unter ihren Pobacken, aber er glitt trotzdem aus ihr hinaus. Astyrs Protest erstickte, als Rupe von hinten in sie eindrang. In dem Moment nahm auch Dickens seine Stöße wieder auf. Astyr hatte das Gefühl, der Spielball der beiden zu sein – aber ein sehr glücklicher, befriedigter Spielball...

Astyr > Puh ...

Dickens >Eh, verdammt ... Ich ziehe mir eine Kopie von dem allem. Ich will heute Abend im Bett noch einmal alles nachlesen. Jetzt fühle ich mich völlig kaputt.

Astyr > Ja, ich auch. Ich weiß gar nicht, woher das alles kam. Ich bin wie erschlagen.

Dickens > Ich möchte dich in den Armen halten. Oh, Himmel, ich kann dich in meinen Armen spüren.

Astyr > Ich liebe dich ... und Rupe. Ich liege zwischen euch auf meinem Wasserbett. Wir sind alle müde und schlafen fest, alle miteinander verwoben, verstrickt. Und das muss ich jetzt auch, Liebster. Ich muss schlafen.

Dickens > Meine Träume sind bei dir, meine Liebe.

Tine schaltete aus und ging in ihr Schlafzimmer. Es war schon spät, und von Rupe und Sharon war nichts zu sehen. Sie fühlte sich wie in einem Traum, als sie unter die Decke kroch.

Es war Morgen, und sie wurde ziemlich abrupt geweckt. Ein ungeduldiges Klopfen an ihrer Schlafzimmertür riss sie aus dem Schlaf. Sie setzte sich auf und bedauerte es gleich, sie stöhnte und ließ sich benommen fallen. Rupe trat ein, weil er ihre Geräusche als Einladung verstanden hatte. Tine hatte die Augen geschlossen, deshalb sah sie ihn nicht, aber sie hörte, wie Sekunden später die Tür ins Schloss fiel. Er musste ihre nackten Brüste gesehen haben und leise gegangen sein.

Tine warf sich ein T-Shirt über, ging zur Tür und öffnete sie. Sie stand vor einem errötenden Rupe. Er grinste verlegen.

»Sie haben Gäste. Tankgirl und ein Kerl.«

Tine hörte Stimmen im Flur, konnte aber die einzelnen Stimmen nicht identifizieren. Sie überraschte Rupe, als sie ihn rasch in ihr Zimmer zog.

»Einen Gefallen, bitte. Ich brauche nur eine Minute.«

Rupe schüttelte den Kopf. »Das wird nicht klappen. Sie ist wütend, und er sieht auch nicht so aus, als würde er klein beigeben.«

Sie kicherten.

»Ich bin in einer Minute fertig«, sagte sie wieder. »Beruhigen Sie sie in der Zwischenzeit, ja?«

Er sah sie lange an, gab ihr einen Kuss auf die Nase und sagte: »Okay.« Er ging hinaus und ließ Tine ein wenig verdutzt zurück. Nachdenklich rieb sie über die feuchte Nasenspitze.

Sie schlüpfte in ihre Jeans und fluchte, als sie feststellte, dass es schon zehn Uhr war. Sie hatte fast rund um die Uhr geschlafen.

Der Agent und Demmy standen wütend im Flur, als Tine barfuß die Treppe hinunter lief. Zwischen ihnen war das Bild, und jeder hatte eine Hand auf dem Rahmen.

Demmy rief wütend: »Er will mir mein Bild wegnehmen!«

»Würden Sie bitte dieser Frau sagen, sie soll das Bild loslassen?« Der Agent zeigte mit dem Finger auf Demmy.

»Wir sollten das bei einem Kaffee erörtern.« Tine schritt an ihnen vorbei in die Küche. »Und lasst das verdammte Bild los und stellt es hin, wo es war.«

Tine schenkte Kaffee in vier Tassen ein. Sie hielt Rupe zurück, der auf sein Zimmer flüchten wollte. Sie saßen sich an der Frühstücksbar gegenüber, als die zürnende Demmy und der verwirrte Agent dazu kamen. Nach einer Weile wandte Tine sich an Demmy.

»Demmy, hast du den Zettel gesehen, der an dem Bild befestigt ist?«

Die junge Frau nickte widerwillig.

Tine nippte am Kaffee, ehe sie fortfuhr: »Das bedeutet, dieses Bild gehört zu Johns Sammlung, und deshalb gehört das Bild mir. Ich gebe es diesem Mann, damit er es verkaufen kann.«

»Du weißt genau, dass es mein Bild ist!« Demmy war kaum zu verstehen, so verzerrt und kreischend kamen ihre Worte. Rupe, der neben ihr saß, wich unwillkürlich ein wenig zurück.

»Nein, Demmy. Es ist ein Bild, für das du Modell gestanden hast, aber es ist nicht dein Bild.«

Der Schemel krachte auf den Boden, als die junge Frau wütend aufsprang. Rupe war so heftig erschrocken, dass er sich den Kaffee über die Finger schüttete. Man sah ihm sein Unbehagen an. Trotz der gespannten Situation hätte Tine am liebsten gelacht. Der Agent legte sich keinen Zwang auf. Sein herzerfrischendes Lachen brach die Spannung.

»Das wirst du mir büßen, Tine!«, brüllte Demmy. Sie wollte sich umdrehen und zur Haustür rennen, stolperte aber gegen Stevie, die im Flur stand und die ganze Szene miterlebt hatte.

»Geh mir verdammt aus dem Weg!«, schrie Demmy und stieß gegen Stevie, die, zwei große Taschen in der Hand, keinen Deut von der Stelle wich. Stattdessen sah sie Tine fragend an, setzte dann eine Tasche auf dem Boden ab, packte Demmys Oberarm mit der freien Hand und führte Demmy zurück in die Küche.

Rupe sprang auf und richtete den Schemel wieder auf. Stevie schob Demmy zurück auf ihren Sitz. Stevie zog sich einen weiteren Schemel heran, setzte auch die zweite Tasche ab und sah sich erwartungsvoll um. Demmy saß wie in einer Falle zwischen Rupe und Stevie und sah wie ein Giftzwerg aus.

»Hallo, Tine. Die Haustür stand auf.« Stevie lächelte und ignorierte Demmy. »Ich habe meine Sachen mitgebracht. Ist mein Zimmer fertig?«

Demmy starrte Stevie mit großen Augen an. »Du ziehst hier ein?«

Alle Augen richteten sich auf Demmy, aber sie sagte nichts mehr und senkte den Kopf.

Stevie sah Tine an und erklärte: »Demmy und ich kennen uns. Sie treibt sich in meinem Club rum.«

»In deinem Fitness-Center?«, fragte Tine verdutzt. Demmy sah nicht so aus, als trainierte sie ihren Körper.

»Nein, das ist ein Club mit dem Namen *Silky Lizzie*. Das ist ein Lesbenclub.«

»Den kenne ich auch«, warf der Agent ein, und als alle ihn anstarrten, errötete er.

»Ja, ich kenne dich auch«, sagte Stevie und grinste ihn an, worauf die Röte noch tiefer wurde.

»Ich bin nicht lesbisch«, sagte Demmy trotzig.

»Du bist gar nichts«, sagte Stevie schroff.

»Ich habe nur keine Präferenzen«, verteidigte sich Demmy. »Ich bin bisexuell.« Sie verkündete das so stolz, als hätte sie das Wort gerade erst entdeckt und wollte nun einen Orden dafür haben.

»Du bist nicht bisexuell«, gab Stevie zurück. »Du bist eine Opportunistin. Wärst du bisexuell, würde ich was von dir halten. Aber du liegst ständig auf der Lauer, und es ist dir egal, wen du abzockst.«

Die beiden Frauen starrten sich feindselig an, und Rupe saß verwundert daneben. Der Agent witterte seine Chance, er winkte Tine in den Flur, nahm das Bild und ging. Er flüsterte ihr noch zu, dass er sich bald melden würde.

Als Tine wieder in die Küche trat, erschauerte sie unter der Boshaftigkeit in Demmys Blick. Stevie entging das nicht. Sie zog die sich sträubende Demmy wieder vom Schemel hoch, der erneut umkippte, und zerrte sie ins Wohnzimmer. Die Tür knallte zu, und dann waren sofort ihre lauten Stimmen zu hören.

Rupe und Tine blickten in ihren Kaffee.

»Tankgirl wird zu einem Problem«, sagte Rupe voller Mitgefühl.

»Sie hätten Ihr Gesicht sehen müssen!«, rief Tine, und dann endlich drang das Lachen aus ihr heraus.

»Also, der Kaffee war wirklich heiß«, sagte er ernst, aber um seine Mundwinkel zuckte es. »Sie ist ein heißes Mädchen, unser Tankgirl. Aber der Agent hätte auch ein bisschen diplomatischer sein können.« Jetzt lachten sie beide.

Als sie sich wieder gefangen hatten, sagte er: »Sie haben mein Essen verschmäht.«

»Ich weiß. Ich werde es jetzt essen.«

»Ich hab's der Katze zum Frühstück gegeben.«

»Sie haben der Katze mein Mittagessen gegeben?«

»Ja, und jetzt sind Sie mit dem Abendessen dran. Sie haben ja noch ein paar Stunden für die Vorbereitung.« Rupe erhob sich, lächelte und blies ihr einen Kuss zu. »Ich muss schlafen. Sie brauchen nichts Besonderes für mich zu kochen. Aber ich mag Hühnchen.«

Im Wohnzimmer herrschte Ruhe. Tine blieb zögernd vor der Tür stehen und befürchtete schon das Schlimmste. Dann öffnete sich die Tür von innen, und Stevie schob Demmy durch die Öffnung. Die junge Frau blieb vor Tine stehen, die Augen rot umrandet, den Blick gesenkt.

»Es tut mir Leid«, flüsterte sie, Tränen in der Stimme.

Stevie lehnte sich an den Türrahmen.

»Ich glaube, sie meint es ernst, Tine.«

Auf einen Wink von Stevie hin ging Demmy aus der Küche. Stevie folgte ihr hinaus, und gemeinsam gingen sie zu einem gemieteten Van und transportierten Demmys Sachen auf ihr Zimmer.

Tine schaute ihnen eine Weile zu. Sie war sich nicht so sicher wie Stevie, was Demmys Zerknirschung anging.

Das ist wieder so ein Tag, der bescheiden anfängt und beschissen aufhört, dachte sie seufzend, dann ging sie hinauf und stellte sich unter die Dusche.

Achtes Kapitel

Es war drei Uhr, als Tine wieder in die Küche trat und überlegte, was sie kochen könnte. Als sie aus ihrem Zimmer über den Flur gegangen war, hatte sie Stevie und Demmy auf Stevies Bett sitzen gesehen. Sie schienen in ihrem Gespräch versunken zu sein, hoben aber den Kopf, als Tine vorbei ging. Ohne zu überlegen, lud sie die beiden zum Essen ein, aber als sie die Treppe hinunter ging, fluchte sie über sich selbst.

Sie schickte sich ins Unvermeidliche und schlenderte hinaus in den Garten, wo Jerry über das Unkraut schimpfte. Die Grillparty war seine Idee.

Es war unerträglich heiß. Gegen Mittag war das Thermometer auf 34° hochgegangen, und bis in den späten Nachmittag hinein hatte sich die Temperatur gehalten. Ein Essen mit viel Salat war durchaus angebracht, deshalb ließ Tine sich von Jerry überreden. Er hatte den Grill in der Garage entdeckt. John hatte ihn nur einmal benutzt, als sie zehn Gäste gehabt hatten. Jerry ließ sich von Tine zwanzig Pfund geben für Kohle, Eichenrinde und was immer sonst noch erforderlich war, um seine Behauptung zu beweisen, dass er ein Meister des Grillens war. Sie gab ihm weitere zwanzig Pfund und sagte, wenn er in der nächsten halben Stunde nicht mit wenigstens zwanzig Hühnerbrüstchen zurück wäre, würde er Sharon hinterher schicken. Er grinste, um Tine wissen zu lassen, dass ihm diese Drohung nur recht war, dann eilte er davon.

Tine begab sich an die Arbeit. Jetzt freute sie sich auf die spontane Grillparty. Sie mixte eine Marinade für das Hühnerfleisch und gab Estragon, Honig, Rotwein und Sojabohnenöl hinzu. Sie schob die Schüssel in die Mikrowelle. Jerry kam zurück und schwenkte die Hühnerbrüstchen, als ob er sie hätte heranreifen sehen. Er sah, wie Tine das Geflügel in die Marinade legte und half ihr bei der Arbeit.

Tine hatte Mühe, sich mit dem Gedanken abzufinden, dass dieser herumtänzelnde Gärtner Sharons Geliebter war. Er war ein lieber Junge, er kam Tine wie ein Pfadfinder vor, der dabei war, sich ein neues Abzeichen verdienen zu können.

Draußen beschäftigte er sich mit dem Aufbau des Grills. Er brauchte die Anleitung nicht und schien genau zu wissen, was wie wo befestigt wurde. Sie musste sich zurückhalten, um ihm nicht ein Glas Milch und ein Plätzchen zu bringen.

Tine hatte vergessen, wie gern sie kochte. Sie bereitete die Avocados zu, die sie mit geliertem Spinat und Chilli füllte. Es gab Tomaten in Basilikum, neue Kartoffeln mit Anchovien und Schnittlauch. Und natürlich eine große Schüssel mit gemischtem grünen Salat. Zum Dessert wollte sie einen exotischen Obstsalat mixen, wozu es Eisbällchen und Sahne gab. Zusätzlich schob sie noch ein Bananenbrot in den Ofen, für den Fall, dass sich noch jemand mästen wollte.

Als sie frischen Knoblauch stampfte und unter die Butter mischte – Vorbereitung für das Knoblauchbrot –, trat Rupe in die Küche. Er war nur mit weiten, dünnen Baumwollshorts bekleidet. Seine Haare waren noch feucht von der Dusche, und die dunklen Brusthaare standen vom Körper ab. Er sah verwundert auf die vielen Töpfe und Schüsseln, die Tine in den Kühlschrank stellte.

»Ich weiß, dass ich ein großer Junge bin, aber damit könnten Sie eine kleine Armee beköstigen.«

»Sagen wir, es ist eine kleine Vorfeier zur Einzugsparty am Freitag.«

»Oh.« Rupe sah, wie Jerry mit dem Grill hantierte, und lächelte.

»Tankgirl auch.«

»Hört sich gut an.« Rupe hielt sich mit einem weiteren Kommentar zurück, was Tine zu einem Grinsen veranlasste. Sie holte zwei Flaschen Champagner aus dem Kühlschrank und drückte sie in Rupes Hände.

»Sollen wir damit schon mal anfangen?«

Tine war auch mit dem Knoblauchbrot fertig, während Rupe die Flaschen entkorkte. Tine nahm eine Flasche an sich und holte zwei Flöten aus dem Schrank.

»Ich bin gleich wieder zurück.« Sie lief die Treppe hoch und durch Stevies Tür, die noch offenstand, und überraschte die beiden mit dem Champagner. »In einer Stunde geht es mit dem Essen los.«

Tine war es heiß geworden in der Küche. Sie stellte sich unter die Dusche und schlüpfte in ein schwarzes Sommerkleid, ehe sie zurück nach unten lief. Sie zog das Bananenbrot aus dem Ofen und stellte es zum Abkühlen auf ein Gitterrost. Rupe hatte Teller, Besteck, Gläser und Servietten auf den Tisch im Esszimmer gestellt, jetzt saß er auf der Terrasse und spielte mit der Katze.

Sharon war nach Hause gekommen und stand in der breiten Tür, Tine den Rücken zugewandt. So weit Tine sehen konnte, trug sie nichts außer einem schmalen Band um die Hüften. Die Männer hatten Sharon noch nicht bemerkt, und Tine wartete gespannt auf die Reaktion, wenn sie die attraktive junge Frau gewahrten.

Es war Rupe, der zuerst aufschaute. Seine Augen wurden groß, dann murmelte er einen Gruß und widmete sich wieder der Katze. Jerry stand wie gelähmt da, als er sie in der Tür stehen sah. Er starrte sie in offener Bewunderung an. Nackte Lust tanzte in seinen Augen.

Sharon überquerte die Terrasse und ging hüftschwenkend zu ihm und gab ihm einen leichten Klaps auf den Hintern. Jerry brachte keinen Ton heraus.

Tine nahm ein paar Champagnerflöten und ging zu den beiden. Sie wollte vermeiden, dass sie wieder ihre frivolen Sexspiele vor aller Augen trieben. Sie war erleichtert, dass das dünne Bändchen, das Sharon trug, eine Art Sommerdress war, ein weißer Body mit G-String. Von vorn war es schon gewagt, es bedeckte kaum die Brüste, die bei jedem Schritt an den Seiten überschwappen wollten, aber hinten bestand es nur aus den Bändchen um Nacken und Hüften.

Es war immer noch heiß, obwohl die langen Schatten sich wie ein Mantel über den Rasen legten und abendliche Kühle versprachen.

Jerry musste sich wieder dem Grill zuwenden, nachdem er Sharon schmachtend angesehen und die Schultern gehoben hatte, um ihr deutlich zu machen, dass er sich lieber um sie kümmern würde als um die Hühnchenbrüste.

Die Luft war voller Aromen; der Rauch vom Grill mit dem urwüchsigen Geruch der Eichenrinden, die heißen Honigdüfte der Marinade und der warme Duft des Bananenbrots, der sich durchs ganze Haus zog.

Tine legte Beethovens Klavierkonzert Nr. 5 in den CD-Spieler. Sie kam zurück und sah vom Ausdrucks auf Demmys Gesicht, dass dies keine Musik nach ihrem Geschmack war. Aber Tines Herz schlug höher, als Rupe wieder nach unten kam und lächelnd zum CD-Spieler schaute.

Er hatte sich wieder sein Programmierer-T-Shirt angezogen und trug abgeschnittene Jeans dazu. Während Tine das Knoblauchbrot aus dem Ofen holte und servierte, öffnete Rupe noch zwei Flaschen Champagner. Die Party fing gut an, dachte Tine, auch wenn Jerry sich weigerte, das gebratene Hühnerfleisch zu servieren. Die Leute sollten sich das gefälligst selbst holen, befand er.

Sharon kam herein; sie hatte sich umgezogen und trug jetzt ein schwarzes Top und weite Shorts. Sie drehte eine Pirouette, wobei die Shorts sich bauschten und keinen Zweifel hinterließen, dass sie darunter nackt war.

Demmy hatte Sharon bisher noch nicht kennen gelernt und war hingerissen von ihr. Das Türkis ihrer Augen verdunkelte sich in Bewunderung. Stevie reagierte eher wie Rupe und gab sich gleichgültig, aber auch sie konnte sich ein auffälliges Starren nicht verkneifen.

Sie alle saßen um den Tisch auf der Terrasse, und da sie alle ihre Teller gefüllt hatten, entstand zunächst Stille. Nachdem kein Champagner mehr da war, wurden zwei Flaschen Chablis geöffnet. Irgendwann gab Jerry bekannt, das er von der ›Hexenpisse‹ genug hatte. Er ging an den Kühlschrank und holte einen Sechserpack Bier heraus und verteilte die Dosen.

Tine und Sharon lehnten ab; Tine, weil sie glaubte, schon mehr als genug getrunken hatte, und Sharon, weil sie Wein vorzog. Es wurde wieder munter geplaudert. Tine streckte sich auf einer Liege aus und hörte zu.

Sharon fragte Demmy und Stevie nach dem Silky Lizzie aus, was ihr eine Einladung von Stevie bescherte, worauf Demmy mit Schmollen reagierte. Sie schien sich ausgeschlossen zu fühlen. Demmy hatte einen Platz zu Sharons Füßen gefunden und starrte mit glühenden Blicken zu ihr hoch. Wie ein kleiner liebeskranker Spaniel, dachte Tine. Rupe unterhielt sich mit Stevie über Motorräder. Stevie besaß eine Kawasaki. Jerry ließ seine Blicke schweifen.

Noch lange nach dem Essen genossen sie den Abend auf der Terrasse. Sie schoben Bananenbrot nach, damit es den Alkohol aufsog. Tine erhob sich irgendwann, um die Reste einzusammeln und in die Küche zu bringen. Aber sie kam nicht weit. Stevie blockierte ihren Weg und kommandierte Demmy, Jerry und Sharon zum Abräumen und zum Abwasch.

Tine kehrte auf die Terrasse zurück. Rupe hatte es sich auf ihrer Liege bequem gemacht, deshalb ließ sie sich auf die Nachbarliege nieder. Trotz des langen Tages und dem hektischen Geschehen fühlte sie sich alert. Das Essen war gelungen, und der Champagner hatte ihre Sinne geweckt. Sie fühlte sich ein wenig betrunken, aber Rupe war kaum nüchterner als sie.

Er unterhielt sie mit Geschichten aus Australien und amüsierte sie mit seinem Dialekt. Als der Rest der Party auf die Terrasse zurückkehrte, sangen sie gemeinsam und falsch ›Waltzing Matilda‹. Stevie holte ihre Gitarre und spielte ein Medley von afrikanischen Schlafliedern.

Die Überraschung des Abends war Demmy. Sie hatte eine tiefe Stimme und einen Stimmumfang, der zu jeder guten Countrysängerin gepasst hätte. Sie sang einige Lieder von *k d lang* und animierte die anderen, mit ihr irische Volkslieder zu singen.

Tine blieb stumm. Sie fühlte sich glücklich. Ihre Idee, sich Mieter ins Haus zu holen, erwies sich als wunderbar richtig. Sie gratulierte sich auch zur Auswahl der Mieter. So unterschiedlich sie waren, sie schienen miteinander zu harmonieren.

Es war immer noch schwül. Benommen vom Champagner und eingelullt vom leisen Gemurmel um sie herum, wollte sie sich in die vergleichbare Kühle ihres Arbeitszimmers zurückziehen.

Als ob eine unsichtbare Hand gewunken hätte, löste sich die Gruppe auf. Stevie umarmte Tine herzlich, dankte ihr für die Party und gab ihr einen flüchtigen Kuss auf den Mund.

Demmy murmelte: »Oh, ja, danke«, und lief dann hinter Stevie her und verlangte einen Schlafplatz auf dem Boden ihres Zimmers.

Sharon und Jerry gingen von der Terrasse in den

Garten und winkten dem Rest zu. Sie bogen um das Haus, und Tine fragte sich, wohin sie wohl gehen würden. Mitten in der Nacht. Als ob er ihre Gedanken gelesen hätte, stellte Rupe diese Frage laut.

»Wahrscheinlich auf den Friedhof«, sagte Tine lachend. »Sie ist schließlich ein wildes Weib.« Sie wandte sich ab und ließ Rupe allein auf der Terrasse zurück.

Er stand da, die Stirn in Falten, und dachte nach. Dann hob er die Schultern und ging auch hinein. Er sah gerade noch, wie Tine in ihrem Arbeitszimmer verschwand. Er ging ihr nach und blieb vor ihrer Tür stehen. Sollte er klopfen? Er war immer noch tief in Gedanken. Dann schüttelte er den Kopf und ging hinauf auf den Speicher.

Tine loggte sich in den IRC ein. Ihre vollen Haare klebten am verschwitzten Nacken. Sie warf die Haare von einer Seite zur anderen, und schließlich erhob sie sich, holte eine Spange aus dem Schlafzimmer und band die Haare zusammen. Sie war irritiert. Irgendwas setzte sich in ihren Gedanken fest, aber wenn sie danach greifen wollte, entschlüpfte es ihr wieder.

Sie konzentrierte sich auf den Bildschirm. Er blieb leer, was sie enttäuschte, denn sie hatte gehofft, dass Rupe sich einloggen und ihr vom Abend erzählen würde. Nach ein paar Minuten schaltete sie sich in ihren alten Chatroom #midlife ein, aber sie meldete sich nicht, sondern verfolgte die Unterhaltung der anderen. Sie wollte nur sehen, ob Rupe da war.

Plötzlich fuhr Tine aus ihrem Sessel hoch. Ihre Gedanken überschlugen sich. Er hatte Sharon außerhalb des IRC nie ›wildes Weib‹ genannt. Ihr stockte der Atem, als sie begriff, dass sie gepatzt hatte.

Es dauerte einige Zeit, bis ihr bewusst wurde, dass sie sich zusammengekauert hatte, die Füße auf dem

Sessel, die Arme um die Knie geschlungen. »Verdammt, verdammt, verdammt.« Natürlich hatte er sich nicht eingeloggt. In dieser Minute stopfte er seine Sachen in eine Tasche und verfluchte Tine als hinterhältiges Luder. Während er seine Gedanken und Wünsche und Hoffnungen entblößt hatte, hatte sie sich hinter einem Pseudonym versteckt, sich ins Fäustchen gelacht und ihn mit Worten verführt.

In ihrem Kopf meldete sich eine Stimme, die ihr sagte, dass er ihren Kommentar über das wilde Weib vielleicht gar nicht registriert hatte, oder es war ihm nicht bewusst, dass er die Bezeichnung ausschließlich im Chatroom verwendet hatte.

Tine überhäufte sich mit Selbstvorwürfen. Sie konnte sich kaum zurückhalten, denn am liebsten wollte sie zu ihm laufen und ihm alles gestehen. Sie hätte ihn vielleicht davon überzeugen können, dass sie sich bei der Täuschung ebenso schlecht fühlte wie er. Nein, er würde das im jetzigen Augenblick als billige Ausrede entlarven und noch wütender auf sie sein.

Vielleicht konnte sie einfach vom Bildschirm verschwinden. Schuldbewusst dachte sie über diese Möglichkeit nach. Sie würde sich nie wieder als Astyr melden und zu einem älteren Pseudonym greifen. Sie würde Rupe mit ihrem neuen Namen suchen und von Anfang an mit offenen Karten spielen. Aber Dickens wusste Bescheid. Sie müsste ihn verpflichten, für sie zu lügen.

Während sie noch darüber nachdachte, flackerte der Monitor, und dann war es auch schon zu spät.

Rupe > Beschäftigt? Ich sehe, dass du dich bei #midlife eingeloggt hast.

Jetzt konnte sie Astyr nicht mehr umbringen. Wenn er ihren Lapsus bemerkt hatte und Astyr jetzt in der Versenkung verschwand, würde er Bescheid wissen.

Er hatte sich bei ihr gemeldet, und sie musste antworten. Sein erster Satz las sich nicht bedrohlich, und sie konnte auch nicht erkennen, ob er ihren Fehler bemerkt hatte oder nicht.

Astyr >Nein, ich lese nur, ich habe keine Lust mitzumachen.

Rupe >#glade?

Tine verhaspelte sich dreimal auf der Tastatur, als sie sich bei #midlife abmelden wollte, aber schließlich gelang es ihr und loggte bei #glade ein.

Rupe > Hallo. Ich bin froh, dich gefunden zu haben. Weißt du, irgendwie habe ich dich erwartet.

Astyr > Wieso?

Tine hatte ein Bauchgefühl, dass er misstrauisch geworden war. Aber er zögerte noch, sie damit zu konfrontieren. Nach den nächsten Sätzen wurde ihr wieder etwas leichter ums Herz.

Rupe > Ach, eigentlich ist es nichts. Wir hatten eine großartige Party, danach ist das Chatten eher eine Enttäuschung. Ich meine natürlich nicht, dass du eine Enttäuschung bist! Ich hatte nur mit einem etwas anderen Verlauf des Abends gerechnet. Irgendwas stört mich, aber ich weiß nicht genau, was es ist.

Astyr > Willst du darüber reden?

Rupe > Nein, nicht wirklich, aber ich finde, es ist an der Zeit, dass wir über dich reden. Du gibst dich recht geheimnisvoll, nicht wahr?

Tines Herz blieb fast stehen. Ja, er war misstrauisch. Sie musste Astyr so schnell wie möglich abschütteln und sich unter einem anderen Namen melden, vielleicht auch aus einer ganz anderen Gegend, damit sie Rupe noch mehr in die Irre führte. Aber heute konnte sie das nicht.

Sie war ihrer Lügen plötzlich so überdrüssig, dass ihr fast übel wurde.

Astyr > Ja, wir können über mich reden. Aber mir ist schlecht von der Hitze. Ich muss mir einen kühleren Platz suchen. Vielleicht bin ich in einer halben Stunde wieder da. Dann können wir reden.

Tine schaltete aus. Auf wackligen Beinen stolperte sie die Treppe hinunter und durch die dunkle Küche. Sie riss die Tür des Kühlschranks auf. Sie hielt sich mit beiden gestreckten Armen am obersten Fach fest und genoss die kühle Luft, die ihren verschwitzten Körper streichelte. Sie atmete tief durch und spürte, wie ihr Herzschlag sich allmählich wieder normalisierte. Der dünne Kleiderstoff klebte noch an ihrer Haut.

Da sie die Augen geschlossen hatte, bemerkte sie nicht, dass sie nicht mehr allein war, aber dann ahnte sie die Gegenwart eines anderen Menschen dicht hinter ihr.

Rupes Stimme klang leise und voller Schmerz. Sie spürte seinen Atem im Nacken.

»Asty … du hast die Welten gewechselt. Wer wirst du als nächstes sein?«

Neuntes Kapitel

Tine suchte verkrampft nach einer Antwort auf die Frage, aber dann fand sie, dass eine Antwort gar nicht so wichtig war. Wichtig waren die Nähe des Mannes hinter ihr, sein Atem und seine Stimme.

Hatte ein Vorwurf in seiner Stimme durchgeklungen? Ja, sicherlich, aber dahinter hatte sie noch etwas gehört. Sein Verlangen. Er begehrte sie trotzdem. Er, der ohne Arg war, fühlte sich verunsichert, aber er war doch großherzig genug, sie nicht zu verurteilen. Demut erfasste sie. Ihr wurde plötzlich bewusst, dass die Beziehung zwischen ihnen nun nach seinen Vorstellungen fortgesetzt wurde. Sie war bereit dazu. Die Zeit war gekommen.

Tine ließ die Arme sinken und richtete sich auf. Sie drehte sich zu Rupe und sah fragend in sein Gesicht. Im blassen Licht seiner Augen sah sie ein argwöhnisches Grün.

»Was bedeutet schon ein Name?«, hauchte sie.

Sie standen sich gegenüber, ohne Falsch und auf einer Ebene. Tine wusste, wohin die Begegnung in der Küche führen würde. Rupe sah verletzlich aus, die Arme schlaff nach unten, die Brust blank.

Tine kam sich stark vor. Sie hob eine Hand und berührte Rupes Gesicht. Ihre Finger glitten über Schläfen und Wangen. Sie fühlte die leichten Stoppeln seines Abendbarts, ein auffälliger Kontrast zu seinen weichen, seidigen Lippen. Sein Mund zuckte, und sein Atem setzte wieder ein.

Als Tine über sein Kinn streichelte, legte Rupe den Kopf in den Nacken. Tine legte die Finger gegen die pochende Halsschlagader und spürte seinen Pulsschlag. Ihr Blick fiel auf seinen Brustkorb, und ungeduldig wartete sie darauf, seinen Körper weiter erforschen zu können. Sie ließ die Hand auf sein Herz sinken.

Die Haut war mit einem leichten Schweißfilm überzogen. Tine fuhr mit der Zunge über seine Schultern. Er schmeckte salzig. Sie wischte mit der Zunge über die Halsschlagader. Sein Stöhnen vibrierte auf ihren Lippen.

Sie schmiegte sich an ihn, und endlich griffen seine Hände um ihre Taille. Sein Griff war fest und verriet seine kaum bezwingbare Lust. Sie spürte sein Herz unter ihrer Handfläche pochen. Seine Lippen drückten sich auf ihren Mund. Es war, als fütterten sie sich gegenseitig. Rupe drückte sie mit stählernen Armen an sich.

Sie drückte sich gegen seinen Schoß und spürte den harten Schaft. Tines Kleid rutschte hoch. Sie rieb ihre nackten Schenkel gegen ihn.

Rupe löste sich von ihr und hielt sie auf Armeslänge. Seine Daumen schoben sich unter die dünnen Träger ihres Kleids. Er strich mit den Handflächen über die Schultern, zog die Träger hinunter und sah zu, wie der Stoff ihre Brüste freigab. An den steifen Nippeln blieb das Kleid kurz hängen, dann rutschte es tiefer und blieb auf den Hüften liegen.

Rupe starrte auf Tines Brüste und auf die strotzenden Nippel. Er schob Tine zurück gegen den offenen Kühlschrank. Ein Fach drückte sich gegen ihre Schulterblätter, aber sie spürte keinen Schmerz. Seine Hände umfassten ihre Brüste, dann senkte er den Kopf und nahm die Spitzen zwischen die Lippen. Rupe nuckelte wie ein dürstendes Kind. Tine drückte seinen Kopf fester an sich und genoss den Schmerz seines saugenden Hungers.

Lust schoss durch ihren Körper wie eine Folge kleiner Gewitter. Sie stöhnte und versuchte, seinen Kopf nach unten zu ziehen. Er sah ihr ins Gesicht, während er ihr Kleid weiter nach unten zog. Der Stoff glitt über Tines Hüften und Schenkel und lag dann wie eine dunkle Pfütze zu ihren Füßen. Abgesehen von ihrem winzigen Slip stand Tine nackt vor ihm, angeleuchtet vom Licht des Kühlschranks. Ihr Gesicht lag im Schatten, umrahmt von kastanienbraunen Haaren.

Rupe sah sie bewundernd an. Er ließ sich vor ihr auf die Knie nieder und umarmte ihre Schenkel, während er das Gesicht gegen ihren Bauch drückte. Tine schnurrte wie eine Katze. Rupe atmete ihren Duft ein und spürte ihre Begierde.

Er richtete sich auf, umfasste Tines Taille und hob sie auf die Arbeitsfläche, die Beine gespreizt. Sie legte sich zurück, den Kopf auf gekreuzten Armen. Sie sah an sich hinunter, sah die Hügel ihrer Brüste, die gespannte Linie ihres flachen Bauchs und den gebeugten Rücken von Rupe, der ihren Slip ausziehen wollte. Es dauerte ihm zu lange, er zerriss ihn und zog die Fetzen nach unten und drückte sie fest gegen seinen Mund. Dabei starrte er schmachtend zwischen ihre offenen Schenkel.

Er beugte sich vor und sog die feuchten, geschwollenen Labien in den Mund.

Der Druck auf Tines Rücken wurde immer stärker. Sie spürte, dass sie die Position nicht lange durchhalten konnte. Sie zog die Beine an und stellte die Füße auf die Arbeitsplatte. Jetzt war sie für Rupe noch weiter geöffnet. Er starrte wieder auf ihre Vulva, als wollte er sich jedes Detail einprägen. Dann drückte er erneut die Lippen auf ihre Labien.

Der Schmerz in seinen Lenden ließ sich nicht länger ignorieren und verlangte dringend die Befreiung. Er öffnete die Schnüre seiner Sporthose, und der Penis federte heraus, während die Hose zu Boden rutschte.

Tine sah den wippenden Schaft und stieß tiefe kehlige Laute aus.

Trotz des eigenen Verlangens hatte Rupe sich noch nicht satt gesehen. Mit einer Fingerkuppe strich er behutsam über die Klitoris. Er zog die fleischige Hülle nach unten und rieb die kleine rosige Spitze, während er mit einem zweiten Finger in ihre Tiefe vorstieß, als wollte er sie orten.

Er hörte Tine wimmern. Sie rutschte seiner Hand entgegen, und ihr Stöhnen wurde immer lauter. Er schob einen weiteren Finger in sie hinein, dann noch einen, bis sie ausgefüllt war, aber sie war noch nicht zufrieden und hob und senkte ungeduldig ihren Schoß.

Schließlich gab Rupe nach. Seine Erektion streckte sich über das weiche Kissen von Tines Schoß. Er trat näher an sie heran und hielt ihre wiegenden Hüften mit seinen kräftigen Händen fest. Sein Blick blieb auf ihrem Gesicht haften, als der Schaft gegen ihren Eingang drückte.

Tine öffnete sich so weit es ging, um seinem Eindringen zu assistieren. Er verharrte einen Moment, dann schlüpfte er langsam in die samtene Umarmung, und er hörte sein lustvolles Stöhnen als Echo ihrer Ekstase. Er versenkte den ganzen Schaft in ihr, hielt wieder an und schaute ihr in die Augen. Sein Ausdruck wechselte zwischen Triumph und Dankbarkeit.

Als er zu stoßen begann, verlor Tine den Rest an Zurückhaltung und schrie laut auf. Es waren Schreie der Befreiung, der Freiheit und der Hingabe.

Tief in ihr verbanden sich die ungehemmte Flut ihrer Leidenschaft mit einem Quell der Heiterkeit. Sie spürte ihre nackte Lust explodieren, und animalische Geräusche drangen aus ihrer Kehle. Wimmernd und stöhnend fand sie ihre Erlösung. Ihre Sinne pulsierten, und ihre Muskeln brannten von den Anstrengungen, sich aufzubäumen und seinen Stößen zu begegnen.

Schließlich gelangte sie in den Strudel ihrer Ekstase. Die intensive Lust wirbelte durch ihren Körper. Rupe ritt die letzte Meile, und Tines Umklammerungen zuckten immer stärker. Ihre Muskeln saugten seinen Erguss heraus, tranken durstig von seinem Fleisch und erzeugten ein Vakuum, das beinahe schmerzte.

Als sich ihr Atem normalisiert hatte, streckte Tine die Hand nach ihm aus. Sie sehnte sich nach Nähe, wenn sie Lust erlebt hatte, nach seinem Duft und nach der warmen, klammen Haut. Er löste sich langsam aus ihr, und sie rutschte auf der Arbeitsplatte nach hinten, damit er neben ihr Platz fand. Er glitt mit einem Arm unter ihren Nacken und legte sich mit dem Kopf ganz nah an ihr Gesicht.

Sie lagen still nebeneinander; ihre Augen sanft, Gesicht und Hals glommen rot. Es war, als hätte sie durch ihre Hingabe den absoluten Frieden mit sich selbst gefunden. Ihre Ängste waren verflogen. Sie fühlte sich Rupe sehr nahe.

Er richtete sich auf einen Ellenbogen auf und betrachtete sie, während sie den Schimmer des Nachglühens auf seinem Körper sah. Ihre Hand strich liebevoll über seine Brust und den Bauch, und sie fühlte, wie eine melancholische Sehnsucht in ihr erwachte.

Während sie eindöste, spürte sie seine Versuche, mit dem Fuß die Tür des Kühlschranks zu schließen. Der erste Versuch endete mit einem lauten Rattern, dann kippte etwas um und knallte platschend zu Boden. Dann aber erlosch das gelbe Licht, und die Küche lag im Grau des frühen Morgens da. Bevor sie endgültig einschlief, nahm Tine den süßlichen Geruch verschütteter Milch wahr, der fast den zu Kopf steigenden Moschus des Sex überlagerte.

Als sie aufwachte, wusste sie für einige Augenblicke nicht, wo sie war. Ihr Kopf schmerzte, und Nacken und Schultern waren steif. Es dauerte eine Weile, bevor sie sich zurechtfand. Trotz der gleißenden Morgensonne, die wieder einen heißen Tag versprach, schüttelte sie sich. Neben ihr lag Rupe auf der Seite. Er schlief noch, ein Bein über ihren Schenkeln. Auf der Arbeitsplatte war viel zu wenig Platz, und Tine war überrascht, dass Rupe nicht auf den Boden gefallen war.

Sie richtete sich in eine sitzende Position auf und versuchte, ihre Beine zu befreien, ohne ihn zu wecken. Das gelang ihr nicht, denn Rupe schlug die Augen auf und starrte sie an, ebenso verdutzt, wie sie gewesen war. Dann dämmerte es ihm langsam, und grinsend fasste er sie an und zog sie über sich. Sie grätschte über ihn und presste ihre Brüste gegen seinen behaarten Oberkörper.

Zwischen seinen Beinen rührte sich etwas, und Tine rutschte auf und ab, als wollte sie die beginnende Erektion ermutigen und dann einfangen. Es war ein stiller, friedlicher Moment, erfüllt von den Gedanken an ihr nächtliches Paaren.

Die Gerüche waren noch durchdringender geworden; die Milch säuerte in der Hitze, der Schweiß war schal geworden. Tine fühlte sich klebrig und wund gescheuert und sehnte sich nach einer Dusche, aber der immer steifer werdende Schaft erregte sie und vertrieb die Gedanken an Reinlichkeit.

Sie bewegte anmutig die Hüften, hob sich ein wenig an und spürte die Spitze des Schafts zwischen den Labien. Langsam drückte sie dagegen. Sie war noch nicht feucht, und sein Penetrieren brannte, ein Gefühl, das sie auskostete. Sie ließ sich tiefer auf den Fleischspieß sinken.

Rupe ächzte, aber er hob die Hüften, bis er ganz in ihr war. Er verhielt sich eine Weile ganz reglos, während Tine ihre inneren Muskeln anspannte und lockerte, anspannte und lockerte. Sie umklammerte seinen Schaft, bis ihre Säfte flossen und die Wände glitschig machten.

Sie ritt seinen steifen Schaft, aber es war schwer zu entscheiden, wer wen penetrierte. Für Tine fühlte es sich so an, als hätte sie ein zusätzliches Teil erhalten, mit dem sie nun in Rupe eindrang. Er verhielt sich passiv und ließ alles geschehen, was sie mit ihm anstellte.

Tines Schenkel begannen zu schmerzen. Sie lehnte sich weiter vor, weil der Schaft dann bei jedem Eindringen gegen die Klitoris stieß. Der Druck gegen Rupes Penis wurde stärker. Er genoss seine Rolle und freute sich an dem Anblick, wie Tine sich zum Orgasmus ritt.

Ihre Augen waren dunkel, sie glänzten und waren weit aufgerissen. Sie sah ihm zu, wie er sie beobachtete. Ihr Ausdruck veränderte sich, je mehr sie sich dem Orgasmus näherte. Ihre Wangen begannen zu blühen, und ihr Mund öffnete sich zu einem lauten, harschen Schrei. Sie ruckte hin und her, und wurde von wilden Zuckungen geschüttelt.

Er empfand eine wilde, ungestüme Erregung, als Tine die Kontrolle über sich verlor. Sie hatte ihn benutzt; in diesem Moment war er nur ein Schwanz für sie gewesen, ein Instrument für ihre Lust. Jetzt nahm er sich die Freiheit auch bei ihr heraus. Während ihr Körper noch zuckte und bebte, hielt er sie gepackt und drehte sich mit ihr, bis er auf ihr lag.

Tines Kopf und Schultern lagen über dem Rand der Arbeitsplatte. Ihre Haare fielen wie ein dunkler Vorhang hinunter, nur eine Locke hatte sich auf ihrer Kehle gefangen und sah wie ein tiefer Riss in ihrem Fleisch aus. Sie hatte die Arme weit von sich gestreckt und die Schenkel weit geöffnet.

Rupe empfand ein starkes Machtgefühl. Er erhob

sich über Tines schlaffem Körper und kam sich wie ein Jäger mit der erlegten Beute vor. Er stieß tief in sie hinein, stieß zu seinem eigenen Vergnügen. Er zog sich weit aus ihr zurück, bis nur noch die Spitze zwischen den Labien steckte, um dann heftig einzufahren. Mit jedem Stoß rutschte Tine ein wenig weit über den Rand der Platte hinaus.

Er spürt die Hitze, die in seine Hoden schoss, und er wusste, dass er dicht vor seinem Ziel stand. Der Schaft fühlte sich wund und roh an, aber er stieß unermüdlich zu, und dann sprühte es aus ihm heraus. Es war so heiß in ihr, dass er glaubte, seine Lava in einen Vulkan zu schleudern.

Erst als Tine spürte, dass jemand ein weiches Tuch über ihre Schultern legte, bemerkte sie, dass sie nicht mehr allein waren. Wie abwesend schlang sie das Tuch um ihren Oberkörper und schaute hinunter auf den Boden, wo die verschüttete Milch eine stark riechende Pfütze bildete. Tine richtete sich auf und saß müde auf der Arbeitsplatte ihrer Küche, während sie sich die Schenkel rieb.

Sie und Rupe waren mit blauen Tüchern bedeckt. Jemand drückte ihnen eine Tasse in die Hand. Tine sah hoch und erkannte ihre Wohltäterin – Sharon.

Sie trug ein schlichtes Kostüm, blieb in der Tür stehen und sagte lächelnd: »Wie ich gesagt habe – ein hübscher Bums.«

Sie hatten beide keine Ahnung, seit wann Sharon sich in der Küche aufhielt und was sie gesehen hatte.

Tine starrte Rupe an, der am Kaffee nippte. Seine Haare hingen in dunklen Locken um sein Gesicht. Er sah müde aber glücklich aus und hatte den Blick gesenkt. Das Tuch bedeckte seinen Schoß, während er mit den kräftigen Händen seine Tasse hielt.

Tine spürte immer noch die Hitze seiner Penetration. Sie saßen mit überkreuzten Beinen da. Der nächste natürliche Schritt war, dass sie zusammen zu Bett gingen. Sie wollte sich an ihn kuscheln. Aber trotz ihrer intimen Begegnung fürchtete sie sich davor, mit ihm an ihrer Seite im Bett aufzuwachen.

Rücken und Nacken waren immer noch steif von ihrem ungewohnten Nachtlager. Sie lechzte nach einer Dusche, nach Seife und Parfum, nach dem sanften Wiegen ihres Wasserbetts. Was sie am nötigsten brauchte, war Alleinsein. Sie wollte allein aufwachen und das Geschehen dieser Nacht verarbeiten.

Rupe, den sie seit knapp einer Woche kannte, war jetzt ihr Liebhaber, Vertrauter und Verschwörer. Er hatte ihre Sinne erobert, und er sollte zu dem Leben gehören, das sie von nun an leben wollte.

Er starrte sie an. Sie hielt seinem Blick stand. Er sah, dass ihre Gedanken beschäftigt waren. Sie sah ihn an wie damals, als er vor ihrer Tür gestanden hatte. Durcheinander, verschlafen, betört. Er war dankbar dafür, dass sie ihr Knie gegen seins rieb.

Nie zuvor hatte er sich einer Frau näher gefühlt. Er wollte in ihren Gedanken sein, aber er ahnte, dass Tine nicht so tief empfand. Sie hatte ihm zu verstehen gegeben, dass ihre gemeinsame Zeit limitiert war.

Ein anderer Teil von ihm labte sich an der Freiheit, die sie ihm durch diese Einstellung gab. Ihre Beziehung basierte auf gegenseitiger Zuneigung, auf Lust und Vertrauen. Durch Tine hatte er ein neues Stadium in seinem Leben erreicht.

»Bist du auch müde?«

Ihre Frage erinnerte ihn daran, wie erschöpft er war. Er nickte schwach.

»Soll ich dich nach Hause begleiten?«

Rupe sprang von der Arbeitsplatte, und Tine folgte ihm, Händchen haltend, die Treppe hinauf. Vor Tines Schlafzimmertür zog er sie zu einer stürmischen Umarmung an sich.

Sie kuschelte sich an ihn, sie labten sich aneinander und sahen sich an.

»Schlaf gut.« Er küsste sie auf den Mund, öffnete ihre Tür und schob sie in ihr Zimmer.

Tine lächelte glücklich vor sich hin und lief unter die Dusche. Sie war froh, allein zu sein, und doch enttäuscht, dass er nicht gedrängt hatte, mit ihr zu gehen. Sie stellte sich vor, wie er jetzt unter seine Dusche stand.

Sie trocknete ihre Haare und schlüpfte ins Bett.

Zehntes Kapitel

Tine wachte auf, immer noch steif, aber erfrischt nach einem langen, traumlosen Schlaf. Sie fühlte sich munter und voller Energie. Sie verzichtete auf Unterwäsche, warf ein loses Sommerkleid über und ging barfuß hinunter in die Küche. Sie war hungrig.

Stevie war dabei, den Boden zu wischen. Sie hatte das Gemüse aus dem Kühlschrank auf die frisch geschrubbte Arbeitsplatte gelegt, um im Kühlschrank zu wischen, denn die Milch hatte sich auch über ein Fach ergossen.

Als Tine eintrat, sah Stevie sich um und zeigte ein breites Grinsen, das keinen Zweifel daran ließ, dass sie über das Geschehen in der Nacht Bescheid wusste.

»Eh ... tut mir Leid«, sagte Tine zerknirscht. Sie hatte zuvor nicht mehr die Energie gehabt, alles aufzuwischen, aber sie hatte auch nicht gewollt, dass jemand anders die Arbeit übernahm.

»Ich putze gern«, sagte Stevie, drückte Tine kurz an sich und drückte sie auf einen Schemel an der Frühstücksbar. Demmy saß schon da und trank Kaffee. Das Mädchen sah sie mit einem wissenden Blick und einem anzüglichen Grinsen an. Tine wich ihrem Blick aus, aber es wurde ihr erneut bewusst, dass sie Demmy nicht mochte.

»Ich dachte, ich sollte ein bisschen am Computer arbeiten«, sagte Demmy.

»Was willst du denn arbeiten?« Tine war neugierig. Sie hatte nicht vor, Demmy an den Computer zu lassen.

»Nun, du hast selbst gesagt, es könnten noch unvollendete Bilder von John versteckt sein.«

Tine war sicher, dass John einige Arbeiten nicht mehr hatte beenden können, aber sie wollte nicht jetzt mehr, dass Demmy sie entdeckte. Tine war auch davon überzeugt, dass es dem Mädchen hauptsächlich darum ging, Johns Programm zu finden. Sie konnte ja nicht wissen, dass Rupe die Filter schon gesichert hatte. Tine hatte keine Lust mehr, länger um den heißen Brei herumzureden.

»Demmy, die Filter sind nicht mehr im Computer, okay? Du brauchst sie also nicht mehr zu suchen. Von jetzt an möchte ich dich nicht mehr an einem Rechner in diesem Haus sehen, verstehst du?«

Demmy brauchte einige Sekunden, bis sie begriff, was Tine gesagt hatte. Sie sprang wieder auf die Füße und starrte Tine hasserfüllt an.

»Du bist ein gemeines Luder, Tine! Zuerst hast du mein Bild gestohlen, und jetzt stiehlst du mir meine Zukunft!«

Es war wohl so, dass Demmy sich als Opfer sah, und alles, was Tine sagen würde, konnte daran nichts ändern, deshalb sagte sie nichts. Demmy rannte aus der Küche, und Tine sah ihr ratlos hinterher. Sie hörte Demmy in Stevies Zimmer laufen und wie sie die Tür hinter sich zuknallte.

»Ich werde mich später um sie kümmern, dann werde ich auch dafür sorgen, dass sie nicht länger hier bleibt«, sagte Stevie. »Ich würde es jetzt noch tun, aber ich muss zur Arbeit.«

Stevie erklärte rasch, dass sie sich Sorgen um Demmy machte. Das junge Mädchen hatte vergangene Nacht wie ein kleines Kind neben ihr geschlafen, war von Alpträumen geplagt und hatte fast die ganze Nacht gewimmert. In den vergangenen zwei Tagen hatte Stevie es nur mit Drohungen und gutem Zureden geschafft, Demmy davon abzuhalten, Tine gegenüber so feindselig zu sein. In dem jungen Mädchen war irgendeine Verletzung, erklärte Stevie, die Demmy so aggressiv machte.

Stevie ließ Demmy nicht gern allein im Haus

zurück, aber sie schreckte auch davor zurück, sie in diesem Zustand wegzuschicken.

Tine nickte und war damit einverstanden. »Wenn ich sie sehe, versuche ich mit ihr zu reden.«

»Nein, das wäre nicht gut. Geh ihr lieber aus dem Weg. Glaube mir, sie ist nicht gut drauf.«

Etwas in Stevies Stimme teilte ihre Beklommenheit mit. Tine fühlte sich plötzlich nervös und nickte. Sie würde später mit Stevie reden und ihr unmissverständlich klar machen, dass sie Demmy nicht im Haus haben wollte. Ihr war, als läge ein dunkler, unheilvoller Schatten über dem fröhlichen purpurnen Zimmer.

Stevie umarmte Tine, um sie zu beruhigen. Sie barg ihre Nase in die frisch duftenden kastanienbraunen Haare, und plötzlich spürte sie ein Verlangen nach der älteren Frau. Tine versteifte sich. Sie saß auf dem Schemel, und ihr Kopf befand sich auf der Höhe von Stevies Brüsten. Ihre Wange strich leicht über die Wölbung.

Stevie trug ein weißes T-Shirt mit dem Logo ihres Fitness Centers, dazu blaue Shorts. Ihre Kraft schien durch, ganz egal, was sie trug. Es war nicht nur das Spiel ihrer Muskeln, was ihre Stärke verriet; sie hatte auch eine innere Kraft, die man in ihren Augen sah.

Tine verharrte und genoss das leichte Heben und Senken bei Stevies Atmen. Sie nahm das sanfte Streicheln von Stevie wahr, mit zarten Bewegungen strich sie über ihre Schultern und den Rücken. Es war kein Wunder, dachte sie, dass diese Frau in der Lage ist, Demmy zu kontrollieren; sie besaß eine Präsenz, in der Wut verrauchte. Tine spürte Verwirrung darüber, dass auch sie sich zu Stevie hingezogen fühlte. Sie war versucht, einen Arm um die schwarze Frau zu legen, aber in diesem Moment zog Stevie sich zurück.

»Du bist ein guter Mensch, Stevie.«

»So gut nun auch wieder nicht.« Stevie hauchte einen Kuss auf Tines Lippen. »Aber gut genug, um zu wissen, dass deine Muskeln wahnsinnig verkrampft sind. In den nächsten Tagen werde ich dich massieren, damit sie wieder locken werden.«

Tines Verwirrung hielt an. Kurz nach der intimen Nacht mit Rupe fühlte sie sich nun zu Stevie hingezogen. Unbewusst schmiegte sie die Wange noch mehr an die Brust der jüngeren Frau. In Tines Kopf liefen Bilder ab, wie Stevie mit eingeölten Händen ihr den nackten Rücken knetete. Tine erkannte instinktiv, dass Stevie sie ebenso begehrte. Sie stellte sich vor, wie Stevie über ihr hockte und die Pobacken massierte. Sie ließ duftendes, warmes Öl zwischen ihre Schenkel träufeln. Tine meinte, den Duft riechen zu können, während Stevies geschickte Finger das Öl mit kreisenden Bewegungen in die Haut rieb.

Tine wich zurück und errötete, als sie sich ihrer Phantasien bewusst wurde. Stevie betrachtete Tine mit frischem Interesse und bemerkte die Erregung in den Augen der Vermieterin. Sie strich leicht mit dem Handrücken über Tines Brustwarze, neigte den Kopf ein wenig und sah an Tines Ausdruck, dass Erregung und Verlegenheit mit sich rangen, während sie ihren Finger über die Unterseite der Brust streichen ließ.

Tines Atem beschleunigte sich, und ihre Lippen waren leicht geöffnet. Stevie stöhnte gequält, trat einen Schritt zurück und schüttelte den Kopf, als wollte sie ihre Gedanken befreien. Sie verdrehte die Augen und schaute zur Decke. Als sie wieder die andere Frau anschaute, hatte Tine die Augen geschlossen und die Hände auf den Bauch gelegt, als könnte sie ihre Finger nur so zur Untätigkeit zwingen.

»Ich verstehe das alles nicht«, murmelte Tine und fühlte sich miserabel. Stevie gluckste.

Sie drückte ihre Lippen auf Tines Mund und labte sich an der hungrigen, warmen Feuchtigkeit. Dann schob sie eine Hand in Tines Nacken, unter die vollen Haare, und streichelte die empfindliche Haut.

Sie riss sich gewaltsam von Tine los, richtete sich auf und sagte: »Deine Nackenmuskeln sind auch so unbeweglich wie ein Zaunpfahl!«

Tine sah Stevie konfus an, noch gefangen in ihrer Lust. Aber dann änderte sich ihr Gesichtsausdruck. Bevor sie etwas sagen konnte, legte Stevie einen Finger über Tines Lippen.

»Pst«, machte sie. »Später, ja? Jetzt muss ich arbeiten, und danach reden wir.«

Sie lief aus der Küche. Tine blieb eine Zeit lang sitzen und versuchte, ihre Gefühle zu analysieren, ihr lüsternes, unverantwortliches Verhalten. Langsam schüttelte sie den Kopf. Von einem Tag auf den anderen hatte sich ihr Leben völlig verändert; es war wohl am besten, wenn sie die Neuerungen ignorierte.

Nach einer Tasse Kaffee begann Tine damit, eine einfache Mahlzeit zuzubereiten. Später konnte sie sie wärmen und ihrem jungen Geliebten anbieten. Sie nahm Kartoffeln, Zwiebeln, Tomaten, Zucchini und Gurken aus dem Kühlschrank, schnitt alles klein, fügte Fenchel und Knoblauch hinzu sowie einen Schuss Weißwein. Dazu würde sie deutsches Roggenbrot und Käse servieren.

Während ihrer Arbeit in der Küche sah sie Jerry, der die Blumen mit Eimern voll Wasser tränkte. Als er fertig war, leerte er den Rest des letzten Eimers über seinem Kopf. Das Wasser rann von den Haaren über seine nackte Brust. Seine Shorts wurden klatschnass.

Er kam auf die Terrasse, streifte die nassen Tennisschuhe ab, rieb die Füße an den Waden trocken und betrat die Küche, in der es verlockend nach Essen roch.

»Sie haben bekanntgegeben, dass man den Garten nicht mehr mit dem Schlauch begießen darf«, sagte er.

Er nahm eine Flasche Wasser aus dem Kühlschrank

und setzte sie an den Mund. Es tröpfelte aus seinen Mundwinkeln, weil er so gierig trank. Tine schaute ihm zu und lächelte. Er strahlte und gab zu verstehen, dass er später wiederkommen würde, wobei er Tine bewundernd mit Blicken abtastete. Er schlüpfte wieder in seine Schuhe und ging.

Im Haus war es still. Tine spürte die Nähe des schlafenden Rupe und der schmollenden Demmy in Stevies Zimmer. Ruhe kehrte auch in Tine selbst ein. Sie ging auf die Terrasse und setzte sich mit überkreuzten Beinen auf den Steinboden. Sie biss in einen Apfel.

Es lag etwas Verrücktes darin, dass sie das Chaos akzeptierte, das die neuen Mieter mitgebracht oder veranstaltet hatten, aber noch hatte sie nicht den Eindruck, dass eine strengere Hand gefordert war.

Zum ersten Mal seit Tagen sehnte sie sich nach Regen. Die Erde im Garten war ausgedörrt und brüchig. Dass der Rasen nicht mehr gesprengt werden durfte, war eine Enttäuschung, denn das Gras würde bald wieder braun werden. Es hatte sich nach all den Monaten der Vernachlässigung in der kurzen Zeit von Jerrys Pflege noch nicht richtig erholen können. Einige der Pflanzen hatten neuen Mut geschöpft und belohnten die neue Fürsorge mit bunten Blüten, aber andere waren immer noch saft- und kraftlos und würden sterben. Jerry schien aber noch zu hoffen, sonst hätte er sie bestimmt gezupft. Tine fand, sie sollte sich Jerrys Hoffnung anschließen.

Ihre Gedanken wanderten zu Demmy. Es war klar, dass dem Mädchen irgendwas fehlte. Tine drängte sich der Vergleich zu den welken Pflanzen auf. In Demmys Fall hatte die Vernachlässigung zu einem bösen Hunger geführt. Tine nahm sich vor, ihr aus dem Weg zu gehen, und gleichzeitig hoffte sie, das richten zu können, was John vielleicht verdorben hatte.

Sie war realistisch genug, um zu wissen, dass Johns Verhalten vielleicht gar nicht für Demmys Entwicklung verantwortlich war. Aber für den Fall, dass er doch dazu beigetragen hatte, wollte Tine ihr Gewissen erleichtern.

Sie ging ins kühlere Haus zurück. Sie stieg die Treppe hoch, um sich umzuziehen und dann zu Rupe zu gehen. Sie freute sich auf den Abend mit ihm.

Sie öffnete die Tür ihres Schlafzimmers und blieb wie angewurzelt stehen. Sie konnte nur starren, Mund und Augen weit geöffnet. Die Schranktüren waren aufgerissen, die Inhalte lagen verstreut auf dem Boden. Ihr erster Gedanke war Einbruch, und erst als sie das Schlagen der Haustür hörte, lief sie ans Fenster und schaute hinaus in den Vorgarten.

Sie sah Demmy, die über den Kieselsteinweg ging und durch das Tor trat. Das Mädchen warf einen kurzen Blick über die Schulter, sah zu den Fenstern hoch und entdeckte Tine. Ein triumphierendes Lächeln spielte um Demmys Lippen, sie hob den rechten Arm und zeigte ihre Beute. Im nächsten Moment rannte sie davon. In der Hand hatte sie das Band gehalten, das Rupe vom Programm gezogen hatte.

Tine war wütend. Ihr privater Bereich war verletzt worden, ihre Gastfreundschaft missbraucht. Alle Vorsätze, tolerant zu sein, zerschellten an Demmys hinterhältigem Diebstahl. Benommen stieß Tine mit der Stirn gegen die kühle Fensterscheibe und zwang sich zum tiefen Durchatmen.

In diesem Zustand fand Rupe sie, als er Minuten später die Treppe hinunter gehen wollte. Er konnte Tine durch die offene Tür sehen, eine kleine verzagte Gestalt am Fenster. Sein erster Gedanke war, zu ihr zu laufen und sie in die Arme zu nehmen, aber dann blieb er stehen. Vielleicht bedauerte Tine ja die vergangene Nacht. Während er in der Tür stand und den Saustall ihres Zimmers sah, handelte er instinktiv, weil er nun nicht mehr glaubte, dass Tines Traurigkeit etwas mit ihm zu tun hatte.

Er lief zu ihr und umfing sie von hinten. Sie zuckte zusammen, aber dann lehnte sie sich zurück und schmiegte sich an ihn.

Ihr Körper fühlte sich sanft und geschmeidig an, und er fühlte mit ihr, obwohl er noch nicht wusste, was ihr Problem war. Er empfand fast Erleichterung, als Tine sagte: »Demmy hat das Band gestohlen.«

Rupe verhielt sich still. Auch er war wütend, aber er grinste nur. »Sie wird nichts damit anfangen können. Das Band ist chiffriert.«

»Sie wird es dechiffrieren können«, wandte Tine ein. »Sie hat mit John gearbeitet und kennt wahrscheinlich den Code.«

»Kann sein. Aber meinen Code kennt sie nicht.«

»Oh, verdammt! Wenn sie das herausfindet, wird sie wiederkommen.«

»Nun, dann werde ich mich ihrer annehmen.«

Sein Ton war voller Entschlossenheit, und Tine hoffte, dass Demmy genug Verstand besaß, auf Distanz zu bleiben. Tine war froh, Rupe bei sich zu haben. Seine tiefe Stimme und die australische Aussprache mit den schleifenden Vokalen hatten etwas Beruhigendes an sich. Tine rieb die Wange an seinem T-Shirt; ihre Art, danke zu sagen für seine Fürsorge und für seinen Schutz.

»Sie hat das ganze Zimmer durchwühlt, bis sie das Band gefunden hatte«, murmelte sie.

Rupe streichelte mit einer Hand über ihre Brust und drückte sie leicht. Eine Weile blieben sie still stehen und blickten auf die Straße, dann tippten seine Finger gegen eine Warze, die sich sofort versteifte. Er nahm sie zwischen Daumen und Zeigefinger und drückte sie durch den leichten Stoff des Sommerkleids.

»Ich glaube, ich sollte mit dem Aufräumen beginnen.« In Tines Stimme lag ein sinnliches Sehnen, und Rupe hörte, dass sie nicht die Absicht hatte, etwas anderes zu tun, als sich von ihm streicheln zu lassen.

Rupe rieb mit dem Kinn über ihren Kopf. Sie folgte seinem Blick auf drei munter plaudernde Schülerinnen, die am Haus vorbei gingen. Ihre Stimmen wurden durch die Doppelverglasung gedämpft. Eine von ihnen schaute hoch und entdeckte die beiden Gestalten am Fenster. Sie packte die Schulter der Freundin und zeigte mit dem Kopf nach oben. Sie tuschelten und grinsten breit, dann verschwanden sie um die Ecke.

Tine wurde verlegen und wollte sich vor den neugierigen Blicken schützen, aber Rupe hielt sie fest, beugte den Kopf und flüsterte: »Ich werde dich jetzt ausziehen.«

Er drückte ihre Brüste und ließ sie dann los.

Tine stand unschlüssig da, während er die Träger von den Schultern schob. Die Schülerinnen waren längst weg, aber andere Teenager waren an diesem Nachmittag auf dem Nachhauseweg. Tine hoffte, dass sie so sehr mit sich selbst beschäftigt waren, dass sie nicht zum Fenster schauten. Doch ein Teil von ihr erregte sich bei dem Gedanken, dass jemand zuschauen könnte, wie Rupe sie entkleidete.

»Ich will, dass auch sie dich bewundern«, murmelte Rupe und zog das Kleid über ihre Hüften. Er seufzte glücklich, als er die fehlende Unterwäsche bemerkte. Er strich mit beiden Händen über ihren Po, drückte und knetete ihr Fleisch und ließ einen Finger in der zuckenden Kerbe ihrer Backen verschwinden. Er wusste schon, wie schnell erregbar Tine war, deshalb war er davon überzeugt, dass Tine spätestens in einer Minute keinen Gedanken mehr an ihre Umgebung verschwendete.

Er trat einen halben Schritt zurück, und Tine hörte,

dass er sich auch auszog, und im nächsten Augenblick war er so nackt wie sie. Sein halb erigierter Penis drückte sich zwischen ihre Backen. Sie schwenkte die Hüften, als wollte sie nachhelfen, den Schaft ganz steif zu machen.

»Oh, nein, noch nicht«, murmelte Rupe und griff mit der Hand an ihre Vulva. Seine Finger schoben sich durch die dunklen Löckchen und suchten die Klitoris. »Spreiz dich für mich.«

Seine Stimme war kaum mehr als ein Wispern. Auch er erregte sich an der Möglichkeit, dass sie von unten gesehen werden konnten. Tine spürte, wie er härter wurde, und schwenkte die Hüften wieder hin und her. Trotz ihrer Scham wusste sie, dass sie bald schon die Fußgänger nicht mehr sehen würde. Im nächsten Moment schloss sie die Augen und ergab sich Rupes Fingern. Sie stellte die Beine weit auseinander, damit Rupe leichteren Zugang hatte.

»Du wirst so nass. Du solltest fühlen, wie nass du wirst.« Sein Atem ging hektischer, als er sie mit den Fingern erforschte und die Nässe verteilte.

Tine spürte, wie er zitterte. Er versuchte, ihre Hüften stillzuhalten, weil er fürchtete, die Kontrolle zu verlieren, wenn sie seinen Penis weiter reizte. Seine Erregung füllte das Zimmer, und Tine verlor ihre letzten Hemmungen.

Sie stellte sich auf die Zehenspitzen und ließ die Hüften rotieren. Sein Schaft rutschte weiter vor und stieß gegen ihren Eingang. Sie drückte die Schenkel wieder zusammen und hielt ihn dort gefangen.

Rupe erstarrte und rang um seine Beherrschung, aber dann fügte er sich mit einem hilflosen Stöhnen in sein Schicksal. Er packte Tines Hüften mit beiden Händen und beugte ihren Oberkörper nach vorn. Sie stützte ihre Hände auf die Fensterbank und erwartete sein Eindringen mit einem Gefühl des Triumphs. Jetzt öffnete sie die Augen und wünschte, jemand würde von unten aufblicken. Ihr Wunsch erfüllte sich durch einen jungen Studenten, der den Kopf hoch und direkt auf das Fenster starrte.

In diesem Moment stieß Rupe in sie hinein, und Tine stöhnte vor Lust, den Blick auf den Fußgänger gerichtet, der unvermittelt stehengeblieben war. Er trat durchs Tor, als wollte er den Eindruck erwecken, dort auf jemanden zu warten. Er setzte seinen Rucksack ab und fuhr mit beiden Händen in die Taschen seiner leichten, weiten Leinenhose. Selbst aus der Entfernung ihres Fensters im ersten Stock konnte Tine die Bewegung seiner Finger erkennen. Sie hätte gern gewusst, ob er schon vorher geträumt hatte. Dann musste ihm die Szene im Fenster wie die Erfüllung seines Traum vorkommen.

Rupe hatte mit sanften Stößen begonnen, auch er sah den Mann im Torbogen, der sich jetzt gegen den Pfeiler lehnte und die Schau genoss.

»Er wünscht sich an meine Stelle. Er will dich an meiner Statt durchziehen.« Rupes Stimme klang betörend. »Das würde dir gefallen, was?« Um seine Worte zu unterstreichen, stieß er hart in sie hinein, dann verharrte er eine Weile.

Der junge Mann, frustriert durch die einengende Hose, öffnete den Reißverschluss und holte den Penis heraus. Er war durch die Büsche nur unvollkommen vor Blicken der Fußgänger geschützt, deshalb ging er ein paar Schritte tiefer in den Vorgarten hinein. Er legte eine Faust um seinen Penis und blickte nach oben. Tine sah seine herausfordernden blauen Augen und leckte sich über die Lippen. Sie spürte die Überproduktion von Speichel in ihrem Mund.

Als ob er ihre Gedanken gelesen hätte, schlüpfte Rupe aus Tine heraus und drehte sie herum, so dass sie nun ihren Po am Fenster zeigte. Ihre Vulva zwischen den gespreizten Beinen musste von unten gut zu sehen sein. Der Fremde schluckte schwer, und

Rupe fragte sich, ob das sein erster deutlicher Blick auf ein weibliches Geschlechtsteil war.

Tine bückte sich nach seinem bebenden, feucht glänzenden Glied und schloss die Lippen um die purpurne Spitze. Der Student konnte die geschickt kreisende Zunge nicht sehen, aber es gab keinen Zweifel daran, dass er genau wusste, auf welche Weise Tine in diesem Moment beschäftigt war.

Rupe beugte sich stöhnend über Tines Rücken, teilte ihre Backen und stieß mit ein paar Fingern zwischen die Labien.

Der junge Mann rieb sich schneller. Rupe wollte Tine den Höhepunkt miterleben lassen, deshalb drehte er sie rasch wieder herum, gerade rechtzeitig, dass sie den weißen Samen aus dem zuckenden Schaft des Fremden sprühen sehen konnte.

Sekunden später bedeckte sich der Student wieder, er sah sich um, starrte verblüfft noch einmal zum Fenster und entfernte sich hastig, nachdem er seinen Rucksack auf dem Rücken befestigt hatte. Er schaute nicht mehr nach hinten.

Tine wandte sich Rupe zu und starrte in seine Augen, als wollte sie dort einen Beweggrund für Rupes Verhalten finden. Er hatte sie mit dieser Aktion überrascht und ihr eine Seite von sich gezeigt, die Tine nicht erwartet hätte. Seine Pupillen waren feucht und geweitet, was seine übermächtige Erregung verriet. Seine Erektion wippte auf und ab. Er war in der Absicht, seine exhibitionistische Phantasie auszuleben, unnachgiebig gewesen, und seinen harten, dreisten Blick fand sie schmerzlich stimulierend.

»Wenn er näher gewesen wäre«, flüsterte sie und leckte sich wieder über die Lippen, »hätte ich es mit ihm getrieben, und dich hätte ich zuschauen lassen.«

Ärger breitete sich auf seinem Gesicht aus. Er nahm ihr Kinn in die Hand, zwang ihren Kopf in den Nacken und warf ihr vor: »Dir gefällt das, was?« Es sollte spöttisch klingen, aber in der Stimme klang gleichzeitig Verwunderung durch.

»Oh, ja.« Tine lächelte weich. »Ich liebe es.« Ihre Augen verengten sich, als sie versprach: »Ganz egal, wie du es haben willst – mir gefällt es.«

Sie drückte Rupe ins Zimmer zurück, aufs Bett zu. Er fiel auf den Rücken, und sie grätschte über ihn, als das Telefon klingelte. Einen Moment lang sahen sie sich an, dann warf sie einen strafenden Blick auf den Apparat neben ihrem Bett. Tine hob den Hörer ab und lauschte einen Moment, dann gab sie den Hörer an Rupe weiter.

»Das ist für dich«, sagte sie und drückte ihn wieder auf den Rücken, als er sich aufrichten wollte. Rupe räusperte sich und schloss verzweifelt die Augen, als Tine sich auf seinem Schaft niederließ.

Er bedeckte die Muschel mit einer Hand und zischte: »Es geht um meine Arbeit.«

Tine nickte mitfühlend und ritt ihn sanft. Sie wiegte sich auf ihm hin und her. Sie war so sehr in ihrer eigenen Lust gefangen, dass sie kaum gewahrte, wie Rupe versuchte, den Anrufer abzuwimmeln.

Als seine Blicke immer verzweifelter und der Penis in ihr immer weicher wurde, glitt sie weg von ihm und ignorierte seine Enttäuschung. In seinem Frust rutschte Rupe zum Kopfende des Betts und richtete sich in eine sitzende Position auf. Tine kuschelte den Kopf in seinen Schoß.

Rupe sah sie an, während er ins Telefon sprach, er streichelte über ihre Haare und schob eine Locke hinter ihr Ohr. Tine spürte, wie er sich entspannte, und lächelte. Als er den Hörer mit einem Seufzer der Enttäuschung auflegte, blickte sie zu ihm hoch.

»Die Nacht ist noch jung. Bleibe hier, dann bringe ich dir das Abendessen.« Sie glitt vom Bett, schlüpfte in ihr dünnes Kleid und huschte aus dem Zimmer.

Als Tine ihre Küche betrat, saßen Sharon und Jerry an der Frühstücksbar und tranken Ale aus einer Trappistenbrauerei. Zwischen ihnen standen Plastikbehälter mit *taramasalata* und *tsatsiki* sowie paparikascharfe Tortillachips.

Sharon und Jerry waren beide nackt und schienen einen Wettbewerb auszutragen, wer den Körper des anderen schneller mit den Tunken bemalen konnte. Sharons Haare waren auf dem Kopf aufgetürmt, gehalten von einem hölzernen Kebabspieß. Ein paar Locken, die entkommen waren, waren von der Tunke weiß beschmiert.

Sie sah Tine grinsend an und lud sie auf ein Bier ein. Dabei nutzte sie aus, dass Jerry für einen Moment abgelenkt war und schmierte seine Nase mit einer pinkfarbenen Paste ein. Jerry rächte sich, indem er zwei Finger in den *tsatsiki* tunkte und Streifen über Sharons Brüste zog. Dann beugte er sich vor und zerstörte sein Kunstwerk mit der Zunge.

Tine schüttelte lächelnd den Kopf. Es musste ein Zeichen der Zeit und des Überangebots sein, dass die Nacktheit der beiden sie nur milde interessierte. Sie holte Salat aus dem Kühlschrank und schnitt Scheiben von einem dunklen Roggenbrot, während die Spiele fortgesetzt wurden.

»Ich hab gesehen, dass Demmy gegangen ist«, bemerkte Sharon nach einer Weile.

Tine nickte und erzählte kurz von dem Diebstahl.

»Wir gehen morgen Abend ins Silky Lizzie. Willst du mit uns kommen? Vielleicht triffst du sie da.«

Jerry hatte einen rosigen Nippel mit den Lippen eingefangen und erforschte ihn nun mit der Zunge. Sharon war hinreichend abgelenkt. Tine stellte Schüsseln und Besteck zusammen auf ein Tablett, packte das Brot dazu und eine Flasche eines australischen Shiraz, den sie für eine besondere Gelegenheit verwahrt hatte. Mit den Kristallgläsern war es kein leichter Balanceakt, deshalb hob sie das Tablett vorsichtig auf und ging langsam die Treppenstufen hoch, während sie über Sharons Einladung nachdachte.

Stevie hatte am Grillabend mit ihr über Silky Lizzie geredet und das Lokal auch beschrieben, aber Tine konnte sich kaum noch erinnern. Der Gedanke, mit Stevie und Sharon einen Abend außer Haus zu erleben, war recht verlockend, aber sie entschied sich trotzdem dagegen. Dazu würde sie später noch genug Gelegenheiten haben.

Als sie ihr Zimmer betrat, bereute sie ihre Entscheidung nicht. Rupe saß nackt und mit überkreuzten Beinen auf dem Bett. Nein, dachte Tine, ich will viele lange Abende nichts anderes, als diesen liebevollen jungen Mann zu erforschen. Behutsam setzte sie das Tablett aufs Bett.

»Ich bin sehr hungrig«, sagte Rupe und sah Tine auf eine Weise an, die ihr sagte, dass ihre Mahlzeit nur einen Teil seines Hungers stillen konnte; für die andere Sättigung war sie zuständig.

Aber zunächst schlug er bei den essbaren Dingen zu. Es blieb kaum etwas übrig. Nachdem sie das Tablett zur Seite gestellt hatten, labten sie sich am Wein. Tine war enttäuscht, als sie erfuhr, dass Rupe für ein paar Tage nach London reisen musste – das war während des Telefongesprächs so festgelegt worden. Ihr fiel ein, dass sie jetzt vielleicht doch ins Silky Lizzie gehen könnte, aber sie entschied, trotzdem zu Hause zu bleiben.

»Du könntest mit mir kommen.« Rupe sah Tine erwartungsvoll an.

Sie sah sich schon den ganzen Tag durch Harrod's streifen, während er arbeitete, und danach mit ihm in einem chinesischen Restaurant in Soho speisen.

»Ein anderes Mal«, sagte sie. Dann platzte es aus ihr heraus: »Ich bin froh, dass du eingezogen bist.«

Rupe nahm Tine das Glas aus der Hand. Er setzte

beide Kristallgläser auf den Nachttisch, zog Tine quer übers Bett, legte sich auf sie und küsste sie sanft.

»Ich bin nicht die ganze Zeit hier geblieben, während du in der Küche warst.« Seine Augen zwinkerten. »Ich habe uns schon eingeloggt. Dickens will mit uns reden.«

Elftes Kapitel

Tine hatte einen Abend mit viel Kuscheln und Liebe erwartet. Dass Rupe mit Dickens chatten wollte, kam unerwartet und war eine Enttäuschung für sie, besonders, da er schon am nächsten Tag nach London abreisen würde. Nun, es war ihre eigene Schuld, wenn sie Erwartungen an jemanden stellte, der vielleicht ganz andere Erwartungen hatte. Seufzend redete sie sich ein, dass es vielleicht lustig sein würde, Dickens die letzten Entwicklungen zu berichten. Zweifellos würde er sich in den letzten Tagen vernachlässigt gefühlt haben.

Trotzdem verhielt Rupe sich irgendwie seltsam. Er war aufgeregt und ruhelos und konnte nicht schnell genug zurück an den Computer. Vielleicht war dies sein üblicher Zustand, bevor er sich in einen Chatroom einloggte, aber es kam ihr ziemlich kindisch vor. Sie wurde an ihren Altersunterschied erinnert.

Sie gab sich zurückhaltend, willigte aber ein, zu Rupe hinauf zum Speicher zu gehen. Sie konnten nebeneinander auf dem IRC chatten, versprach er ihr. Von der Tür aus warf er ihr einen Kuss zu. Tine lehnte sich auf ihrem Bett zurück und nippte nachdenklich am Wein.

Sie ließ sich Zeit. Sie brachte Ordnung in das Chaos, das Demmy hinterlassen hatte, dann duschte sie und wusch sich die Haare. Es war später Abend, als sie ein T-Shirt über die nassen Haare zog, einen Slip anzog und mit dem Tablett hinunter in die Küche ging.

Sharon und Jerry hatten die Küche so blitzblank verlassen, als wären sie nie da gewesen. Das Haus schien ungewöhnlich still zu sein. Trotz der späten Stunde war es immer noch ein wenig hell, sie konnte hinaus in den Garten schauen. Die drückende

Schwüle lag noch in der Luft, aber Tine sah, wie sich im Westen eine Bank aus dunklen Wolken aufbaute.

Die Katze lag dösend unter einem Strauch und beäugte einen Vogel mit trägem Interesse. Tine war versucht, Dickens warten zu lassen und sich auf dem Rasen auszustrecken, um den Frieden der Nacht auszukosten. Ihre Wankelmütigkeit überraschte sie, als sie ihrer Laune nachgab, hinausging und barfuß über den Rasen schritt. Das Gras war knochentrocken. Vor ihr tanzte eine Hummel und wich ihr im letzten Moment aus, um eine Kollision zu vermeiden.

Die Katze erhob und streckte sich, ehe sie Tines Nähe suchte und sich Gesellschaft und ein angenehmes Kraulen versprach. Tine saß mit überkreuzten Beinen da. Die schnurrenden Vibrationen unter ihren Fingerspitzen wirkten beruhigend auf sie.

Die Sonne ging unter, und mit dem Nachtgrau kam der Regen. Es war zunächst ein leichter, unbefriedigender Sommerregen, aber die Luft kühlte sich rasch ab. Es sah nach Sturm aus. Nach den ersten Tropfen schoss die Katze davon und verschwand hinter dem Zaun. Tine zog die Knie an und schlang die Arme um ihre Beine. Sie spürte, wie der Regen sie einweichte, bis sie klatschnass war und bibberte. Um sie herum stieg ein wunderbarer Duft von dampfender Erde auf, und sie konnte spüren, wie der Garten aus dem Schlaf erwachte und zu trinken begann.

Der Regen belebte Tine. Sie fühlte sich hellwach und lebendig. Sie freute sich für die dürstenden Blätter und Blüten, und sie freute sich auch auf die Freuden, die sie in dieser Nacht noch erwarteten. Es war dunkel geworden. Das einzige beleuchtete Fenster war das auf dem Speicher, ein blasses Licht hinter dem geschlossenen Vorhang. Dahinter stellte sie sich Rupe vor, wie er in seinem ledernen Drehsessel vor dem Monitor saß, auf dem er seine und Dickens' Texte lesen konnte.

Tine wünschte, sie könnte fliegen und durch den Vorhang blinzeln, um Rupe beim Chatten mit Dickens zu beobachten. Wie reagierte er, wenn sie nicht bei ihm war?

Schließlich ging sie ins Haus zurück, die Haare glänzten vom Regen, und das T-Shirt klebte an ihrer Haut. Langsam stieg sie die Treppen hoch. Noch bevor sie seine Tür erreicht hatte, hörte sie ihn in die Tasten hämmern.

Das Wohnzimmer im Speicher sah völlig verändert aus. Die Möbel waren gegen die Wände gerückt, und Kabel schlängelten sich wie Efeu über den Boden zu drei verschiedenen Terminals. Ein Monitor, der auf seinem Rechner stand, funkelte in leuchtendem Grün. Winzige rote Lichter flackerten auf der Sockelleiste, während der Text auf dem Bildschirm erschien. Während Tine zusah, begann es zu piepsen. Das Bild auf dem Monitor fror ein und schien Rupe klagend anzustarren.

Rupes Hände lagen auf der Tastatur, dann streckte er sich und richtete sich auf, und dabei sah er Tine in der Tür stehen. Sein Gesicht öffnete sich zu einem breiten Lächeln.

»Du bist ja ganz nass!« Er war sofort bei ihr und fuhr mit einer Hand über die Haare, über Schultern und über das nasse T-Shirt, das sich um die Brüste schmiegte.

Tine schlang die Arme um seinen Hals und rieb sich an seiner nackten Brust. Dann trat sie einen Schritt zurück und sah die Feuchtigkeit auf seinen Brusthaaren. Grinsend sah sie ihn an.

»Ich habe im Regen gespielt«, sagte sie.

»Regnet es?« Er drehte sich zum Fenster um und hörte über dem Summen der Computer das leichte Klopfen der Regentropfen an die Scheiben. »Wie schön.«

Er zog Tine zum Schreibtisch, setzte sich und zog sie auf seinen Schoß. Der alte Sessel knarrte. Tine setzte sich seitlich auf Rupe und schwang ein Bein über die Lehne, während sie den Kopf an seine Schulter barg, damit sie den Text auf dem Bildschirm lesen konnte. Rupe streckte die Arme um sie, legte die Finger auf die Tastatur und begann zu tippen.

Rupe > Hab' sie gefunden. Astyr kuschelt sich klatschnass auf meinem Schoß.

Dickens >Klatschnass? Das bringt mich auf gewisse Gedanken … Hi, Astyr :-)

Rupe >Sie sagt auch ›hi‹. Ja, sie hat im Regen herumgetollt. Ich spüre, wie sie tropft.

Dickens >Bleibe fair, Mann. Du hast dich doch in den letzten Tagen andauernd in ihr und auf ihr ausgetropft.

»Himmel«, sagte Tine, »was hast du ihm denn alles erzählt?«

»Alles. Mit allen Einzelheiten.« Rupe schien auch noch stolz darauf zu sein.

Dickens > Du hast also diese fantastische Frau auf dem Schoß? Was wirst du alles mit ihr anstellen?

Rupe > Sie fallen lassen?

Dickens > Idiot.

Rupe > Okay, sage mir, was ich mit ihr tun soll.

Dickens > Frage Astyr selbst. Ich erinnere mich, dass sie eine lebhafte Fantasie hat.

Tine stellte sich Dickens vor, wie er Tausende von Meilen entfernt an seinem Computer saß, während die kalifornische Sonne durch die Fenster schien. Was für ein Kontrast. Dickens allein im Sonnenschein, und sie und Rupe zusammen im britischen Regen. Trotzdem war es ein Moment, den sie zu dritt genießen konnten. Oft genug hatte sie die Realität der elektronischen Beziehungen gefühlt. Die Worte auf dem Schirm projizierten Bilder, die nach ihr zu greifen und sie zu streicheln schienen.

»Sage ihm, was ich tue.« Sie schlüpfte von Rupes Schoß und blieb neben seinem Sessel stehen. Rasch streifte sie ihr T-Shirt über den Kopf und warf es in eine Ecke, wo keine Kabel lagen.

Der knappe Slip war vom Regen durchsichtig geworden, und Rupe sah den Abdruck ihrer Lippen und der Schamhaare. Sie wollte den Slip abstreifen, aber er schien an ihr zu kleben. Tine zerrte daran und rollte ihn mühsam über die Hüften. Sie bückte sich tief und wusste, was sie ihm darbot.

Rupe > Astyr hat sich ausgezogen. Jetzt steht sie gebückt da. Ich kann ihre Pflaume sehen.

Dickens > Beschreibe mir, wie sie aussieht.

Rupe > Blass und delikat. Die äußeren Lippen sind fast violett, die inneren schimmern pink. Sie sieht wahnsinnig appetitlich aus.

Dickens > Wie schmeckt sie?

Rupe drehte sich in seinem Sessel zur Seite und sah Tine an. Ihr Dreieck befand sich auf der Höhe seiner Augen. Einen Moment lang sah er sie an, dann beugte er sich vor und schob die Zunge in die glitschigen Falten.

Sie zitterte ein wenig, blieb aber stehen. Dass er sich ihr zugewendet hatte, kam nicht überraschend für sie, denn sie hatte sein Tippen nicht mehr gehört. Sie stellte sich das Bild vor – Rupe mit den langen schwarzen Haaren, der sich an ihr festsaugte. Gewiss stellte auch Dickens sich dieses Bild jetzt in Gedanken vor.

Tine hätte gern gewusst, was Rupe geschrieben hatte. Schamlos rieb sie sich gegen seinen Mund. Seine Lippen schlossen sich um ihre Klitoris, die er mit der Zunge umkreiste. Zu ihrer großen Enttäuschung zog er sich zurück, und Sekunden später hörte sie wieder das Rattern der Tasten. Tine verharrte in ihrer Position und erwartete mehr.

Rupe >Sie schmeckt wie Austernsauce, ein wenig salzig und genau so glitschig. Und süß schmeckt sie auch.

Dickens > Du hast sie also wirklich geschmeckt? Gerade eben?

Rupe > Ja. Sie lehnte über dem Stuhl. Ich habe meine Zunge in sie hineingesteckt. Sie ist sehr nass geworden.

Dickens > Wie fühlt sie sich an?

Rupe wandte sich wieder Tine zu und strich mit einem Finger durch die saftige Furche. Er schloss die Augen und konzentrierte sich. Er spürte die spärlichen Härchen, die sich sanft an seiner Haut rieben, als er über ihren Venushügel strich, dann das weiche Gewebe der Labien. Er glitt mit dem Zeigefinger zwischen die Falten, und er fühlte, wie der Finger in ihrer warmen Nässe badete.

Der Finger sank tief in Tine hinein. Obwohl sie so nass ist, fühlt sie sich noch sehr eng an, dachte Rupe und strich über die schleimigen Wände, über den elastischen Eingangsmuskel und konnte nicht widerstehen, mit dem Daumen über die gerunzelte anale Öffnung zu fahren. Er drückte fester zu, und der Muskel schloss sich um die Daumenspitze.

Rupe schlug die Augen auf und betrachtete die Szene mit einer fast klinischen Neutralität; Finger und Daumen in ihr gefangen. Er bemerkte, dass ihre Schenkelmuskeln bis zum Äußersten gespannt waren. Ihre Hände, mit denen sie der Balance wegen die Fußgelenke stützte, hatten sich auch verkrampft, die Knöchel waren weiß vor Anstrengung.

Er verstärkte den Druck noch einmal und wurde mit einem lauten Schrei des Entzückens belohnt, als der Daumen eindrang. Langsam zog er sich wieder aus ihr zurück. Ihre Beine schwankten ein wenig.

»Du kannst dich jetzt aufrichten.« Seine Worte kamen nur als Flüstern heraus. Er räusperte sich, dann wandte er sich wieder der Tastatur zu und grinste über die nassen Spuren, die seine Finger auf den Tasten hinterließen.

> Rupe > Sie fühlt sich wie Samt und Seide an. Seide, das ist die Spalte, und samten ist der kleine feste Arsch.

Tine hatte sich aufgerichtet und streckte sich, um die Muskeln zu lockern. Während Rupe tippte, las sie den Text auf dem Bildschirm. Ihr war, als sei sie nur eine Beobachterin des Geschehens, nicht eine Teilnehmerin. Sie erinnerte sich, so ähnlich empfunden zu haben, wenn sie und John sich liebten, während er einen Pornofilm eingelegt hatte. Unpersönlich, aber erregend. Dies hier war für Dickens; er war der Anstifter, sie waren seine Handlanger.

»Ich bin dran«, sagte sie. »Zieh deine Hose aus und knie dich mit dem Gesicht zum Sessel hin.«

Rupe gehorchte.

Tine verzog das Gesicht, als sie die Spuren auf den Tasten bemerkte.

Astyr > Hallo. Rupe kniet jetzt neben mir. Er ist nackt und sehr schön. Seine langen Haare fallen über seinen Rücken. Der Schimmer vom Bildschirm hüllt seinen Körper ein. Er kann lesen, während wir tippen.

Dickens > Wie geht es dir, Astyr?

Astyr > Ein bisschen komisch ist es schon. Du solltest hier sein. Ich bin nass, geschwollen und erregt. Ich klebe am Leder des Sessels fest.

Dickens > Oh, Himmel! Ich wünschte, ich wäre da. Ich will, dass du mir sagst, wie Rupe sich anfühlt und wie er schmeckt. Fasse ihn an und nimm ihn in den Mund.

Tine wandte sich Rupe zu. Sie lächelte und tupfte mit den Fingern über seinen längst schon steifen Schaft, wobei sie ihm in die Augen schaute. Als sich ihre Finger um den Stab legten, wirkte er noch viel größer. Sie pumpte ihn einige Male, wobei sie Umfang und Geschmeidigkeit testete, dann zog sie die Vorhaut hinunter und enthüllte die Eichel. Tine beugte sich vor und leckte einen Tropfen der Vorfreude auf.

Sie ließ die Zunge über die seidige Spitze gleiten, umfasste sie mit den Lippen und drückte sie so fest sie konnte. Langsam nahm sie ihn tiefer in den Mund und prägte sich ein, was sie fühlte. Sie saugte kräftig, bis ihre Wangen hohl waren.

Rupe legte die Hände auf Tines Kopf und streichelte ihre Haare, während er auf sie hinabschaute. Er erlebte seine eigene Distanzierung, genau wie Tine eben, als ob er trotz der Realität seiner Erektion in einer anderen, irrealen Welt wäre.

Ein Teil von ihm wollte Besitz von ihrem Schlund nehmen, wollte hart und wuchtig bis zu seiner Erlösung zustoßen. Er wollte sie benutzen, aber er wollte sich nicht an ihrer Hilflosigkeit ergötzen. Sie schien so zierlich zu sein, so ahnungslos von seiner Kraft, und doch schien sie ihn unter ihrer Kontrolle zu haben.

Sie zähmte die Bestie in ihm, und er kam sich schwach vor, er hörte sich stumm flehen und war überwältigt vor Dankbarkeit, dass sie ihn solche Wonnen erleben ließ. Die Lust breitete sich von seinen Lenden aus, während ihr Mund und ihre Zunge ihn in Ekstase versetzten.

Als Tine plötzlich den Kopf hob, die Kehle weit geöffnet, schlüpfte er weit in sie hinein. Er stieß wimmernde Laute aus, und dann stöhnte er enttäuscht, als sie mit Kopf und Oberkörper zurückwich.

Tine setzte sich auf. Rupes Penis wippte auf und ab, die Eichel war geschwollen und sah feurig und purpurn aus. Der Schaft zuckte, als suchte er ein Nest. Tine streckte eine Hand aus und fuhr langsam daran hoch, während die andere Hand die Testikel in dem weichen Beutel drückte. Schließlich ließ sie Schaft und Hoden los und drehte sich zum Computer um.

Astyr > Rupe besitzt ein prächtiges Exemplar. Er hat eine dicke, lockere Vorhaut, und ich kann es kaum erwarten, sie mit der Zunge nach unten zu schieben. Der Penis ist leicht gekrümmt und zeigt zur Zimmerdecke. Die Eichel sieht wie ein exotischer Pilz aus. Zuerst schmeckt er etwas bitter, aber dann setzt sich ein salzig-süßer Geschmack durch, die mich an gelbe Bohnensauce erinnert.

Dickens > Kniet er noch?

Astyr > Ja.

Dickens > Dann nimm ihn dir vor. Lass es dir von ihm besorgen. Aber ich will alles darüber lesen.

Tine sah Rupe an, der den Bildschirm las. Sie stand auf, schob den Sessel aus dem Weg und ließ sich auf Hände und Knie nieder, den Kopf unter dem Schreibtisch. Obwohl sie sich Rupe eben auch schon schamlos entblößt hatte, fühlte sie sich jetzt noch viel verletzlicher. Sie war erregt und bereit, aber das Gefühl des Unpersönlichen kehrte zurück. Sie sah sich als angenehmes Gefäß für das Überfließen von Rupes Lust.

Sie stellte sich vor, dass hinter ihr die Männer Schlange standen und darauf warteten, an der Reihe zu sein. Die Phantasie erfüllte sie mit Geilheit und Scham. Sie konnte es nicht erwarten, bis der erste Kunde begann. In ihrer Phantasie war es ein anderer als Rupe. Ein Fremder, der ihre Backen spreizte, um leichter Zugang zu finden.

Rupe rutschte auf den Knien zu Tine. Sein Penis lag ein wenig höher als ihre Öffnung, deshalb sammelte er ihre verstreut herumliegenden Kleider ein und bündelte sie zu einem Kissen, das er ihr unter die Knie schob. Der gewünschte Effekt trat ein – sie hatte jetzt genau die richtige Höhe, und mit dem Oberkörper war sie unter dem Schreibtisch gefangen.

Es war eigenartig, sie in dieser Position zu betrachten. Er konnte nichts als ihre ausgebreitete Gier sehen, die sanften Linien ihrer geöffneten Schenkel und die geschwungenen Kurven der Waden. Ihm war bewusst, dass er ihr Gesicht nicht sah; sie konnte auch eine Fremde sein, und dann spann er diesen Gedanken weiter und dachte, er sollte ihr Geld vor die Füße werfen, bevor er sein Vergnügen suchte.

Ihm fiel Demmy ein, von der er zuerst den festen

Hintern unter dem kurzen Rock gesehen hatte, ehe er in ihr Gesicht hatte schauen können.

Er schämte sich ein wenig, in dieser Situation an Demmy zu denken, und zwang seine Gedanken wieder zu Tine. Aber es klappte nicht. Diese Position, fand er, passte besser zu dem dunkelhaarigen Mädchen.

Er grinste und drehte sich zum Bildschirm um.

Rupe > Sie hockt unter dem Schreibtisch. Ich kann nur ihren Arsch sehen. Sie könnte auch jede andere Frau sein.

Dickens > Für sie könntest du auch jeder x-beliebige Schwanz sein – sie kann sogar glauben, dass ich es bin. Ich würde sie langsam nehmen. Du musst warten, bis sie ganz nass ist. Steck nur die Spitze rein, dann wartest du.

Während Dickens' Text auf dem Bildschirm erschien, rieb Rupe mit einer Hand über Tines Vulva. Es war ein sachliches Tasten nach dem Grad ihrer Nässe, und sie war sich dessen bewusst. Er bog sein Glied leicht nach unten und fühlte, wie es in sie eintauchte.

Rupe > Ich tue genau das, was du gesagt hast. Wenn ich nach unten sehe, kann ich fast noch die ganze Länge meines Schwanzes sehen. Er scheint ziemlich weit von mir weg zu sein, als hätte er nichts mit mir zu tun. Sie verhält sich sehr still.

Dickens > Es ist nicht deiner, mein Freund – es ist meiner, okay? Jetzt werde ich langsam in sie hinein stoßen.

Rupe kam sich wie im falschen Film vor. Er trennte sich von seinem Körper und stellte sich vor, dass Dickens an seiner Stelle kniete. Er stieß langsam zu und sah, wie die Säfte seinen Penis ölten, der ihm fremd vorkam, als wäre er nicht Teil von ihm. Er spürte die Reibung mit Tines weicher Enge, und fast wünschte er, Dickens beim sanften Pflügen durch die Furche zusehen zu können. Das wäre jedenfalls besser gewesen als diese seltsame Erfahrung der Loslösung.

Unter dem Schreibtisch verschränkte Tine die Arme und ließ ihr Kinn auf der Brücke ihrer Unterarme ruhen. Im schwachen Licht konnte sie einen Wirrwarr von Kabel sehen und die harten Kanten der Hardware. Ein Computer über ihr begann ein lautes Summen, das die Geräusche der Tastatur überlagerte. Sie fühlte Rupe ein und aus gleiten, und sie fragte sich, wieso ihr Körper so bereitwillig verharrte, wo doch ihre Gedanken ganz woanders waren. Sie schloss die Augen und verfolgte ihre Fantasien.

Sie sah den Fremden.

Er war der erste der beiden, untersetzt, stämmig. Der breite Brustkorb dehnte den Stoff seines halb ausgezogenen Hemds. Krause blonde Haare lugten über den offenen Halsausschnitt. Ein Arbeiter mit harten Gesichtszügen und schwieligen Händen, die derb auf ihre Hüften schlugen. Zwei Finger drangen probeweise in sie ein, um sich von ihrem Bereitsein zu überzeugen. Dabei murmelte er ein paar Sätze, die sie beruhigen sollten, falls sie ihm törichter Weise das Eindringen erschweren wollte. Seine Stimme verriet ihr, dass er ein Mann in mittleren Jahren sein musste.

Er warnte sie vor Zicken und sagte, er wollte sie nur für seinen Sohn ausprobieren, der als Zweiter in der Reihe stand und noch keine Erfahrung hatte. Er wollte nur das Beste für seinen Sohn, einen festen Arsch und eine nasse Möse. Dabei befingerte er sie wieder, und im nächsten Augenblick hatte er seinen dicken Schaft in ihr versenkt.

Er war kräftig gebaut und stieß nicht minder kräftig zu, ohne Rücksicht auf sie zu nehmen. Es schmerzte ein bisschen, wenn er so wuchtig hämmerte. Seine starken, breiten Hände hatten ihre Hüften gefangen. Jeder neuen Penetration schickte er einen Schwall unflätiger Worte hinterher.

»Es gefällt dir«, grunzte er. »Nass und bereit. Mein Sohn wird dich nach Strich und Faden bumsen.« Er beschrieb in allen Einzelheiten, was sein Sohn alles mit ihr anstellen und welche Freude er selbst beim Zusehen haben würde.

Tines Fantasie mit dem Sohn wurde unterbrochen, denn Rupe setzte zum Endspurt an. Schreiend und keuchend entleerte er sich in ihr, und sie konnte sich kaum noch auf den Beinen halten, als der Orgasmus sie an den Rand einer Ohnmacht brachte. Sie fiel in Rupes Schreie ein, während er aus ihr rutschte und mit der Stirn auf die Tastatur fiel. Eine Anzahl von Buchstaben, die keinen Sinn ergaben, tauchten auf dem Bildschirm auf.

Rupe > Ich bin fertig. Wir sind fertig.

Dickens > Ich auch. Aber das ist eine andere Geschichte :-) Ich glaube, ihr zwei wollt jetzt allein sein.

Rupe half Tine, sich aus ihrer Position unter dem Schreibtisch zu befreien. Er nahm sie in die Arme und drückte sie an sich. Kraftlos ließen sie sich auf den Boden sinken. Eine lange Zeit sagte niemand ein Wort.

Es war der Durst, der Rupe dazu trieb, Tine loszulassen. Er versprach, ihr auch etwas zu trinken zu bringen. Er stieg in seine Jeans und ging hinunter in die Küche. Er überlegte, dass er etwas Zucker brauchte, und Tine wahrscheinlich auch. Sie hatten beide eine Menge Energie verbraucht, und Tine konnte nicht weniger müde sein als er.

Rupe nahm zwei Flaschen Mineralwasser und geviertelte Apfelsinen aus dem Kühlschrank. Auf dem Weg zurück ging er ins Bad und ließ warmes Wasser in die Wanne laufen. Er fand Badesalz in einem Glas und gab eine großzügige Portion ins fließende Wasser. Der Raum war schon bald mit dampfenden Düften erfüllt, die Rupe auch die Treppe hoch folgten.

Tine hatte sich nicht bewegt. Sie lag zusammengerollt und dösend da. Sie protestierte nicht, als Rupe sie aufhob, auf die Arme nahm und in ihr Bad brachte. Er ließ sie ins warme Wasser sinken, dann streifte er seine Jeans ab und stieg auch in die Wanne. Er streckte die Beine aus und umfing ihre. Lächelnd sah sie zu, wie ihre Zehen mit seinen Hoden spielten. Sie kicherte, als der schlaffe Penis hin und her schaukelte.

Sie lutschten geräuschvoll die Orangenstücke aus. Der Saft tropfte ihnen aus den Mundwinkeln. Das Wasser tranken sie direkt aus der Flasche.

»Können wir darüber reden?« Sie hörte, dass er verunsichert war. Er fühlte sich verwirrt und ein wenig schuldbewusst. Es war ihm, als hätte er ihr ein Unrecht zugefügt.

Als Tine sich abrupt aufrichtete, schwappte das Wasser fast über den Wannenrand. Sie drückte Rupe nach unten, bis er ganz entspannt in der Wanne lag. Sie schlüpfte zwischen seine Schenkel und legte den Kopf auf seine Brust. Er hätte nie geglaubt, sich einmal so wohl zu fühlen. Liebevoll streichelte er über Tines Haare.

Sie erzählte ihm von ihrer Phantasie mit allen expliziten Einzelheiten. Ihre Stimme klang leise und provozierte sein eigenes Geständnis.

»Was? Tank Girl?« Tine war erstaunt. »Willst du mit Demmy schlafen?«

»Nein. Es war einfach nur eine Szene, in der ich sie sehen konnte.«

»Ah, aber nicht sie hat in der Szene mitgespielt, sondern ich. Hat dich das überrascht?«

»Ja. Und von mir selbst war ich auch überrascht.«

Tine hob Rupes Hand aus dem Wasser und küsste sie.

»Du kannst nie vorhersagen, wozu ich fähig bin. Du hast mich für eine nette Frau gehalten, aber eben habe ich mich wie eine Hure gebärdet. Und es hat mir gefallen.«

Rupe begriff, was Tine sagen wollte. Er hatte ein Bild von ihr entwickelt, von dem sie sich eingeengt fühlte. Er glaubte, dass ihr Verhalten schmutzig war. Weil er Tine mit einem solchen Verhalten nicht in Verbindung bringen konnte und wollte, hatte er sie durch Demmy ersetzt.

»Du bist eine schmutzige Lady«, sagte er lächelnd.

»Und du ein schmutziger Junge.«

Rupe erhob sich aus der Wanne. Er griff nach Tüchern, legte sie auf den Boden und kniete sich darauf.

»Ich glaube, ich sollte dich gründlich waschen, damit der Schmutz abgeht.«

Er ging sehr behutsam vor, als wäre Tine ein zerbrechliches Kind. Er schäumte sie ein, wusch sie und widmete vor allem den Stellen zwischen den Schenkeln lange Aufmerksamkeit. Er richtete sich auf und half ihr auf die Füße. Er nahm die Handdusche und hielt die warmen Strahlen auf ihr Dreieck. Tine verzog das Gesicht, aber bald genoss sie die Massage der Wasserstrahlen.

Tine trat aus der Wanne, griff ein Badetuch und rubbelte sich trocken. Rupe wusch sich und setzte sich auf den Wannenrand, während Tine ihn abtrocknete. Er zog sie an sich und sah in ihre strahlenden grünen Augen.

»In dieser Nacht«, raunte Rupe und küsste ihren Bauch, »schlafen wir zusammen.«

Im Haus war es sehr still, als sie das Bad verließen und nackt zurück auf den Speicher gingen. Trotz der späten Stunde lechzte Tine nach einem Getränk. Rupe brachte sie zu seinem Bett und verschwand.

Das Bett war zerwühlt. Der Regen prasselte jetzt gegen die Fenster. Tine konnte das Klatschen hier besser hören als in seinem Wohnzimmer, wo die drei Rechner viele Geräusche überlagerten.

Sie ging zum Fenster und kippte es, obwohl sie damit riskierte, dass es ins Zimmer regnete. Kühl und frisch drang die Luft ein. Tine atmete tief ein, dann putzte sie sich die Zähne und benutzte dabei Rupes Zahnbürste.

Sie kuschelte sich ins Bett. Sie roch Rupes Atem und lehnte sich gegen das Kopfkissen. Rupe kam herein und brachte zwei Tassen dampfenden Tees mit.

»Keine Milch, kein Zucker.« Er hielt ihr die Tasse hin und setzte seine Tasse auf dem Nachttisch ab. Er ging ins Bad, putzte die Zähne und sah ein langes kastanienbraunes Haar in seiner Bürste. Er lächelte. Tine schaute ihm durch die offene Tür zu.

Er lehnte am Türpfosten und betrachtete sie, die Arme vor der Brust verschränkt. »Wenn du da bist, macht es viel mehr Spaß, zu Bett zu gehen.« In den Augen stand seine Bewunderung.

Er ließ sich neben ihr nieder und nippte an seinem Tee. Nach einer Weile rutschte Tine tiefer, richtete ihr Kissen und legte sich auf die Seite, das Gesicht ihm zugewandt. Er rutschte neben sie, eine Hand auf ihrer Brust.

»Ich muss morgen ganz früh raus«, sagte er traurig, worüber sie still lächelte. »Ich werde dich nicht wecken.« Er küsste sie leicht auf den Mund.

Tine schloss die Augen und fiel bald in einen tiefen Schlaf.

Zwölftes Kapitel

Tine wachte auf, völlig verwirrt. Sie war an das sanfte Nachgeben ihres Wasserbetts gewohnt, aber sie lag auf einer fast starren Matratze. Sie brauchte ein paar Sekunden, bevor sie sich daran erinnerte, wo sie war, dann kuschelte sie sich auf die Seite, barg ihr Gesicht in Rupes Kissen und sog seinen Geruch tief ein. Seine Bettseite war kalt, was dafür sprach, dass er tatsächlich früh aufgestanden war, ohne sie zu wecken.

Aufgewacht war sie durch das monotone Brummen des Staubsaugers auf dem unteren Treppenabsatz. Sie lauschte und nahm wahr, dass das Brummen sich veränderte. Aus Erfahrung wusste sie, dass jemand die Treppe nach unten saugte. Die Uhr neben Rupes Bett piepste. Es war acht Uhr.

An Schlaf war bei den häuslichen Aktivitäten nicht mehr zu denken, deshalb stand Tine resigniert auf. Sie sah ein T-Shirt auf dem Boden liegen und zog es sich über den Kopf. Es war Rupes verwaschenes, verschlissenes Programmierer-T-Shirt, es war zerknautscht und roch streng, aber es beruhigte sie irgendwie.

Tine ging die Treppe hinunter und fand dort Sharon vor, die Stufe um Stufe mit dem Staubsauger abtastete. Die blonde Frau sah fantastisch aus. Sie hatte sich ein Tuch um die Haare gebunden, trug ein züchtiges Top und Shorts aus Jeansstoff. Wahrscheinlich hatte sie sich bemüht, wie eine Hausfrau auszusehen, aber das gelang ihr nicht. Sie wirkte so strahlend wie immer. Von der Arbeit lag ein rosiger Schimmer auf ihren Wangen, der den Kontrast zu ihren violetten Augen noch betonte.

Tine stand da, ungewaschen und zerknittert, die Arme vor der Brust verschränkt, und musste einige

Male mit dem Fuß klopfen, ehe Sharon sie bemerkte. Die junge Frau sah verlegen drein.

»Oh, tut mir Leid. Ich sah einen enthusiastischen Rupe mit dem Rucksack aus dem Haus rennen, und als ich an deine Tür geklopft habe, kam keine Antwort, deshalb habe ich geglaubt, du wärst auch unterwegs.« Sie verzog das Gesicht und wies mit dem Kopf auf den Staubsauger. Aber lange wollte sie sich nicht mit Entschuldigungen abgeben. Sie musterte Tine von oben bis unten und sah sie dann mit verengten Augen an. »Du sorgst dafür, dass Rupes Hormonhaushalt ins Gleichgewicht kommt, und dafür darfst du seine ungewaschenen T-Shirts tragen?«

Tine musste lachen und zwängte sich an Sharon vorbei, die den Staubsauger abstellte. Sie gingen beide in die Küche, wo Stevie über einer Schale mit Müsli saß. Die schwarze Frau trug einen dunkelblauen Jogginganzug und war noch feucht von der Dusche.

»Steht jeder in diesem Haus so früh auf?«, fragte Tine verwundert.

»Abgesehen von dir ja.« Sharon hob die Augenbrauen. »Ich habe heute frei und langweilte mich schon, bevor ich überhaupt aus dem Bett war. Deshalb habe ich mir vorgenommen, mich mit Hausarbeit zu beschäftigen. Und jetzt mache ich dir ein kalorienreiches Frühstück, Madame.«

»Hört sich gut an.« Tine setzte sich neben Stevie an die Frühstücksbar und ignorierte den missbilligenden Blick. Wenigstens hielt Stevie keine Predigt über gesunde Ernährung.

Während Sharon den Schinken in die Pfanne legte, berichtete Tine über Demmys Verhalten am Vortag. Stevie sah wütend aus, während Sharon sich nicht überrascht zeigte, als Tine den Hintergrund und das Motiv des Diebstahls darlegte.

»Ich glaube, sie wird es nicht dabei belassen, wenn sie erst einmal merkt, dass sie mit dem Band nichts anfangen kann«, schloss Tine ihren Bericht. In diesem Moment stellte Sharon einen gehäuften Teller vor sie. Tine war hungrig und grub die Gabel in Schinken, Wurst und Tomaten, während Stevie ihre Wut über Demmy ausließ.

Es wurde mehr als deutlich, dass Stevie maßlos enttäuscht war, und Tine konnte nur hoffen, dass die beiden in den nächsten Stunden nicht zusammentrafen.

»Du musst das Schloss austauschen«, riet Stevie dringend, dann brütete sie vor sich hin.

Tine sah sie erstaunt an. »Glaubst du, das wird notwendig sein?«

»Hör zu«, mischte Sharon sich ein, »wir haben keine Ahnung, was dieses Mädchen vorhat, aber wir sollten uns von ihr nicht den Tag verderben lassen. Was haltet ihr davon, zum Einkaufen nach London zu fahren?«

»Aber nicht, wenn wir kein neues Schloss in der Haustür haben«, sagte Stevie.

»Das ist wirklich nicht nötig. Ihr habt alle Yale-Schlüssel für das obere Schloss der Haustür, aber ich allein besitze einen Schlüssel für das Einsteckschloss in der Mitte«, sagte Tine. »Wenn Demmy also nur einen Schlüssel gestohlen hat, hilft ihr das gar nicht.«

»Also fahren wir. In meinem Porsche. Ich muss ihn endlich mal wieder ausfahren.«

»Wolltet ihr zwei heute Abend nicht ausgehen?«, fragte Tine.

»Wir werden früh genug zurück sein. Jetzt ist es kurz vor neun. Zwei Stunden hin, zwei Stunden zurück, also bleibt uns noch eine Reihe von Stunden in der Stadt.« Sharon grinste. »Und für heute Abend brauche ich was Neues zum Anziehen.«

Tine musste darüber lachen, denn sie konnte sich nicht vorstellen, dass Sharon nicht für jede Gelegenheit die passende Kleidung hatte. Ihr gefiel der Gedanke einer spontanen Einkaufsorgie in London.

Sie hatte keine Lust, ins *Silky Lizzie* zu gehen, aber der Gedanke, den Tag mit Sharon und Stevie zu verbringen, versprach eine Menge Spaß.

Sharon bemerkte, dass ihr Vorschlag gut aufgenommen wurde, und begann abzuräumen. »Ich kenne einen großartigen Laden für alle möglichen Klamotten. Direkt in Soho«, sagte sie.

Stevie wurde hellhörig. »Oh? Welche Art Klamotten?«

»Leder, Seide und eine Menge anderer Dinge. Ich bekomme Rabatt.«

Das schien den Ausschlag zu geben. Tine und Stevie sahen sich stumm an, dann nickten und lachten sie gleichzeitig.

»Okay, jetzt noch einen Kaffee, dann ziehen wir uns um und fahren los, ja?« Sharon war begeistert, dass es ihr gelungen war, Tine zu überreden. »Und über dem Kaffee können wir auch über Rupes Qualitäten im Bett reden. Ihr macht jedenfalls Geräusche, die einen verdammt neugierig machen.« Sie sah Tine anzüglich grinsend an.

»Ich dachte, du hättest schon geschlafen.«

»Oh, ist das die Entschuldigung, Mummy? Die Kinder schlafen doch?«

Tine schüttelte lachend den Kopf. Sharon war unverbesserlich, aber das war auch der Grund, warum sie die blonde Frau so sehr mochte. Nachdenklich trank sie einen Schluck Kaffee.

»Ah, es ist geil mit ihm«, gab sie zu.

»Erzähle!« Sharon ließ sich auf den Schemel neben Tine nieder und stieß sie verschwörerisch mit dem Ellenbogen an.

Stevie stöhnte. »Wenn die armen Kerle hören könnten, wie ihr Frauen über sie redet, würden ihnen die Eier braten. Trotzdem – raus mit der Sprache.«

Tine fühlte sich wohl bei ihrer Aufgabe. »Also, er hat einen wunderbaren Körper.«

»Knackiger Arsch«, bestätigte Sharon.

»Er hat keine Hemmungen, wisst ihr. Er hat diese wahre Begeisterung, die Jungs noch besitzen, wenn sie noch keine großen Erfahrungen haben. Sie gehen ganz natürlich mit der Frau um. Später werden sie dann blasiert und denken in erster Linie an sich.«

»Du hast die falschen Typen kennen gelernt, Liebling«, gab Sharon zurück.

»Du«, sagte Tine, »du wirst natürlich nur denjenigen begegnen, die dich anbeten. Aber wir, die wir weniger strahlen, müssen uns nach der Decke strecken.«

Sharon sah sie verdutzt an. Ihr war bewusst, dass sie attraktiv war, denn man hatte es ihr oft genug gesagt, aber sie hatte sich nie für eine schöne Frau gehalten. Obwohl sie zweifellos Erfolg bei Männern hatte, empfand sie immer wieder Erstaunen, wenn sie ihr nachliefen. Männer reagierten auf sie, glaubte Sharon, weil man sie für einen Vamp hielt. Sie hatte an der Situ tion nichts auszusetzen, denn daraus ergaben sich viele verschiedene Spielmöglichkeiten. Aber es gab auch Zeiten, da trug sie am liebsten ihre Flanellschlafanzüge und würde sich gern mit einer Tasse Kakao an einen Partner kuscheln und mit ihm stundenlang reden.

Sie beneidete Tine um ihre lockere, fürsorgliche Beziehung mit Rupe, denn das war eine Verbindung, wie sie sie noch nie mit einem Mann erlebt hatte.

Zu ihrer Überraschung hörte sie sich darüber reden, gefasst und ernst. Ihre Augen weiteten sich, sie sah sich um, als wollte sie ihrem Mund einen Fluchtweg suchen. Die Worte purzelten nur so heraus und schienen sich nicht aufhalten zu lassen. Schließlich brach sie ab und sah Stevie und Tine mit großen Augen an.

Tine blinzelte, dann schlang sie die Arme um Sharons Hals. »Willkommen in der Welt«, sagte sie kichernd, »aber an dem Bild, das du von dir hast, müssen wir noch feilen.«

»Ich habe keine Ahnung, woher das so plötzlich über mich kam.« Sharon hatte sich rasch wieder gefangen. Verwundert wurde ihr bewusst, dass sie das erste Mal Menschen gefunden hatte, denen sie vertraute. Eigentlich sollte sie das nicht überraschen, denn sie hatte sich vom ersten Moment an in diesem Haus wohl gefühlt. Tines warmherzige Art und Stevies Solidarität fingen sie auf.

»Endlich! Ich habe Freundinnen gefunden«, rief sie schließlich.

»Nun dreh nicht gleich durch«, neckte Stevie.

»Das wird nicht geschehen«, sagte Sharon. »Warum räumen wir nicht ab, damit wir bald aufbrechen können?« Sie stand vom Schemel auf und zeigte einen anklagenden Finger auf Tine. »Und unterwegs setzen wir unsere Unterhaltung über Rupe fort.«

Tine fühlte sich fremd im eigenen Schlafzimmer. Nach ihrer Abwesenheit in der letzten Nacht schien sie die Beziehung zu ihrem Bett verloren zu haben. Ihr fiel ein, dass sie, abgesehen von den Ferien mit John, noch nie eine Nacht außerhalb dieses Betts verbracht hatte. Nie hätte sie es für möglich gehalten, dass eine vertraute Umgebung so schnell so fremd werden konnte. Ihre Erinnerungen an John waren noch sehr frisch, selbst jetzt konnte sie ihn dort im Bett liegen sehen, zusammengerollt und leise schnarchend. Aber allmählich wurden diese Bilder von Rupe verdrängt, wie er mit überkreuzten Beinen im Bett saß und sie bewundernd anschaute.

Sie hatte einige Kilo verloren, das wurde ihr wieder bewusst, als sie den Kleiderschrank öffnete. Da war nicht mehr viel. Die meisten Kleider waren auf Taille gearbeitet und hingen wie formlose Säcke an ihr hinunter. Das war nicht geeignet für das kultivierte London.

Sie zuckte die Achseln und entschied sich für Jeans und eine Baumwollbluse. Sie wollten schließlich zum Einkaufen nach London und nicht auf den Laufsteg.

Nachdem sie geduscht hatte, zog sie sich an und band ein Seidentuch um die Haare. Sie ging zurück in die Küche und blieb wie angewurzelt stehen. Sharon und Stevie warteten auf sie, beide in Stil und Chic.

Sharon trug einen *catsuit* im Stil der siebziger Jahre, rot mit großen weißen Punkten. Weiße Sandalen mit hohen Absätzen, eine große weiße Handtasche und Gänseblümchen-Ohrringe komplettierten ihren Aufzug.

Stevie war ganz in Schwarz. Sie trug ein enges, ärmelloses Top, eine kurze Lederjacke, darunter hautenge Lycra-Leggings und hohe, klobige Schuhe. Ein breiter Gürtel mit einer dicken Silberschnalle umspannte ihre Taille.

Tine kam sich verloren vor, sie hatte sich selbst das Etikett ›Hausfrau‹ umgehängt. Das war beileibe nichts Schlimmes, aber heute wollte sie aus ihrem Schatten treten und in eine neue Identität schlüpfen. Ohne Wort stürmte sie wieder die Treppe hoch in ihr Zimmer und riss die Schranktür auf.

Sharon sah Stevie mit gehobenen Augenbrauen an und schüttete frischen Kaffee auf. Sie bewunderte die schwarze Frau, nicht nur wegen der wunderbaren Muskeln und ihrer strotzenden Gesundheit, sondern vor allem wegen der Gelassenheit, die Stevie ausstrahlte. Wo sie war, verströmte sie Sicherheit und Toleranz. Sharon ahnte, dass eine solche Aura aus leidvollen Erfahrungen erwuchs. Wenn man sie annahm und sich selbst akzeptierte, fand man das innere Gleichgewicht. Sie selbst hatte diesen Weg noch nicht entdeckt.

»Du denkst zuviel«, sagte Stevie.

»Das ist der einzige Weg, um einen Schritt voraus zu sein.« Noch während Sharon das aussprach, wusste sie, dass es nicht stimmte und sie nach Ausflüchten suchte. Wie Tine musste auch sie ihre Vergangenheit abschütteln. Als sie ins Haus eingezogen war, hatte sie gewusst, dass John im Jahr zuvor gestorben war. Die Zeitungen hatten in großen Berichten über Johns Tod und über Johns Bedeutung in der Kunst- und Computerwelt geschrieben.

In den Monaten danach war es Tine gelungen, sich von dem, was gewesen war, zu lösen. Das muss ich auch schaffen, dachte Sharon. Ich muss einen Schlussstrich ziehen.

Sie versuchte es mit Ehrlichkeit. »Nein«, sagte sie. »Ich denke nicht voraus. Im Gegenteil, ich glaube, mein Denken setzt erst ein, wenn es zu spät ist.«

»Es ist nie zu spät«, entgegnete Stevie. »Du musst nur wissen, was du willst.«

»Was du willst, weiß ich jedenfalls«, sagte Sharon grinsend. »Du willst Tine.«

Stevie nickte. »Ja, stimmt. Aber das heißt nicht, dass ich sie auch bekommen werde. Natürlich werde ich nicht aufhören, es zu versuchen.«

In diesem Moment trat Tine wieder in die Küche. Sie trug einen eng anliegenden *bodystocking*, dazu einen grün-schwarzen Minikilt. Ihr Haar trug sie in kleinen Zöpfen, die Beine steckten in feinen Lederstiefeln. Sie sah elfengleich aus, als ob ein plötzlicher Windstoß sie umwerfen könnte. Der Stoff schmiegte sich wie eine zweite Haut um ihren zierlichen Körper, ihre Rippen zeichneten sich darunter ab, und auf den kleinen festen Brüsten drückten sich die Warzen aufmüpfig gegen das dünne Gewebe.

Stevie stieß einen bewundernden Pfiff aus, und Sharon klatschte fröhlich in die Hände. »Ja, wunderbar!«

Tine errötete. Sie hatte die Kleidung ausgewählt, in

der sie sich wohl fühlte. Unter dem *bodystocking* war sie nackt. Der Rock, wahnsinnig kurz, war die einzige Konzession an die Anständigkeit. Sie hoffte, wenn sie durch Londons Straßen schlenderte, würde eine Windbö den karierten Rock heben, damit sie den Passanten ihre Scham zeigen konnte. Oder wenn sie im Restaurant saß oder sich über eine Ladentheke beugte und wusste, dass sie viel von sich entblößte, würde ihr das ein angenehmes Prickeln bescheren.

»Ich werde mir eine Lederweste kaufen, wie du sie hast, Stevie, damit ich gewappnet bin, wenn es kälter wird.«

»Dafür gibt es kein besseres Geschäft als das, wohin ich auch führen möchte«, sagte Sharon und klimperte mit den Autoschlüsseln.

Weil Tine die zierlichste war, musste sie auf der Rückbank des sportlichen Autos Platz nehmen, aber trotz der Enge fühlte sie sich bequem. Es dauerte nicht lange, bis sie eingenickt war, den Kopf gegen das sanfte Wildleder gedrückt. Zwischendurch wurde sie immer wieder mal wach und hörte, wie Stevie mit verblüffenden technischen Einzelheiten über den Porsche und seine verschiedenen Motoren aufwartete, und als sie die Autobahn M 1 verließen und Londons Stadtrand erreichten, erzählte Stevie immer noch von den Eigenschaften hochtouriger Autos.

Sharon war eine geschickte und selbstsichere Fahrerin und fand sich im starken Londoner Verkehr zurecht, ohne das Gespräch mit Stevie zu vernachlässigen. Als Tine sich aufrichtete und die Gegend betrachtete, fing sie Sharons Blick im Innenspiegel auf.

»Hallo, Schlafmütze.«

Sie parkten in einem mehrstöckigen Parkhaus. Sharon lenkte den Porsche in eine reservierte Parkbucht, was Stevie missbilligend zur Kenntnis nahm.

Bevor sie und Tine etwas sagen konnten, scheuchte Sharon die Freundinnen vom Auto weg. Als sie sich einem Wärterhäuschen näherten, sah ihnen ein junger Mann mit offenkundigem Interesse entgegen. Sein Grinsen wurde immer breiter.

»Hallo, Miss«, sagte er zu Sharon. »Ihr Dad war eben hier und hat gefragt, ob ich Sie in letzter Zeit gesehen hätte.«

»Nun, jetzt kannst du ihm das mit ja beantworten. Er ist nicht im Geschäft, oder?«

»Nein, er ist mit dem Panzer weggefahren.«

»Vielleicht treffe ich ihn noch.« Sharon winkte ihm zu und ging voraus, Tine und Stevie schritten verwundert und gehorsam hinter ihr her.

Da war etwas in Sharons Verhalten, das jedes Nachfragen untersagte. Vielleicht lag es am trotzigen Heben der Schultern. Als die beiden aber offenbar keine Erklärungen verlangten, schien sich ihre Anspannung zu lösen, und sie wurde wieder die lockere Sharon, die ein paar Anekdoten erzählte und auf die eine oder andere Besonderheit in der Brewer Street im Herzen von Soho hinwies.

Tine betrachtete die Auslage einer kleinen Buchhandlung und stellte plötzlich fest, dass die beiden anderen verschwunden waren. Im nächsten Moment zog Sharon sie am Arm und in einen Türeingang hinein. Sie sah flüchtig eine schwarz lackierte Tür und vergoldete Griffe, ehe sie durch einen kühlen, schwach beleuchteten Flur geführt wurde, an dessen Ende der Eingang zu einer anspruchsvollen Boutique lag.

Stevie war schon drinnen, und dann näherte sich eine Verkäuferin. Sie breitete die Arme aus und herzte Sharon.

Die Frau war sehr groß, mindestens eins achtzig, schätzte Tine. Sie trug ein elegantes graues Kostüm, maßgeschneidert. Ihre roten Haare fielen sanft und wellig über eine Schulter, und die vollen Lippen waren mit einem provozierenden Rot bemalt.

»Sharon! Es ist schon zu lange her, dass wir uns zuletzt gesehen haben! Dein Vater war vor einer halben Stunde noch hier.« Sie hatte eine tiefe, angenehme Stimme. »Wir haben ein ganz neues Sortiment bekommen, seit du zuletzt hier warst. Möchtest du es dir ansehen? Ich habe zwei Mädchen hier, die ich für Richard bestellt habe.«

Tine fiel auf, dass die große Frau verstohlene Blicke zu Stevie warf, während sie mit Sharon sprach.

Sharon stellte die Verkäuferin vor. Sie hieß Magda, und zwischen ihr und Stevie war die Luft elektrisch geladen. Es war, als hätten die beiden Frauen sich erkannt, aber was sie erkannt hatten, teilte sich Tine nicht mit. Sharon hatte es scheinbar auch bemerkt, ging aber nicht darauf ein, sondern sagte, dass sie das neue Sortiment gern sehen wollte.

Die große Frau drückte auf eine Klingel, und dann stand auch schon eine junge Frau da, die sich ein paar knappe Anweisungen anhörte und dann durch eine Mahagonitür verschwand. Magda folgte ihr, nachdem sie das Trio gebeten hatte, es sich auf den Sofas bequem zu machen.

Der Salon strahlte Eleganz aus. Eine hohe Decke, mit Gipsstuck umrandet, eine goldverzierte helle Tapete und ein goldbrauner dicker Teppich, in dem die Füße versanken. Sharon erklärte, dass die Boutique ihrem Vater Richard gehörte und Magda die Geschäftsführerin und die Chefeinkäuferin der ganzen Kette war.

»Kette?« Tine wollte nichts mehr von Sharons Geheimniskrämerei wissen, sie hatte sie hergebracht und schuldete ihnen eine Erklärung.

Es stellte sich heraus, dass diese Boutique eine von sechsen war, zwei auf dem Kontinent, zwei in USA, und eine in Schottland. Sie firmierten nur unter ihren

Hausnummern, und die Kundschaft war äußerst exklusiv.

Während Sharon sprach, kam Magda mit einem silbernen Teeservice zurück. Sie konnten wählen zwischen frisch zubereitetem Kaffee, bei dessen Duft Tine das Wasser im Mund zusammenlief, und Tee, dessen Aroma mit den gemahlenen Bohnen wetteiferte.

Auf dem Tablett lag auch eine in Gold gefasste Servicekarte, die Kunden zu leichten Snacks einlud. *Paté de fois gras,* Beluga Kaviar auf Pumpernickelscheiben und *crudités.* Kaum hatte Tine die Köstlichkeiten gelesen, da trat das Mädchen wieder in den Salon und stellte ein Silbertablett mit diesen Delikatessen auf den Tisch.

Tine war begeistert. Sie langte nach einer kleinen runden Scheibe des würzigen Schwarzbrots und hievte die kühlen grauen Eier darauf. Sie schloss die Augen, als der Leckerbissen auf ihrer Zunge zerging.

Sie fragte sich, ob alle Kunden so exquisit verwöhnt wurden. Vielleicht hatte es etwas mit dem Besuch Richards zu tun. Tine schüttelte kaum merklich den Kopf. Dies war nicht die Art Boutique, in die man unangemeldet ging. Natürlich nicht. Plötzlich begriff Tine.

»Du hast dich angemeldet!« Sie starrte Tine an. »Deshalb war auch dein Vater hier. Wir haben uns verspätet, weil ich mich noch einmal umgezogen habe.« Alles passte zu Tines Annahme: Der reservierte Parkplatz, die wartenden Models, die vorbereiteten Delikatessen. Tine war beeindruckt und umarmte Sharon spontan.

»Das hast du wunderbar arrangiert.« Tine ließ sich ins Polster sinken und genoss den unerwarteten Luxus, an dem sie teilhaben durfte.

Sharon lächelte erleichtert und lehnte sich auch zurück. »Leute, jetzt geht's los.« Sie schaute zur Mahagonitür, durch die zwei junge Frauen traten.

Magdas sonore Stimme stellte die Mädchen über unsichtbare Lautsprecher vor. »Sandy und Cheryl – zu eurer Freude.«

Es war Sandy, die über den tiefen Teppich voran schritt. Sie war goß, dunkel und sehr schön. Ihre vollen Brüste wurden von einem scharlachroten Mieder ohne Körbchen hoch gehoben. Die langen Beine steckten in hauchdünnen, roten Strümpfen, die an den Oberschenkeln mit Spitze abgesetzt waren. Sie trug einen zarten Tanga in der Farbe des Mieders, und als sie sich drehte, bebten ihre Pobacken verführerisch.

Sie bewegte sich mit einer sinnlichen Anmut. Die Augen blickten warm und waren halb geschlossen. Sie suchten den Kontakt mit den potenziellen Kundinnen.

Tine schaute fasziniert zu. Sie war noch nie bei einer Modenschau gewesen und war nicht nur von der Professionalität der Models beeindruckt, sondern auch von der unverblümten Sexualität der vorgeführten Teile. Aber ihre zierliche Gestalt würde in eine solche Kreation nicht hineinpassen, deshalb wandte sie sich Cheryl zu, einer schlanken, aschblonden jungen Frau, die so etwas wie einen marineblauen Spielanzug trug.

Tine lehnte sich vor, und als Cheryl ihr Interesse bemerkte, schwebte sie auf Tine zu und blieb vor ihr stehen. Auf den Zehenspitzen drehte sie sich langsam um, damit Tine das Kleidungsstück aus der Nähe und von allen Seiten betrachten konnte.

Es war aus feinem weichem Leder gefertigt, das sich an Cheryls kleine Brüste schmiegte, während es von der Taille an in eine weite Pumphose überging. Bis zum Schritt war das Leder plissiert. Cheryl zeigte ein unanständiges Lachen und stellte die Füße auseinander. Die Falten bewegten sich, und darunter konnte man den blank rasierten Venushügel der jungen schlanken Frau sehen, die sich an Tines verlegenem Kichern erfreute. Cheryl drehte sich noch einmal langsam und folgte dem anderen Model durch die Tür.

Sharon warf einen raschen Blick auf Tine und erkannte, dass die Vermieterin vom ungewöhnlichen Spielanzug fasziniert war. Kein Zweifel, dass Tine darüber nachdachte, ob sie so ein Teil tragen könnte. Der versonnene Blick auf Tines Gesicht verriet Sharon – sie hatte bei ihrem Vater gelernt –, dass Tine kaufen wollte. Sharon nahm sich vor, Magda rechtzeitig darauf hinzuweisen, nur Einkaufspreise zu nennen.

Dann kam Magda in schwarzem Leder. Es war die Kluft einer Domina, und sie klebte an ihr wie eine zweite Haut. Vorne geschnürt, reichte es hinten gerade noch, die nackten Pobacken zu bedecken. Schnüre zogen sich auch über den sonst nackten Rücken. Die Beine steckten in wahnsinnig dünnem Leder, unter dem sich der Schamberg deutlich abzeichnete. Sie trug Stiefel bis über die Schenkel, an den Seiten prangten breite silberne Reißverschlüsse.

Tine fand es ein unnötig kompliziertes Kleidungsstück, aber sie bemerkte den Glanz in Sharons Augen, als Magda vor ihr stehenblieb.

Die Models waren unermüdlich und trugen eine Vielzahl großartiger Teile vor, hauptsächlich aus Leder. Magda beteiligte sich immer wieder an den Vorführungen; offenbar hatte sie sich auf Domina-Kreationen festgelegt. Nach über zwei Stunden kam sie in ihrem grauen Kostüm zurück und setzte sich neben Sharon aufs Sofa.

»Wir haben unser Sortiment erweitert«, murmelte sie.

Cheryl kam mit einem kleinen Lederkoffer herein. Ihr folgten zwei junge Männer, die nur mit einem Stoffbeutel um die Genitalien bekleidet waren. Sie zogen ziemlich große Koffer hinter sich her. Alle drei versammelten sich vor den Sofas, packten ihre Waren aus und präsentierten sie auf dem Teppich in Reichweite der drei Frauen auf den Sofas.

Auf der einen Seite sah Tine eine Parade von Dildos

und Vibratoren in allen Farbschattierungen von sanftem Austernrot bis zu einem provokanten Purpur. Auf der anderen Seite breiteten die Männer eine Kollektion verführerischer Wäsche aus, Wäsche in Leder und Seide, die Lust und Sinnlichkeit versprach, wenn man sie befühlte oder auf der Haut trug. Vor ihnen lagen auch einige edel aufgemachte Kataloge mit einem einzigen Namen unten rechts in der Ecke: *Richard*.

Als die Ware ausgelegt vor ihnen lag, zogen die Modelle sich zurück und ließen sich in einiger Entfernung auf den Teppich nieder. Sie unterhielten sich murmelnd, streichelten sich gegenseitig und schienen die Anwesenheit der drei Kundinnen vergessen zu haben.

Die Männer waren nicht weniger attraktiv als die Frauen. Einer hatte eine olivfarbene Haut und lange, zerzauste schwarze Haare, und der Stoffbeutel war gut gefüllt und beulte sich vielversprechend aus. Dieser Mann war von Magda als ›Tyson‹ vorgestellt worden. Der andere war hager und blass und hatte wallende rote Haare, er war – nicht überraschend – ›Red‹. Er schien eher zurückhaltend und lächelte still vor sich hin, als hätte er sich einen Witz erzählt. Seine Augen waren grau und freundlich und hellwach.

Tine fühlte sich spontan zu ihm hingezogen und erstaunte sich selbst mit dem Gedanken, dass sie sich gern von ihm verwöhnen lassen würde. Sie schämte sich ein wenig für ihre Gedanken und konzentrierte sich wieder auf die Sexspielzeuge. Magda ermunterte sie, das eine oder andere Exemplar genauer zu betrachten. Sharon hatte schon einen Vibrator in die Hand genommen und befingerte ihn fachmännisch.

Stevie schaute sich den Katalog an und starrte neugierig auf die verschiedenen Angebote, während Tine begann, die einzelnen Wäschestücke in die Hand zu nehmen. Einige der Lederkreationen bestanden nur aus wenigen Streifen und Schnüren, und Tine hatte Mühe sich vorzustellen, wo was hingehörte. Die Stoffe waren erregend, und das Leder fühlte sich wahnsinnig weich an.

Tine rieb ein Stückchen Seide über ihre Wange, schloss die Augen und stellte sich vor, wie der Stoff über ihre Scham spannte und die Säfte auffing.

Ihre Fantasien stoppten abrupt, als ihr die eigene Nacktheit bewusst wurde. Sie hatte Red wahrscheinlich einen Blick zwischen die gespreizten Schenkel gewährt. Sie schlug die Augen auf und sah, dass Red nicht mehr bei den anderen auf dem Boden saß. Sie spürte ihn hinter sich, dann hörte sie seine Stimme an ihrem Ohr.

»Das ist nur eine kleine Auswahl unserer Kollektion«, raunte er mit seiner tiefen Stimme. »Soll ich dir noch weitere Sachen zeigen?«

Tine drehte sich zu ihm um und war erleichtert, als sie nur harmlose Freundlichkeit in seinem Gesicht sah. Sie ließ sich gern verführen, dachte sie, lächelte und nickte. Red half ihr auf die Füße.

Niemand schien darauf zu achten, als sie aufstand und mit Red durch die Mahagonitür ging. Stevie war immer noch in den Katalog vertieft, und Sharon und Magda unterhielten sich angeregt.

Hinter der Tür erstreckte sich ein Korridor. Red führte Tine zur zweiten Tür auf der rechten Seite. Er ließ sie zuerst eintreten. Das Zimmer war fast leer, abgesehen von einem Liebessitz auf dem dicken Teppich. Drei Wände waren weiß, und vor der vierten Wand befand sich ein dunkelroter Vorhang. Von einer gewölbten Decke hing in der Mitte ein Kristallleuchter herab, dessen matter Schein das Zimmer in eine sanfte Atmosphäre tauchte.

Tine ließ sich auf dem Liebessitz nieder, der mit

dunkelrotem Samt überzogen war, während Red durchs Zimmer schritt, die Beine steif, die Schultern straff. Er bewegte sich voller Anmut, seine Schritte federten, und Tine sah fasziniert dem Spiel seiner Muskeln zu.

Er zog den Vorhang auf und enthüllte einen Vitrinenschrank mit einem Schatz aus Unterwäsche und Sexspielzeugen, dann ließ er sich neben ihr nieder und betrachtete schweigend mit ihr zusammen das Panorama, das sich ihnen bot.

Tine entdeckte eine Kollektion cremefarbener Teddys aus Satin und Spitze. Ihre Blicke schweiften über schwarze Seidenwäsche und weiche Lederstücke in ansprechenden Pastellfarben. Am Ende des Regals wurde Herrenwäsche ausgestellt; vom Lendenschurz über den Tanga bis zu seidenen Boxershorts mit aufgedruckten Herzchen. Sie versuchte, sich Rupe in dieser Wäsche vorzustellen, aber das gelang ihr nicht. Die Designer dieser Stücke hatten eher einen Mann wie der an ihrer Seite im Kopf, als sie ihre Produkte entwarfen.

»Irgendwas, was dir gefällt?« Red sah sie lächelnd an.

Tine nickte. »Die cremefarbenen Teddys.«

Red nahm verschiedene Stücke von der Auslage und ließ die langen, schlanken Finger über das sanfte Gewebe streicheln. Er legte verschiedene Teile über seinen Arm und drehte sich zu Tine um. »Darf ich was empfehlen?«

Tine nickte und war gespannt darauf, was er auswählen würde. Sie konnte daraus schließen, wie ein anderer sie sah, was ihr vielleicht einen Hinweis gab, wie sie sich selbst sehen sollte. Red trat vor die Vitrine mit schwarzer Lederwäsche und legte noch einige Stücke über seinen Arm.

Er kam auf sie zu, und wieder bewunderte sie das Spiel seiner Schenkelmuskeln.

»Du bist wunderschön«, sagte sie impulsiv. Sie hatte nicht geglaubt, dass sie einen solchen Satz jemals zu einem Mann sagen würde. Sie konnte nicht umhin, Red mit Rupe zu vergleichen. Natürlich fühlte sie sich enger mit Rupe verbunden, aber Red sprach sie auf eine ästhetische Art an.

Sie lechzte danach, durch die vollen roten Haare zu fahren, mit den Händen über diese helle Haut zu streicheln und die gespannten Muskeln unter den Fingerspitzen zu erkunden. Sein Mund erinnerte sie an eine Rosenknospe. Sie betrachtete ihn mit einer Bewunderung, die sie sonst nur für ein Gemälde der alten Meister übrig hatte.

Er stand dicht vor ihr und bemerkte, dass sie ihn mit hungrigen Augen ansah. »Ich bin im Nachteil«, murmelte er und deutete auf ihre Kleidung. »Vielleicht …« Er brach ab und sah ihr in die Augen, um sich die Erlaubnis einzuholen, die große silberne Sicherheitsnadel zu öffnen, die ihren Kilt hielt.

Sie stellte sich und blieb reglos stehen, während seine Hand über ihre Hüfte streifte und den Bund aufknöpfte. Der Rock fiel zu Boden, aber seine Hand blieb auf der Hüfte liegen. Sein Daumen beschrieb kleine sinnliche Kreise.

Er seufzte laut, umfasste ihre Taille mit beiden Händen und drückte sie sanft auf den Liebessitz zurück. Er öffnete ihre Haare mit geschickten Fingern und sah bewundernd, wie sie locker auf ihre Schultern fielen. Sie war so zierlich, und der *bodystocking* unterstrich noch ihre schmale Taille.

Tine fühlte sich völlig entspannt. Sie sah zu, wie Red sie aus dem engen Kleidungsstück schälte und jede neue Hautpartie, die er freilegte, mit Augen und Lippen verehrte. Er nahm ihre Brüste in seine Hände, hob sie leicht an und zwirbelte die Warzen, indem er sie zwischen Daumen und Zeigefinger drückte. Die Nippel richteten sich steil auf und wurden hart.

Sie sah, wie der Penis unter dem spärlichen Soff zu zucken begann. Neugierig strich sie mit einer Hand über den engen Beutel. Die Kraft seines Schafts drückte voller Ungeduld gegen ihre Handfläche.

Er kniete sich vor sie, streifte den bodystocking weiter nach unten und gab kleine preisende Laute von sich, als er ihr verborgenes Geschlecht sah. Spontan beugte er sich zu ihr, tauchte mit dem Kopf zwischen ihre Schenkel, die sie bereitwillig spreizte, und fuhr mit der Zunge zwischen den feuchten Labien hoch und runter.

Dreizehntes Kapitel

Der Teddy, den sie ausgewählt hatte, sowie Reds Empfehlung, das schwarze Lederset, waren längst vergessen, aber das bedauerte Tine nicht. Die Erfahrung der letzten Stunde war etwas, was sie nicht missen mochte. Noch nie hatte jemand so uneigennützig Liebe mit ihr gemacht. Red blieb zurück, als sie allein in den Salon zurückging.

Sie wusste, dass die anderen ihr ansehen würden, was geschehen war. Sie fühlte, dass ein befriedigter Ausdruck auf ihrem Gesicht lag, eine verlegene Röte auf ihren Wangen. Sie versuchte ein Lächeln, als Stevie sie fragte, ob alles in Ordnung sei.

Sie setzte sich neben Stevie. Tyson und Cheryl waren nackt und lagen noch auf dem Teppich, sie grinsten selbstvergessen. Um sie herum lagen Geräte, die wohl zu ihrer Befriedigung beigetragen hatte – Dildos, Handschellen, Cremes und Unterwäsche. Tine sah Stevie fragend an, aber die schwarze Frau hob nur die Schultern und lächelte. In der hinteren Ecke des Salons stand Sharon bei einem Mann.

Sharon sah, dass Tine wieder da war, brach das Gespräch ab und ging auf sie zu, gefolgt von dem Mann.

Das musste Richard sein. Ihre Verwandtschaft ergab sich schon durch die Augen; violette, leicht schrägstehende Augen, die Sharon vom Vater geerbt hatte.

Sharon umarmte Tine. »Alles okay mit dir?« Sie sah der älteren Frau in die Augen und lächelte.

Tine nickte, plötzlich scheu geworden. Sie fing auch einen Blick von Richard auf. In seinem Blick lag der Ausdruck von einem hohen Maß an Verständnis. In diesem Moment fühlte sich Tine ertappt und entblößt.

Richard würde wissen, was Red mit ihr angestellt hatte. Seine Miene bestätigte ihr, dass er das ganz in Ordnung fand.

Er war ein eleganter Mann; Seidenhemd, maßgeschneiderter grauer Anzug, Schuhe von Gucci. Sein gebräuntes Gesicht wirkte entspannt. Die Schläfen glänzten silbern. Tine hielt ihn für den attraktivsten Mann, dem sie je begegnet war. Kein Wunder, dachte sie, dass er eine Kette solcher Salons besaß, sein Erscheinungsbild passte dazu.

Während er Sharon folgte, um Tine zu begrüßen, gab er den Models mit knappen Gesten zu verstehen, alles einzusammeln und zu verschwinden. Magda kam zurück in den Salon, gab Richard einen Kuss auf die Wange und reichte ihm flüsternd einige Tragetaschen. Es waren goldgeprägte Taschen mit geflochtenen Griffen, und rechts unten in der Ecke prangte der Schriftzug *Richard*.

Die Einkaufstour schien beendet zu sein. Tine empfand eine leichte Enttäuschung darüber, dass Red sich nicht wieder sehen ließ, um sich zu verabschieden, aber sie folgte der Gruppe auf die Straße. Ein grauer Silver Cloud Rolls-Royce stand am Straßenrand.

»Das muss der ›Panzer‹ sein«, flüsterte Stevie voller Bewunderung.

Richard musste das gehört haben, öffnete die Beifahrertür und winkte Stevie herbei. Sie sprang hinein, ohne sich nach den Freundinnen umzusehen. Sharon und Tine stiegen in den Fond, und Richard setzte sich hinters Lenkrad.

Sie fuhren nicht weit, aber Richard schlug einen Bogen, um Stevies Freude am Fahren zu verlängern. Sie stellte viele Fragen zu Motor und Fahrverhalten und lauschte gebannt, wie Richard von dem Wagen schwärmte. Schließlich bot er ihr an, dass sie den Rückweg selbst fuhr – nach dem Kaffee. Stevie war so verblüfft, dass sie keinen Laut herausbrachte.

Das Café, das Richard für den Nachmittagstee ausgesucht hatte, überraschte Tine. Es war ein bescheidenes Lokal und ganz anders, als sie vermutet hatte. Die Angestellten kannten Vater und Tochter offenbar und tänzelten herum, bis der Tisch sich unter Sandwiches, Scones und Kaffee bog.

Tine konnte keine Spannungen zwischen Sharon und ihrem Vater feststellte, was sie verdutzte, denn sie war bisher davon ausgegangen, dass in der Familie etwas nicht stimmte. Aber sie sah nur Herzlichkeit zwischen den beiden, liebevolle Blicke und fröhlichen Charme.

Tine fühlte sich wohl in Richards Gesellschaft. Er passte sich gut in die Gruppe ein, war witzig und provozierte Lachen. Er ergatterte sich eine Einladung in ihr Haus, Abendessen inklusive, und Tine musste über seine geschickte Art grinsen, wie er sie mehr oder weniger gezwungen hatte, die Einladung auszusprechen. Sharon bemerkte das natürlich und boxte ihren Vater in die Rippen.

Stevie blieb still, offenbar noch ganz benommen von dem Gedanken, nachher den Rolls-Royce fahren zu dürfen. Sie beobachtete Tine und fragte sich, was sich zwischen ihr und Red abgespielt hatte. Tine hatte ihre Haare nicht wieder hochgesteckt; sie fielen locker auf ihre Schultern.Tine unterhielt sich ungezwungen mit Richard.

Sie verglich den eleganten Mann mit dem ungeschliffenen Charme Rupes und fand, dass Tine besser zu Sharons Vater passte. Er konnte Tine intellektuell mehr bieten, dazu war er elegant und tolerant – beides Eigenschaften, die der unerfahrene Australier noch nicht kannte.

Mit Red war das eine ganz andere Geschichte, dachte Stevie. Sie hatte den jungen Mann intensiv beobachtet, ehe er den Salon mit Tine verlassen hatte. Er war Spezialist in einer Welt, die Tine fremd war. Aber was auch immer zwischen den beiden geschehen war, es hatte Tine gut getan.

Stevie begehrte Tine, aber wichtiger war ihr noch, dass Tine glücklich war. Stevie konnte sich gut vorstellen, sich in Tine zu verlieben, wenn Liebe bedeutete, die Partnerin genauso zu schätzen wie sich selbst. Sie gönnte Tine alle Freuden, die sie finden konnte. Zur Not würde Stevie sich damit begnügen, der Freundin eine Schulter zu bieten, an der sie sich ausweinen konnte.

Als sie sich vom Tisch erhoben, hielt Stevie es nicht mehr länger aus, raschen Schrittes lief sie voraus, dem Rolls entgegen. Richard reichte ihr die Schlüssel und gab nur ein paar kurze Hinweise auf die Besonderheiten des Armaturenbretts.

Das Auto übertraf alle ihre hohen Erwartungen. Stevie begann ihre Jungfernfahrt vorsichtig, aber bald hatte sie sich an Breite und Länge des Fahrzeugs gewöhnt und drückte aufs Gaspedal, wann immer der Verkehr es gestattete. Doch zu schnell hatte sie das Parkhaus erreicht. Sie bog in eine Lücke ein und seufzte leise, während die anderen applaudierten.

Richard versprach, wenn er das Haus besuchte, würde Stevie den Rolls-Royce ausfahren können. Spontan lud Stevie ihn ins Silky Lizzie ein. Als er von dem Club hörte, wollte er mehr darüber wissen, aber Sharon tippte auf ihre Uhr. »Wir haben keine Zeit mehr.«

Tine und Stevie stiegen aus, damit Sharon und Richard sich in aller Ruhe verabschieden konnten. Stevie wusste nicht, wohin sie schauen sollte – zum Rolls auf der einen oder zum Porsche auf der anderen Seite.

Tines Gedanken waren wieder bei Red. Welchen Stellenwert hatte die Begegnung mit dem jungen

Mann? Sie fragte sich, ob sie Rupe die Zärtlichkeit beibringen konnte, die sie bei Red erlebt hatte.

Richard stand vor ihr und sah, dass sie mit den Gedanken ganz woanders war. Er wartete geduldig, bis Tine aus ihrer Traumwelt zurück war, dann reichte er ihr die beiden Tragetaschen.

»Die kleine Schachtel ist ein Geschenk von Red«, sagte er. »In der anderen Tasche findet sich was zum Anprobieren.«

Tine sah ihn verwirrt an, dann stellte sie sich auf die Zehenspitzen und gab ihm einen Kuss auf die Lippen. Sie sah den Ausdruck der Dankbarkeit im seinem Gesicht, und irgendwie begriff sie, dass dies etwas mit Sharon zu tun hatte. Tine streckte sich noch einmal und küsste ihn wieder. Seine Lippen bewegten sich unter ihren. Es war nur ein leichtes Flattern, aber als sie sich voneinander lösten, wussten sie beide, dass sie sich in Zukunft häufiger sehen würden.

Schließlich saßen sie wieder im Porsche. Sharon winkte ihrem Vater zu, der neben dem Rolls stand. Sein Blick suchte Tine.

Tine fiel auch auf der Rückfahrt in einen leichten Schlummer. Das stete Schnurren des Motors lullte sie ein. Sie wurde auch nicht wach, als Sharon und Stevie an einer Tankstelle anhielten und in der angeschlossenen Raststätte einen Kaffee tranken. Als sie später in die Einfahrt einbogen, richtete Tine sich auf und bemerkte, dass Stevie hinter dem Lenkrad saß. Ihre leuchtenden Augen blinkten Tine an.

Während Tine an der Frühstücksbar den Kaffee genoss, gingen Stevie und Sharon hoch, sich umzuziehen. Beide freuten sich auf die Nacht im Silky Lizzie. Tine zweifelte nicht daran, dass Stevie stolz darauf war, die Lesbenbar mit einer attraktiven Frau am Arm zu besuchen.

Tine nahm sich vor, die beiden Taschen erst zu öffnen, wenn sie allein war. Der Besuch in London war ein kurzer Blick in eine Glitzerwelt gewesen, die jetzt, da sie in ihrer vertrauten Umgebung saß, schon weit entrückt schien.

Sie wunderte sich über die Energie ihrer Freundinnen. Obwohl sie im Auto geschlafen hatte, fühlte sie sich ausgelaugt. Sie würde in was Bequemes schlüpfen, ein wenig chatten, dann ein luxuriöses Schaumbad nehmen und über ihre Begegnung mit Red nachdenken.

Während sie ihren Gedanken nachging, neigte sich der Tag. Sie konnte sich in der Scheibe des Küchenfensters sehen. Das Licht, das vom Flur hereinfiel, schuf einen goldenen Schein um ihren Kopf. Sie gluckste leise vor sich hin. Einen Heiligenschein hatte sie sich heute nun wirklich nicht verdient.

Red schien so weit weg zu sein wie Dickens, und ihr Abenteuer mit Red war ebenso irreal wie ihre virtuellen Abenteuer im Chatroom. Sie hatte Dickens noch nie gesehen, aber seine Wirkung auf sie war so real wie Reds. Noch stärker, denn Dickens spielte in ihrem Leben noch eine intime Rolle, während sie wusste, dass sie Red nie wieder begegnen würde.

Stevie trat leise in die Küche, während Tine tief in ihre Gedanken versunken war. Die junge Frau schaltete das Licht ein, blieb reglos stehen und wartete darauf, dass Tine sie begutachtete. Bisher hatte Stevie sich nie auffällig gekleidet, seit sie bei Tine wohnte. Aber ein Abend im Silky Lizzie war immer etwas Besonderes, und dieses Gefühl wollte sie durch die Kleidung unterstreichen.

Sie trug ein Hemd in Schottenkaros und eine schwarze enge Hose mit einem breiten Ledergürtel. Die meisten Kleider dieser Art hatte sie in Herrengeschäften gekauft, selbst die Schuhe. Sie bewegte sich auch anders, lockerer und schwungvoller. Im Lizzie nannte man sie Steve.

Die Umwandlung war für Tine leicht nachzuvollziehen. Vor ihr stand ein gut aussehender Mann, groß und schlank und drahtig. Es war Tines Reaktion, die sie in Konflikte stürzte. Vom Verstand her wusste sie, dass Stevie eine Frau war, aber ihre Augen sahen das Maskuline in der Gestalt, und davon fühlte sie sich angesprochen. Bisher hatte sie Stevie als eine Frau akzeptiert, die sich dem eigenen Geschlecht zuneigte, jetzt war sie ein Mann, den sie attraktiv fand.

Als Sharon hereinkam, wirkte Stevies Männlichkeit im Kontrast zu Sharons betonter Weiblichkeit noch stärker. Die blonde Frau trug ein schlichtes weißes, ärmelloses Kleid, das eine Handbreit oberhalb der Knie endete, dazu weiße Sandalen und kein Make-up. Die blonden Haare fielen in glänzenden Wellen auf die Schultern und hüpften anmutig bei jeder Kopfbewegung. Sharon sah jungfräulich und wunderschön aus.

Tine hatte erwartet, dass Sharon sich in Leder kleiden würde, in irgendein radikales Outfit, aber sie musste sich eingestehen, dass sie ihre Freundin unterschätzt hatte. Im Club würde sie in diesem Aufzug viel mehr Aufsehen erregen, besonders, wenn sie zusammen mit Stevie eintrat. Tine sah der jungen schwarzen Frau an, dass sie sich auf ihren Auftritt freute. Sharon würde ein Juwel an ihrem Arm sein.

Tine empfand Traurigkeit, als die Freundinnen gegangen waren. Im Haus war es still. Sie hastete die Treppe hoch, um Dickens im Chatroom zu finden. Enttäuscht stellte sie fest, dass er nicht da war. Dann zuckte sie zusammen, als eine Nachricht auf ihrem Bildschirm aufleuchtete.

Rupe > He! Ich habe dich heute einige Male anrufen wollen. Aber dein Anschluss ist immer besetzt.

Astyr > Tatsächlich? Ich kann mir nicht denken, wer mich erreichen will. Ich war den ganzen Tag weg. In London. Mit Sharon und Stevie.

Tine ärgerte sich, dass sie vergessen hatte, den Anrufbeantworter einzuschalten. Sie war in den letzten Monaten so selten aus dem Haus gegangen, dass ihr der Gedanke einfach nicht gekommen war. Ihr Telefon klingelte so selten, dass eine Flut von Anrufen wirklich ungewöhnlich war. Sie hob die Schultern. Wenn die Anrufer etwas Wichtiges von ihr wollten, würden sie sich noch einmal melden.

Rupe > Ich vermisse dich. Ich möchte, dass du diese Nacht in meinem Bett schläfst. Ich stelle mir vor, dich in meinen Armen zu halten, heiß und feucht unter meinen Händen.

Tine starrte auf den Schirm und stellte sich Rupe in London bei der Arbeit vor, umgeben von dunkler Nacht. Sie schuf sich ein Bild seines Büros, die unbesetzten Terminals neben seinem, seine Schreibtischlampe die einzige Lichtquelle, als er seine Lust mit Hilfe von Fingern und Tasten mitteilte.

Sie sah sich in ihrem Zimmer um und lauschte, ob sie irgendwelche Geräusche hören konnte. Es war ein eigenartiges Gefühl, Rupe nicht oben auf dem Speicher zu wissen. In den wenigen Tagen war seine Anwesenheit selbstverständlich geworden.

Sie fragte sich, wie sie ihm das sagen konnte, ohne zu gefühlsduselig zu klingen. Sie würde nicht in seinem Bett schlafen, das würde eine Verpflichtung bedeuten, die sie nicht eingehen wollte. Sie fühlte sich ihm nahe, und ihre Sinne wurden lebendig, wenn sie daran dachte, wie sie sich gegenseitig ihre Lust befriedigten, aber mehr als eine enge Freundschaft sollte es nicht sein. Sie schrieb ihm das nicht, denn sie wusste nicht, wie er darauf reagieren würde.

Sie chatteten über eine Stunde lang und schwelgten in Erinnerungen an ihre gemeinsame Nacht. Sie schrieben sich die Vorfreude über seine Rückkehr.

> Rupe > Ich sehne mich nach dir. Ich sitze hier allein in einem riesigen Büro und spüre, wie er pocht. Hart vor Verlangen.

Tine beschrieb eine Szene, in der sie und Rupe gemeinsam unter der Dusche stehen. Sie halten sich umarmt, während das Wasser auf sie herunter prasselt. Tine beschrieb, wie sie die Beine um seine Hüften schlingt, während er kräftig in sie eindringt und zustößt, bis es ihnen kommt.

Ihr Monolog auf dem Bildschirm brachte ihm die Erleichterung. Er fühlte sich gut und müde. Aber er musste noch die ganze Nacht arbeiten; das Projekt stand unter Zeitzwang. Am folgenden Tag musste er auf einer Konferenz die bisherigen Fortschritte vortragen. Außerdem musste er bei mehreren Bewerbungsgesprächen dabei sein, denn das Projekt erforderte zwei weitere Programmierer.

Er wusste noch nicht, welche Auswirkungen das Projekt auf seine Beziehung zu Tine haben würde. Natürlich war ihm die Arbeit wichtig, aber er fürchtete, dass sie mehr Zeit in Anspruch nehmen würde, als er bisher angenommen hatte.

Bei Tine hatte er eine Sexualität erlebt, wie sie besser nicht sein konnte, ein körperliches Abenteuer, das ihm nicht aus dem Sinn ging, und irgendwie ahnte er, dass er so etwas nie wieder mit einer anderen Frau erleben würde.

Rupe teilte ihr seine Sorgen und Gedanken mit. Sie

mahnte ihn, dass Zukunftsängste in einer Freundschaft keinen Platz hatten. Was zwischen ihnen geschah, war kostbar und sollte bis zum letzten Tropfen genossen werden.

Astyr > Nichts dauert ewig. Lass uns schätzen, was wir jetzt haben. Es ist wunderbar für mich. Du bist was Besonderes. Wenn wir uns mit Sorgen quälen, verlieren wir das, was wir haben, und das wäre eine Tragödie.

Rupe lächelte den Bildschirm an, schob seine Sorgen beiseite und freute sich auf den Sonnabend, wenn er zu ihr zurückkehren würde.

Tine brach die Verbindung ab, nachdem sie ihm eine gute Nacht gewünscht hatte, und ging hinüber in ihr Schlafzimmer. Die Tragetaschen lagen einladend auf dem Bett. Sie zwang sich, zuerst die Zähne zu putzen und ihr T-Shirt anzuziehen, bevor sie sich unter die Decke kuschelte und die Taschen zu sich zog.

Die größere Tasche, die Richard ihr gegeben hatte, enthielt die sanfte blaue Pumphose aus Leder, die Tine an Cheryl so sehr bewundert hatte. Das weiche Rindsleder fühlte sich warm und geschmeidig an, als sie es durch die Finger gleiten ließ. Sie fühlte, wie teuer es war, und ihr war nicht wohl dabei, das Geschenk einfach anzunehmen.

Dann fiel ihr aber die Versöhnung zwischen Vater und Tochter ein, und sie unterstellte, dass dieses Geschenk Richards Art war, danke zu sagen – obwohl sie nicht viel zur Versöhnung beigetragen hatte. Aber in diesem Sinne wollte Tine das Kleidungsstück annehmen, auch wenn sie wahrscheinlich noch nie so viel Geld für ein einzelnes Teil ausgegeben hatte. Sie würde sich schriftlich bei Richard bedanken.

Die andere Tasche, deren Inhalt sie anprobieren sollte, enthielt den cremefarbigen Teddy sowie einen schwarzen Minirock aus Leder und eine dazu passende Weste. Das waren die Teile, die Red ihr empfohlen hatte. Tine stellte sich in diesen verführerischen Kleidern vor; sie würden gut zu ihrem schwarzen *bodystocking* passen. Sie fühlte sich geschmeichelt, dass Red sie in einem so verlockenden Outfit sehen wollte.

Reds Tasche enthielt den Vibrator, den er an diesem Nachmittag bei ihr benutzt hatte. Sie lächelte, schloss die Augen und legte sich zurück. Hinter den geschlossenen Lidern wurden die Bilder des Tages lebendig, als sie den glatten Schaft tief in sich hineinschob.

Es war keine Wiederholung des Nachmittags. Sie änderte das Szenario, und bald sah sie Rupes Gesicht neben Red. Tine ließ ihre Phantasie schießen und rutschte unruhig hin und her auf ihrem sanft wiegenden Wasserbett, während die beiden Männer sie verwöhnten.

Vierzehntes Kapitel

Tine wachte mit einem Gefühl der Vorahnung auf. Im Haus herrschte immer noch die Stille der vergangenen Nacht, obwohl die Uhr auf Tines Nachttisch sagte, dass es sieben Uhr war. Das Licht des frühen Tages schlich sich unter den Saum der Vorhänge, als wollte es Wärme über ihre unheilvollen Gefühle breiten.

In diesem Moment schrillte die Haustürklingel, was durchaus zu Tines Vorahnungen passte. Sie sprang aus dem Bett und rannte die Treppe hinunter.

Ein Polizist hob gerade die Hand, um an die Tür zu klopfen, als Tine öffnete. Er sah ernst drein, während Sharon, die hinter ihm stand, verlegen den Blick senkte. Ihre Haare waren zerzaust, und das weiße Kleid war zerknittert und schmutzig. Die Sandalen hielt sie in der Hand, die Riemchen waren gerissen. Hinter Sharon hatte sich eine ältere Polizistin aufgebaut.

Auf Tines fragenden Blick hob Sharon nur die Schultern und gab dem Polizisten zu verstehen, dass er erklären sollte.

Sie folgten Tine in die Küche. Der Polizist nahm dankend eine Tasse Kaffee an, bevor er die Geschichte erzählte.

Am Morgen gegen zwei Uhr hatte Sharon das Silky Lizzie verlassen und war Richtung Stadtmitte gegangen oder gefahren, wo sie einen Mann getroffen hatte. Im verlassen daliegenden Einkaufszentrum hatten sie sich ausgezogen und ›sexuelle Handlungen‹ vorgenommen. Ein Mann vom Sicherheitsdienst hatte die Polizei gerufen.

Der Mann war davongerannt, als die Polizei gekommen war, und die Polizisten hatten ihn laufen lassen. Sharon dagegen hatte gebeten, mit Handschellen gefesselt zu werden, und als die Polizistin ihr beim Anziehen behilflich sein wollte, hatte sie sich gewehrt und während der ganzen Prozedur nur gelacht. Man hatte sie zur Polizeistation gebracht, und sie war erst auf freien Fuß gesetzt worden, als der Mann vom Sicherheitsdienst seine Anzeige zurückgezogen hatte.

Bei all ihrer Sorge hatte Tine Mühe, sich ein Schmunzeln zu verbeißen. Da sie von Sharons Hang zum Exhibitionismus wusste, konnte sie den Zwischenfall nicht sonderlich ernst nehmen, und die blonde Frau sah auch eher verärgert als zerknirscht aus.

Die Polizistin sah sich kritisch in der Küche um, als ob sie weitere Beweislast finden wollte. Tine fragte sich, während sie sich in ihrem kurzen T-Shirt betrachtete, ob die Gesetzeshüterin nicht vermutete, in einem Haus von höchst zweifelhaftem Ruf gelandet zu sein. Tine war versucht, sich entsprechend aufzuführen, aber sie besaß noch einen widerwilligen Respekt für die Polizei.

Nachdem Sharon in die Sicherheit ihres Zuhauses überstellt worden war, gingen die Polizisten wieder, und nun erfuhr Tine die wirkliche Geschichte.

Sharon und Jerry hatten schon einige Male vor dem Mann vom Sicherheitsdienst ihre Schau abgezogen; er war immer ein gieriger Zuschauer gewesen. An diesem Morgen aber hatte er verlangt mitzumachen, was mit Sharons Spielregeln nicht zu vereinbaren war. Die Zurückweisung mochte der Mann nicht ertragen, und um sich zu rächen, rief er die Polizei. Jerry war abgehauen, und Sharon bezweifelte, ob sie ihn je wiedersehen würde.

Trotz ihrer burschikosen Art war Sharon mit den Nerven fertig. Sie hatte vier Stunden im Polizeigewahrsam verbracht; eine Erfahrung, die sie gern missen möchte. Sie hatte sich geweigert, irgendetwas zu sagen, aber sie war erleichtert gewesen, als der Sicherheitsmann seine Anzeige zurückgezogen hatte.

Während sie eingesperrt war, hatte sie Zeit gehabt, über ihr Treffen mit Richard nachzudenken. Um alles noch viel schlimmer zu machen – auf der Polizeistation hatte sich ein Reporter herumgetrieben, und er war ihnen bis zu Tines Haus gefolgt. Er hatte sich erst aus dem Staub gemacht, als der Polizist auf seinen Wagen zugegangen war.

Tine hörte zu und versuchte, zwischen den Zeilen zu lesen. Sharons Haltung war bisher vom Trotz geprägt gewesen. Sie hatte eine sich eine Freiheit herausgenommen, die sich jeder Beschränkung widersetzte. Aber ihre Sorge wegen des Reporters konnte nur eines bedeuten: Sie wollte verhindern, dass ihr Vater von dem Zwischenfall erfuhr.

»Obwohl mein Vater mit der Sexindustrie zu tun hat, genießt er einen guten Ruf. Es wäre demütigend für mich, wenn ich als seine Tochter ihm Schande bereite.«

»Aber er braucht es überhaupt nicht zu erfahren«, sagte Tine.

»Doch, er wird es erfahren. Ich werde es ihm sagen.« Sie schaute Tine an und nickte. »Es ist nur fair, denn ich habe mich entschieden, sein Angebot anzunehmen.«

Tine sah sie erwartungsvoll an.

»Er sagte, ich soll hier ein Geschäft eröffnen. Er gibt mir das Startkapital. Wenn ich nicht will, muss der Laden nicht der Kette angeschlossen sein.«

»Aber als seine Erbin wirst du dich auch um die Kette kümmern müssen.«

»Ja«, antwortete Sharon. »Deshalb ist es auch an der Zeit, dass ich mich kaufmännisch beweise.«

»Nun, wenn ich dir irgendwie helfen kann, werde ich es tun. Schließlich habe ich viel Zeit.«

»Ja, gern. Ich brauche eine Partnerin.« Sharon sah

verunsichert aus. Ihr war bewusst, welche Verpflichtung sie einging – und auch, was sie Tine zumutete.

»Ich würde gern dabei sein.«

Sie tranken Kaffee und sprühten vor Ideen. Ganz aufgeregt gingen sie die einzelnen Möglichkeiten durch, bis Tine auf die Uhr deutete. »Auch wenn du kündigen willst, solltest du nicht zu spät kommen.«

Die blonde Frau lief die Treppe hoch. Tine blieb vor ihrem Kaffee sitzen und lächelte. Es schien, dass ein Abenteuer das andere jagte. Aber in sich spürte sie immer noch die dunkle Vorahnung, die sie geweckt hatte.

Sie wollte sich zuerst ein Frühstück gönnen, ehe sie mit der Körperpflege begann. Der Blick durchs Küchenfenster zeigte ihr eine sich rasch bewegende Wolkenbank, die mehr Regen bringen würde. Tine war dankbar für das kühlere Wetter. Sie hörte Sharon die Treppe hinunter trippeln, dann schlug die Haustür zu. Im nächsten Augenblick sprang der Porsche an, und die Kieselsteine spritzten hoch.

Tine versuchte sich bei ihrem Müsli zu entspannen, aber dann wurde die Stille von lauten Stimmen gestört, gefolgt von einem zürnenden Knallen der Haustür. Im nächsten Moment wurde Demmy von einer verbissen aussehenden Stevie in die Küche gezerrt. Stevie hielt mit einer Hand das Handgelenk des jungen Mädchens fest umklammert, in der anderen Hand hielt sie eine Zeitung, die sie auf die Frühstücksbar warf.

Tine sprang das Foto in die Augen. Es war körnig, aber das unschuldige Gesicht Demmys war deutlich zu erkennen. Ihre Haare waren sorgfältig zur Seite gekämmt, damit die geschorene Hälfte des Kopfes bedeckt war. Ohrringe, Nasenring und Make-up waren verschwunden. Sie sah jung und verletzlich aus, die Augen weit geöffnet, die Lippen zu einem Schmollen verzogen.

Die Schlagzeile schrie: ›Von der Kunst korrumpiert‹. Tine schlug die Zeitung auf und stieß auf weitere Fotos. Das erste war die farbige Reproduktion des Fotos, das Tine unter ›demmy jpg‹ auf Johns Rechner gefunden hatte. Das junge Mädchen zwischen Johns Schenkeln. Ein schwarzer Streifen an der entscheidenden Stelle ließ das Foto noch abstoßender wirken, als die Fellatio in Wirklichkeit war. Daneben war das Gemälde abgebildet, das Tine dem Agenten zum Verkauf gegeben hatte.

Tine konnte jetzt nicht mehr verstehen, dass sie den Hintergrund des Gemäldes nicht sofort erkannt hatte. Trotz der Verfremdung, die John mit seinen Filtern bewirkt hatte, sah man deutlich die Konturen von Demmys Kopf und Johns Penis.

Sie hob den Blick und sah Demmy an. Das junge Mädchen bedachte sie trotzig mit ihren Gift versprühenden türkisfarbenen Augen. Stevie hielt Demmys Handgelenk immer noch fest. Tine las den Artikel.

Der Journalist hatte gründlich recherchiert. Er schrieb über Johns Erfolge in der Kunstwelt, über die Technik, mit der er seine Kunst herstellte, und über seinen überraschenden Tod. Der Stil blieb objektiv, bis er Demmy beschrieb, dann wurde er emotional und drückte auf die Tränendüsen.

Sie wurde als einziges Kind einer geschiedenen Mutter vorgestellt, behütet aufgewachsen und voller Unschuld. Eine angehende Künstlerin, hatte sie ein Praktikum bei John absolviert, weil sie seine Kunst bewunderte. Während der Zusammenarbeit hatte der Künstler das unschuldige Mädchen verführt und mit Geld korrumpiert – Geld, das Demmy, eine Studentin am Rand des Existenzminimums, bereitwillig angenommen hatte.

Über Tine wurde geschrieben, dass sie für eine Stellungnahme nicht zur Verfügung stand, und es wurde auch erwähnt, dass sie in den vergangenen Wochen Teile ihres Hauses vermietet hatte – unter anderem auch an die Tochter eines ›Pornobarons‹.

Johns Agent wurde zitiert; er hatte darauf hingewiesen, dass John niemals Modelle ohne deren Wissen und Zustimmung benutzt hatte.

Tine las den Artikel zu Ende, saß da und starrte blindlings auf die Zeitungsseite. Sie war nicht sicher, wann ihre Tränen zu fließen begannen, erst als ihr T-Shirt am Halsausschnitt feucht wurde, gewahrte sie, dass sie weinte. Sie blickte zu Demmy hoch.

»Du musst John sehr gehasst haben, um ihm das anzutun«, sagte sie leise.

Demmy sah sie verdutzt an und wich instinktiv zurück, als sie die Verletzung in Tines Augen sah. Das wütende Starren verflog. Was immer Demmy erwartet hatte, der Ausdruck der Trauer in Tines Augen war es nicht.

»Ich habe ihn geliebt! Er hätte mich nicht bezahlen müssen. Ich hätte es sowieso für ihn getan.« Demmys Stimme brach. Sie versuchte, ihre Wut zu verdrängen. Sie ließ sich gegen Stevie fallen, die den Griff um ihr Handgelenk nicht lockerte.

»Du bist es! Dich habe ich gehasst! Du bist durch das Haus geschwebt, als wärst du ein Engel. Immer lieb und freundlich, und doch so dumm. Du hast nie begriffen, dass du hättest abhauen sollen, damit ich ihn für mich allein haben konnte.« Die Stimme des Mädchens klang verbittert. »Dann ist er gestorben, und ich hatte nichts mehr. Du besitzt alles. Und für mich hattest du keine Zeit, du dumme alte Kuh.« Sie jammerte laut, und in ihr Jammern drang die Klingel der Haustür.

Tine zuckte zusammen, als wachte sie aus einem Traum auf. Sie erhob sich und starrte erschrocken und fasziniert zugleich auf das zeternde Mädchen. Stevie hatte die Schultern Demmys in einen harten Griff genommen hatte. Mehr Trost würde sie von Stevie nicht erwarten können.

Tine war bewusst, dass Stevie dem Jammern Demmys nicht traute, und sie war selbst verblüfft, dass sie sich von Demmys Wehklagen nicht hatte rühren lassen. Tine bedauerte John, der posthum in den Schmutz gezogen wurde, ganz egal, wie groß sein Unrecht gewesen war.

Tine ging langsam zur Tür und öffnete sie. Eine große junge Frau stand vor ihr. Sie war schlank und gebräunt, und ihre glatten schwarzen Haare fielen ihr bis auf den Po. Sie trug ausgeblichene Jeans, ein kariertes Hemd und abgenutzte Doc Martins. Zu ihren Füßen lag ein ausgemusterter beigefarbener Armeerucksack. Ihr breites Gesicht mit den schwarzen Augen unter den wuchernden Brauen verriet ihre indianische Abstammung.

Einen Moment lang betrachteten sie sich gegenseitig.

Dann sagte die Besucherin: »Hallo, Astyr.«

Die Frau hatte eine tiefe, sanfte Stimme. Tine war so verdutzt darüber, dass die Besucherin ihren Chat-Namen nannte, dass sie kein Wort herausbrachte.

»Ich bin Dickens.«

Tine blinzelte, der Blick angezogen von Dickens' frei schwingenden Brüsten unter dem Hemd sowie vom flachen Schritt in den Jeans, wo die Beule seiner Männlichkeit hätte sein sollen. Sie war wie vor den Kopf geschlagen.

»In Wirklichkeit«, sagte die Frau, »heiße ich Sky. Es tut mir Leid, dass ich dich auf diese Weise überfalle. Ich hätte dich nicht so lange über mein Geschlecht täuschen sollen.«

»Ich bin Tine.« Allmählich erholte sie sich von der Überraschung. »Ich … ich habe wirklich nicht mit dir gerechnet. Du erwischst mich in einem ungünstigen Augenblick. Aber komm herein.«

Sie hatte vor, Sky ins Wohnzimmer zu führen, um die Küche zu meiden, aus der immer noch Demmys Schluchzen drang. Aber es war Sky, die die Initiative übernahm. Sie überholte Tine im Flur und ging in die Küche. Sie blieb an der Tür stehen, betrachtete die Szene, die sich ihr bot, und sagte laut: »Hör auf, Mädchen. Deine Tränen überzeugen niemanden.«

Demmy starrte in Skys ungerührtes Gesicht und hörte tatsächlich auf zu schluchzen. Sky setzte sich ihr gegenüber und musterte sie ausgiebig, bis Demmy auf ihrem Schemel unruhig hin und her rutschte.

»Ich bin eine waschechte Indianerin, und ich sehe, dass du den Schakal in dir hast«, sagte Sky schließlich. »Ich sehe, dass du am falschen Ort bist und den falschen Weg eingeschlagen hast.«

Stevie sah Sky verblüfft an, aber sie genoss die unerwartete Konfrontation. Ohne es zu bemerken hatte sie den Griff auf Demmys Schultern gelockert, und das Mädchen nutzte diese Situation sofort aus.

Demmy riss sich los und wollte aus der Küche laufen. Dabei stieß sie gegen Tine, die von dem Anprall zu Boden fiel. Demmy geriet ins Stolpern und prallte gegen die Kante der Frühstücksbar. Sky streckte den Arm aus und hielt sie fest.

»Komm rüber und setz dich neben mich«, sagte Sky streng, und zu aller Verwunderung gehorchte Demmy klaglos, während Stevie sich bückte, um Tine wieder auf die Füße zu bringen.

Tine war froh, sich mit der Vorbereitung des Frühstücks ablenken zu können. Sky las den Bericht in der Tageszeitung. Stevie beschränkte sich darauf, abwechselnd Demmy anzustarren und die neue Besucherin zu mustern. Als die Indianerin den Artikel gelesen hatte, faltete sie die Zeitung zusammen und legte sie neben sich.

Tine hatte ihr gebutterten Toast und Orangensaft vorgesetzt, und als sie ihr Frühstück verspeist hatte, verkündete sie, dass sie müde vom Flug war und mindestens fünf Stunden schlafen möchte.

»Und dir kann ich nur raten, hier zu sein, wenn ich aufwache. Ich muss mit dir reden.« Sie sah Demmy wieder eindringlich an, und das Mädchen nickte.

Tine führt Sky in ihr eigenes Zimmer. Auf dem Bett lagen noch die Sachen aus Richards Boutique, die von Sky interessiert beäugt wurden.

»Tine oder Astyr, du bist eine sehr interessante Frau.« Sie bückte sich und gab ihr einen Kuss auf die Wange, dann legte sie die Arme um die zierliche Frau. »Ich bin erschöpft. Ich erkläre später, warum ich hier bin. Aber ich freue mich riesig, dich zu sehen.«

Tine lächelte.

Sky war erst vor einer guten halben Stunde in ihrem Leben aufgetaucht, und schon schien sie ein Teil des Hauses zu sein. Tine hätte ein wenig Zeit für sich selbst gebraucht, aber sie musste hinunter zu Demmy gehen und ihren Standpunkt klar machen.

Während sie zurück in die Küche ging, fiel ihr ein, dass die Telefonanrufe gestern die vergeblichen Versuche des Journalisten gewesen waren, sie zu einer Stellungnahme zu bewegen. Auch jetzt schrillte der Apparat wieder, aber sie wollte mit niemandem reden. Der Schaden war angerichtet, dagegen konnte sie nichts mehr ausrichten.

»Aber es muss aufhören«, murmelte sie resolut. Sie trat in die Küche und wiederholte diesen Satz, als sie Demmy sah.

»Das muss aufhören.« Demmy wollte etwas erwidern, aber Tine fuhr fort: »Hast du mich verstanden, Demmy? Du wirst damit aufhören, sonst wirst du den Tag bereuen, an dem du das erste Mal dieses Haus betreten hast.« Sie wartete einen Moment und spürte, wie der Zorn in ihr anschwoll. Es war wie ein kochender Schwall, der sie erhitzte, gefolgt von einer kalten, entschlossenen Ruhe.

»Wenn du mich oder Johns Andenken noch einmal in den Schmutz ziehen solltest, dann werde ich dafür sorgen, dass niemand dich auch nur mit dem Hintern ansieht. Niemand wird dich beschützen, niemand wird dir auf die Füße helfen, wenn du gefallen bist. Du bist ein kleines dummes Mädchen, das vom Leben noch keine Ahnung hat. Habe ich mich klar genug ausgedrückt?«

Demmy war so schockiert, dass sie keinen Ton herausbrachte. Es konnte keinen Zweifel daran geben, dass die ältere Frau es verdammt ernst meinte. Demmy saß wie gebannt da und rührte sich nicht.

»Ich habe dich nicht verstanden, Demmy«, zischte Tine. »Habe ich mich klar genug ausgedrückt?«

»Ja.«

»Und jetzt verschwinde aus meinem Haus. Ich werde dich anrufen, wenn Sky mit dir reden will, und dann erwarte ich, dass du rennst. Und bringe auch das Band mit, sonst werde ich dich wegen Diebstahls anzeigen.«

Tine wartete gar nicht erst ab, ob Demmy was einzuwenden hatte. Sie drehte sich um und legte sich im Wohnzimmer auf die Couch. Sie atmete bewusst tief ein und aus, um die Wut zu beherrschen, die sich in ihr breit gemacht hatte. Ihr Nacken fühlte sich steif an, und ihre Schultern waren verspannt.

Sie hörte, wie die Haustür leise ins Schloss fiel. Tine atmete erleichtert aus. Wenn Demmy geblieben und sich wieder mit ihr angelegt hätte, wäre sie wahrscheinlich handgreiflich geworden, obwohl sie eher die Unterlegene gewesen wäre. Sie war immer noch wütend, und Tränen der Ohnmacht schossen ihr in die Augen. Sie fragte sich, ob sie den Artikel hätte verhindern können, wenn sie das Mädchen schon vorher zurechtgestaucht hätte.

Nachdem Tine aus der Küche gegangen war, hatte Demmy noch eine Weile auf ihrem Platz gesessen, blass und eingeschüchtert, dann war sie langsam aufgestanden und hatte das Haus leise verlassen. Sie würde erst wiederkommen, wenn Tine es ihr erlaubte, und Stevie war auch sicher, dass sie das Band zurückbringen würde. Tines Zorn hatte Demmy entsetzt, und Stevie hätte sie am liebsten getröstet.

Stevie hörte das Telefon, aber sie ging nicht dran, weil sie annahm, dass Tine abheben würde. Aber nach dem fünften Klingeln nahm sie den Hörer in die Hand. Sie meldete sich und sagte, nein, Tine sei nicht zu sprechen, aber der Anrufer ließ sich nicht abwimmeln. Sie ging ins Wohnzimmer, wo Tine auf der Couch lag.

»Johns Agent ist am Apparat. Er sagt, die Angebote für Johns Gemälde hätten sich verdoppelt, und ob du noch weitere Bilder aus der Privatsammlung verkaufen möchtest. Er will unbedingt mit dir sprechen.«

Stevie redete leise, denn Tines Gefühlsausbruch hatte sie beeindruckt. Sie hatte ihn der zierlichen Frau nicht zugetraut, und Stevie zweifelte auch nicht daran, dass sie ihre Drohung wahr machen würde, falls Demmy nicht von ihrem Rachekurs abwich.

Es hätte Stevie auch nicht gewundert, wenn Tine gewalttätig geworden wäre. Sie war darauf vorbereitet, sich schützend vor Demmy zu stellen – nicht nur, um Demmy zu schützen, sondern auch Tine. Stevie glaubte im Gegensatz zu Tine, dass Demmy die Verliererin gewesen wäre.

Tine lag auf dem Sofa, die Augen geschlossen, das Gesicht eingefallen.

»Danke«, sagte sie leise. »Sage ihm bitte, dass kein Werk aus der Privatsammlung verkauft wird, und das Bild, das er hat, soll er schleunigst zurückbringen. Die Sammlung soll niemals auseinander gerissen werden.«

Stevie ging hinaus und gab die Nachricht weiter. Sie erstickte die wilden Proteste und Verwünschungen, indem sie den Hörer auflegte, dann kehrte sie ins Wohnzimmer zurück und setzte sich zu Tine auf die Couch. Sie hob Tines Fuß an und begann eine Fußzonenreflexmassage.

»Nur du«, murmelte Stevie, während sie den Daumen gegen die Fußsohle drückte, »kannst in einem T-Shirt und ohne Slip so furchteinflößend aussehen.« Tine kicherte ausgelassen, und dann kam ein Seufzer über die Lippen, als Stevie den großen Zeh bearbeitete.

Sie ließ sich Zeit und konzentrierte sich auf Tines Zehen, nahm sich jeden einzeln vor, drückte und kniff sie. Allmählich entspannte Tine sich, und Stevies Massage schlich sich über die Druckpunkte in Tines Muskeln ein.

»Du brauchst eine richtige Shiatsu Massage.«

Tine wandte ein: »Du musst müde sein, Stevie. Ich nehme an, du hast nur wenig geschlafen.«

Sie erzählte von Sharons Rückkehr in Begleitung der Polizei.

Stevie war entsetzt. Nach ein paar Stunden hatte sie den Club verlassen, müde und erschöpft, obwohl Sharon noch voller Energie schien. Die junge blonde Frau war ein großer Erfolg im Club gewesen, deshalb hatte Stevie nicht geglaubt, sie müsste auf Sharon aufpassen. Dass sie sich mit Jerry zum Sex im Einkaufszentrum verabredet hatte, hatte sie natürlich nicht gewusst – und wenn, hätte sie nichts unternommen, um Sharon davon abzubringen.

Tine richtete sich auf, lehnte sich mit dem Rücken gegen das Kopfende der Couch und zog die Beine an. Offenbar war ihr nicht bewusst, dass sie damit ihre Scham entblößte. Sie berichtete Stevie mit glühenden Augen über ihre Bereitschaft, mit Sharon zusammen eine Boutique zu eröffnen. Die Worte purzelten nur so aus ihrem Mund, und in jedem Wort schwang ihre Begeisterung mit.

Stevie freute sich mit ihr. Im Wohnzimmer herrschte diffuses Licht, die Vorhänge waren zugezogen. Mit dieser schwachen Beleuchtung sah Tine wie ein Kind aus, sanfte Konturen, blasse Haut. Während sie sprach, bewegten sich ihre Zehen. Stevie konnte sich nicht länger zurückhalten und streichelte Tines Waden. Sie wollte sie unbedingt berühren, ganz egal wo. Die Grenze ihres Sehnens war erreicht. Sie wollte ihre Hände streicheln lassen, Tines Haut und Gerüche erfahren.

Das Angebot einer Massage war ein harmloser Vorwand, um ihre Sehnsucht zu stillen. Um das zu bekommen, was sie haben wollte. Sie wusste, dass sie geschickte Hände hatte, und nun hoffte sie nur, dass sie sich beherrschen konnte und sich genug Zeit ließ.

»Jetzt die Massage?«, fragte sie.

Tine zögerte einen Moment. Sie bewegte die Schultern und zog eine Grimasse. »Ja«, sagte sie dann. »Ich hätte sehr gern eine Massage.« Sie erhob sich von der Couch und zog sich das T-Shirt über den Kopf. Sie war nackt. Sie warf ein paar Kissen auf den Boden und legte sich bäuchlings darauf. Sie rutschte noch ein wenig herum, bis sie eine bequeme Position gefunden hatte, dann wartete sie.

Stevie sah sie entzückt und überrascht an. Sie war an schüchterne Kundinnen gewöhnt, die auf Anweisungen warteten. Tine lag da, bereit und entspannt. Sie atmete tief ein und aus, und ihre Beine waren ein wenig auseinander. Tines willfährige Bereitschaft bestätigte den Verdacht, den Stevie schon am Anfang gehegt hatte: Die ältere Frau hatte sich selbst gegenüber eingestanden, dass sie Stevie nicht nur attraktiv, sondern auch sexuell begehrenswert fand.

Stevie war eine aufmerksame Therapeutin. Trotz ihrer Erregung konzentrierte sie sich darauf, die verkrampften Muskeln in Tines Nacken zu lockern. Sie arbeitete langsam und methodisch, um den Energiefluss durch die Druckpunkte zu leiten. Wärme durch Reibung bringt Heilung.

Sie presste bestimmte Stellen am Rücken und spürte den natürlichen Widerstand unter ihren Handflächen, eine Choreographie, die zwischen Therapeutin und Patientin ablief und in der Hingabe endete.

Tine hatte sich ganz in ihre Hände begeben, und Stevie spürte, wie ihre Kraft in die zierliche Gestalt auf dem Boden floss. Die Haut wärmte sich unter ihren Fingern. Die Hände strichen fest über Tines Schenkel, hinunter zu Waden und Knöcheln. Stevie entdeckte Tines Energiereserven und massierte sie, bis sie aktiv wurden.

Erst als Tine sich umdrehte und auf dem Rücken lag, geriet Stevies Entschlossenheit, ihre Arbeit professionell zu beenden, ins Wanken. Vor ihr lag der Mensch, den sie am meisten begehrte, nackt und ausgestreckt, ihr ausgeliefert. Mit hungrigen Blicken starrte sie auf den feinen Körper, auf die kleinen Brüste mit den dunklen Warzen. Tines Nippel, der weichen Wärme der Kissen beraubt, schrumpften. Der flache Bauch hob und senkte sich bei jedem Atemzug. Die Schenkel waren leicht gespreizt. Ihre Scham sah wie eine geschlossene Venusmuschel aus, als wollten sie die Perle in ihrem Inneren beschützen.

Wenn Tine das leichte Zittern von Stevies Händen spürte, ließ sie es sich nicht anmerken. Vielleicht hielt sie die Luft eine Sekunde länger an, aber die Veränderung war so geringfügig, dass Stevie sie sich vielleicht nur eingebildet hatte.

Sie grub mit beiden Händen über Tines Hüften und Bauch. Die Brüste hüpften leicht, wenn die Hände vom Bauch aus über die Rippen strichen. Tines Körper folgte den gleichmäßigen Bewegungen von Stevies Händen.

Tines Nippel hatten sich ein wenig erholt, aber sie waren noch gerunzelt. Stevie lächelte versonnen; ihre eigenen Brustwarzen hatten sich längst versteift und rieben gegen den Stoff ihres Jogginganzugs. Sie strich mit den Händen ein wenig höher und berührte die Unterseiten von Tines Brüsten. Ihre Finger griffen über die Halbkugeln und berührten ganz leicht die zusammengezogenen Warzen.

Tine atmete schwer. Sie hob den Körper an, um sich härter an Stevies Händen zu reiben, und sie entspannte sich erst, als Stevie fest über die Brüste rieb und die Warzen zwischen Daumen und Zeigefinger nahm. Ihre Geduld wurde belohnt, als Tines Bauchmuskeln zu zittern begannen. Das Beben lenkte ihre Blicke nach unten, und die Hände folgten den Blicken.

Stevie umspannte Tines Hüften, die Finger zum Venusberg gestreckt. Tine spannte die Gesäßmuskeln an, stöhnte und begann zu bibbern. Die fleischigen Muschelschalen hatten sich geöffnet und gaben den Blick frei auf die rosigen inneren Labien. Die kleine Perle lugte aus der Hülle heraus.

Die Therapeutin schob die Hände zwischen Tines Schenkel, die sich wie von selbst öffneten, noch bevor Stevie leichten Druck ausübte. Sie ließ die Daumen über die Labien kreisen, rieb dann mit allen Fingern an den Lenden entlang, ehe sie zur Vulva zurückkehrten und die Labien auseinander zogen.

Mit einer Hand setzte Stevie die sinnliche Massage fort, mit der anderen zog sie am Reißverschluss ihrer Jacke. Darunter war sie nackt.

Sie kniete sich, schob einen Daumen unter den Hosenbund und zog ihn nach unten. Sie schwenkte die Hüften so lange, bis die Hose rutschte. Sie stand kurz auf, und die Hose rutschte weiter bis auf die Füße. Dann schob sie die Jacke von den Schultern, und als sie den anderen Arm von der Jacke befreien wollte, nahm sie bei Tines Vulva einen Handwechsel vor.

Jetzt war sie nackt zwischen Tines Schenkeln, und sie konnte endlich wieder beide Hände einsetzen.

Ihre Finger strichen behutsam über den gesamten Schambereich, es war ein Streicheln so sanft wie von einer Feder. Sie rieb sanft über die Innenseiten der Schenkel, drückte dann mit den Daumen wieder die Labien auseinander und sah, wie die fleischige Perle gewachsen war.

Stevie rutschte ein wenig höher, beugte sich tief hinab und ersetzte die Hände mit ihrem Mund. Jetzt ließ sie die Zunge kreisen wie vorher die Finger, unermüdlich, bis sie hörte, wie Tine scharf die Luft einsog und das Gesäß anhob, um Stevies Zunge in sich zu spüren.

Stevie wartete nicht länger. Ihre Zunge drang zwischen die glitschigen, geschwollenen Labien und leckte mit tiefer Befriedigung durch die warme Furche. Sie fing die süßen Säfte mit der Zunge auf und atmete tief ein, um alle ihre Sinne zu betören. Die Kontrolle, die sie bis jetzt ausgeübt hatte, war geschwunden. Fiebrig und hungrig labten sich Zunge und Lippen am nun weit geöffneten Schlund.

Ihre eigene Spalte forderte Beachtung, lechzte nach der Begegnung des Fleisches. Stevie wollte mit Tine verschmelzen, sie sollten ihre Säfte teilen und ihre Lust. Sie kroch ein wenig höher, schob ein Knie zwischen Tines Schenkel, verlagerte ihr Gewicht auf die Ellenbogen und schwebte dicht über der zierlichen weißen Frau.

Stevie beugte den Kopf und nahm eine von Tines Brustwarzen in den Mund. Ihre Zunge strich rotierend darüber, dann schnappte Stevie so viel von der Brust in den Mund, wie sie fassen konnte. Dann nahm sie sich die andere Brust vor, bis Stevie sich vor Anstrengung kaum noch auf den Ellenbogen halten konnte und der salzige Schweiß von ihrer Stirn auf Tines feste Brüste tropfte.

Nach einer Weile traute sie sich, Tine in die Augen zu sehen. Sie reflektierten die Lust, die auch Stevie empfand. Unruhig bäumte Tine sich auf. Stevie legte sich behutsam auf sie, und die Brüste rieben gegeneinander. Tine ruckte den Unterleib hoch, und Geschlecht rieb sich an Geschlecht, ein wunderbarer Kontrast von Schwarz und Weiß.

Tine rieb sich an Stevies Knie, und Stevie drückte es fest gegen das nasse Dreieck. Sie bewegten sich gegeneinander, ihr Atem kam gepresst. Stevie verlagerte ihr Gewicht auf die Seite, um Tine mehr Platz für ihr rhythmisches Rucken zu lassen.

Tine streichelte Stevies Brüste, die kleinen Finger kundig und flink, als sie die steifen dunklen Brustwarzen rieben und zwickten. Die anfängliche Gier nach einem Orgasmus war einem träumerischen Glühen gewichen, das keinen Zeitdruck, kein Drängen zuließ. Tine beugte sich vor und nahm Stevies Nippel zwischen die Lippen.

Sie erforschten sich gegenseitig, während sie das sanfte Wiegen der Hüften beibehielten. Finger und Zungen erkundeten Hautfalten, Beugen und Erhebungen. Tine lehnte sich zurück, um Stevie Zugang zu ihrem Oberkörper zu gewähren. Sie barg ihr Gesicht in Tines Halsbeuge und atmete den Duft der körperlichen Anstrengung ein.

Als sich ihre Münder wieder trafen, schienen alle Sinne sich auf die Begegnung der sanft neckenden Zungen zu konzentrieren. Ein neugieriger Finger schlüpfte dazwischen und tänzelte mit den Zungen gemeinsam, drang mal in diesen, mal in jenen Mund ein und duellierte sich mit den Zungenspitzen.

Tine saugte Stevies Unterlippe ein und nahm sie zwischen die Zähne, nagte und biss leicht. Die scharfen Zähne strichen neckend über das zarte innere Fleisch. Stevie saugte an Tines Oberlippe, hielt sie fest, ließ sie dann los und küsste sie.

Es war ihnen nicht bewusst, dass sie immer noch Scheide an Scheide rieben. Dunkle Hüften wiegten sich mit blassen, aber allmählich wurden die Bewegungen hektischer, drängender. Immer stärker rieben sie gegeneinander, bis es sich zu einem regelrechten Stoßen auswuchs.

Im nächsten Moment verharrten sie beide; nur die Echos ihrer Stöße hallten noch in ihren Körpern wider. Stevie sah Tine mit weit aufgerissenen Augen an, als der zierliche Körper geschüttelt wurde.

Tine hatte die Augen fest geschlossen und schlang die Arme um Stevies Nacken. Sie drückte sich an die schwarze Frau und stöhnte ihren Orgasmus heraus. Voller Leidenschaft presste Tine ihren Mund auf Stevies Lippen, aber nur kurz, denn die Ekstase schnürte ihr die Luft ab.

Nach einer Weile nahmen sie das leichte sinnliche Wiegen der Hüften wieder auf, um das köstliche Pochen in ihrem Innern zu verlängern, dann ebbte es allmählich ab, und sie lösten ihre verschwitzten klebrigen Körper voneinander und küssten sich wieder.

Ihre Trance wurde durchbrochen, als es leise an die Wohnzimmertür klopfte.

Stevie rief »herein«, nachdem sie sich mit Tine wortlos verständigt hatte. Sky kam herein und drückte ihnen zwei Tassen dampfenden Kaffees in die Hände. Sie ging gleich wieder, kehrte dann aber mit ihrer eigenen Tasse Kaffee zurück und setzte sich zu dem gesättigten Paar im Yogasitz auf den Boden.

Sky hatte ihre Jeans gegen Baumwollshorts getauscht. Ihre langen Beine waren unglaublich schlank. Sie drückte ihre Fersen gegen ihren Schoß.

»Also, Astyr ...« Sie lächelte zuerst Tine an, dann Stevie. »Nun erzähle mir mal, was in der Zwischenzeit vorgefallen ist, damit ich auf dem Laufenden bin.« Lustvoll sah sie auf die beiden nackten Körper.

Niemand hätte ahnen können, wie neu eine solche

Situation für Sky war, und sie selbst erstaunte darüber, wie angenehm ihr die Gegenwart der beiden nackten Frauen war. Dieses Haus strahlte eine Aura der Toleranz und der Friedfertigkeit aus. Durch alle Poren der Wände drang Liebe.

Fünfzehntes Kapitel

»Rupe wird es umhauen, wenn er dich sieht, Dickens«, sagte Tine. Sie lag auf dem Rücken und hatte sich aufgerichtet, gestützt auf die Ellenbogen. Sie wandte sich an Stevie und berichtete von ihrer Chat-Freundschaft mit Rupe und Sky, die sich im Chatroom Dickens nannte.

Steve hörte fasziniert zu und rang Tine das Versprechen ab, sie in das Medium einzuführen.

Ihnen ging der Gesprächsstoff nicht aus. Tine und Stevie beschrieben Sky die anderen Hausbewohner, und das erinnerte Sky an Demmy.

Tine warf sich ihr T-Shirt über und ging in ihr Arbeitszimmer. Sie fand Demmys Telefonnummer und tippte die Ziffern ein. Der Hörer wurde schon nach dem ersten Klingeln abgenommen.

»Hallo. Ja?« Tine ließ sich von Demmys Klein-Mädchen-Stimme nicht beeindrucken.

»Komm«, sagte sie und legte den Hörer sofort wieder auf. Sie wusste, dass Demmy schon unterwegs war.

Das Telefon klingelte, als sie gerade wieder das Wohnzimmer betrat. In diesem Moment stürmte Sharon durch die Haustür und rannte zum Telefon. Sharon sah euphorisch aus, sie öffnete die von einem Band gehaltenen Haare und streifte die Kostümjacke von einer Schulter.

Sie wechselte den Hörer von einem Ohr zum anderen und schob die Jacke auch von der zweiten Schulter. Sie klemmte den Hörer zwischen Schulter und Kinn und schlängelte sich aus dem Rock, trat ihre Schuhe von den Füßen und stand da, froh darüber, die einengende Kleidung abgestreift zu haben.

Tine lehnte sich gegen den Türrahmen, schaute

Sharon beim Strip zu und erinnerte sich an das erste Mal, als die blonde Frau sich in der Küche entkleidet hatte. Es war inzwischen zu einem Ritual geworden.

Tine war glücklich über ihre Freundschaft mit Sharon, aus der bald eine geschäftliche Partnerschaft erwachsen würde. Sie hatten eine fröhliche Zukunft vor sich. Als Partnerinnen, die Leben, Liebe und Abenteuer teilten. Dass sie so verschieden waren, schien der Garant für ihre Freundschaft zu sein. Sie wussten schon, dass kein Mann sich zwischen sie stellen konnte – es sei denn, er bediente sie beide gleichzeitig.

Sharon winkte Tine zu und flüsterte: »Ich hab's getan!« Dann konzentrierte sie sich wieder auf den Anrufer. Sie zeigte auf den Hörer und murmelte: »Richard.«

Tine lächelte und ging zurück ins Wohnzimmer. Bevor sie die Tür hinter sich zuzog, hörte sie Sharon sagen: »Oh, ich habe Tine gerade gesagt, dass ich gekündigt habe.« Dann, nach einer kurzen Pause: »Ja, lass es uns machen.«

Die Szene im Salon hatte sich kaum verändert. Stevie hatte ihre Jogginghose wieder angezogen, aber ihre Brüste schwangen noch frei, um bewundert zu werden. Diese Aufgabe wurde bereitwillig von Sky wahrgenommen.

Sharon gesellte sich bald zu ihnen. Sie hatte jetzt auch die Bluse ausgezogen und trug ein pfirsichfarbenes Mieder, dazu ein passender Tanga und Strapse. Sie ließ sich auf den Teppich sinken, legte sich auf den Rücken und strampelte mit den Beinen in die Luft. Dabei rollte sie ihre Strümpfe langsam nach unten, wobei sie die anderen keck anschaute.

»Na, das passt doch zur Tochter des Pornobarons, was?«

Sie hatte den Artikel in der Zeitung gelesen und ihren Vater angerufen. Er hatte sich am meisten darüber erregt, dass Tine in den Schmutz gezogen worden war, und er sorgte sich auch um seine Tochter. Deshalb hatte er an Demmy kein gutes Haar gelassen. Er würde Schritte unternehmen, um weitere Veröffentlichungen zu verhindern.

Richard wollte auch bald kommen, um mit Tine und Sharon über die zukünftige Partnerschaft zu reden, sagte Sharon und sah Tine dabei blinzelnd an. Der spitzbübische Ausdruck auf Sharons Gesicht verriet Tine, dass sie von Richards Besuch weit mehr erwarten sollte als nur ein geschäftliches Treffen.

Erst jetzt nahm Sharon wahr, dass noch jemand im Zimmer war. Mit großen Augen starrte sie Sky an. »Du hast ja noch längere Beine als ich!« Sie forderte einen Vergleich. Sky streckte lachend ihre Beine aus, und Sharon legte sich daneben. Es stimmte; Sharon hatte die längeren Beine.

Als es an die Haustür klopfte, öffnete Tine. Demmy stand vor ihr. Das junge Mädchen war so verunsichert, dass es sich nicht getraut hatte, die Klingel zu drücken, denn das ganze Haus brauchte ja nicht zu wissen, dass sie da war. Als Tine sie ins Wohnzimmer führte, erkannte Demmy, dass ihr Bemühen vergeblich gewesen war.

Verglichen mit den Anwesenden war sie in ihrem kurzen schwarzen Kleid ›overdressed‹. Sie hatte wieder ihren Schmuck angelegt, und die Frisur zeigte auch wieder den vorherigen Stil, der nur verändert worden war, damit der Fotoreporter das Bild des ›unschuldigen‹ Mädchens schießen konnte. Mit gesenktem Kopf reichte sie Tine das Band, das sie vor ein paar Tagen gestohlen hatte.

Sky klopfte neben sich auf den Boden. Demmy seufzte, ließ sich dann aber neben der großen Indianerin nieder.

Sharons ungezwungene Fröhlichkeit, Stevies tiefe Befriedigung nach der intimen Begegnung mit Tine und Skys gelassene Neugier ließen eine schlechte Stimmung nicht zu. Es dauerte nicht lange, bis Demmy auflebte und sich schlagfertig und klug an der Unterhaltung beteiligte. Ihr Lachen klang so schmutzig, dass die anderen Frauen zu kichern begannen. Trotz ihrer Untaten hatte sie bald heraus, dass sie keine Strafe zu befürchten hatte, und wenn sie nicht mehr aus der Reihe tanzte, würde sie in diese Gesellschaft aufgenommen.

Tine setzte sich nicht wieder hin. Sie ging in die Küche und stellte aus den Resten, die sie im Kühlschrank fand, ein Abendessen zusammen. Verschiedene Salate, Baguette, Käse, Zwiebel. Sie trug die Schüsseln ins Wohnzimmer, dann brachte sie Flaschenbier, gekühlten Chablis und die dazu gehörenden Gläser hinein.

Stevie sprang auf, um ihr zu helfen, und dabei berührten sich ihre Finger immer wieder auf eine sehr intime Art, was Sharon nicht entging. Die schwarze Frau war immer noch halb nackt und schien sich sehr wohl zu fühlen.

Sharon erkannte die Leidenschaft in Stevies Augen und überlegte, was Rupe davon halten würde. Aber Eifersucht war nicht Rupes Ding, glaubte Sharon. Natürlich wusste sie, dass auch ihr Vater an Tine interessiert war. Seltsam, dachte sie, nach Tines Erwachen konnte sie sich über mangelnden Zuspruch der Männer nicht beklagen. Sie hoffte nur, dass Richard schlussendlich die Nase vorn haben würde.

Sharon und ihr Vater hatten sich nie entzweit, aber nach dem Tod der Mutter hatte es eine Menge Reibereien gegeben. Sie hatte seine volle Aufmerksamkeit verlangt, und wenn neue Frauen sein Bett erobert hatten, war sie wütend gewesen und hatte böse und kindisch reagiert. Aus Trotz hatte sie diesen Bürojob übernommen, bei dem sie Disziplin gelernt hatte.

Aber jetzt hatte der Job seine Schuldigkeit getan. Sie konnte auf der Karriereleiter ein ganzes Stück nach oben klettern.

Sie sah sich um. Sie war umgeben von sehr sinnlichen Frauen. Stevies dunkle Augen glänzten immer noch voller Befriedigung, und die festen Brüste reckten sich stolz nach oben. Sky hatte sich auf dem Teppich ausgestreckt und teilte ihre Aufmerksamkeit zwischen Tine und Stevie. Tine bückte sich, um im Sideboard irgendwas zu finden. Ihr T-Shirt rutschte hoch und entblößte ihren Po. Bei ihr sah das nicht provozierend, sondern ganz natürlich aus.

Sie schaute hinüber zu Demmy. Das junge Mädchen verschlang ihr Essen. Ihre Finger griffen nach Salatblättern und Oliven. Man hörte das Blatt zwischen ihren Zähnen knacken. Dann schob sie die Olive lustvoll zwischen die Lippen. Sie ließ sie dort eine Zeit lang verweilen, hielt sie mit den Lippen fest und drückte sie dann mit einem ›Plopp‹ hinein. Sie leckte sich die Finger ab. Die Zunge huschte über die Fingerspitzen, ehe sie jeden Finger einzeln in den Mund steckte und saugte.

Sie ist bestimmt ein gieriges Mädchen, dachte Sharon, unkompliziert in ihrer Lust und immer willig.

Schließlich war da noch Sky. Sharon konnte nur ihr Profil sehen. Die Indianerin war groß mit schwungvollen Konturen ihrer Figur ausgestattet. Ihr Gesicht zeigte einen eher zurückhaltenden Ausdruck, aber Sharon schätzte, dass dies eher Tarnung oder Unsicherheit war. Sie hielt Sky für eine sehr leidenschaftliche Frau.

»Wir sind schon eine sehr bunt gemischte Gruppe«, murmelte Sharon und schüttelte verwundert den Kopf.

Sie hatte das gerade ausgesprochen, als Rupe mit einem Fremden eintrat. Niemand hatte das Öffnen der Haustür gehört, entsprechend groß war die Überraschung. Rupe blieb in der Tür stehen, schaute ins dunkle Wohnzimmer und zeigte sein Erstaunen. Als er sich wieder umdrehen wollte, bemerkte Tine seine Verwirrung und sprang auf die Füße.

Sie nahm ihn an die Hand und zog ihn hinunter auf den Teppich. Dem fremden Mann gab sie durch Gesten zu verstehen, dass auch noch Platz und Essen für ihn da war. Die beiden Männer fügten sich, und Tine stellte die anderen Hausbewohner vor.

Juan, der Fremde, war auch ein Programmierer. Er war älter als Rupe, aber fast identisch gekleidet, abgeschnittene Jeans und ein weites T-Shirt, das schon oft den Waschsalon gesehen hatte. Er hatte eine hellere Haut als Rupe, seine Haare waren glatt und hellbraun und lang, im Nacken mit einem rosa Band zusammengefasst, das er vielleicht von der Freundin ausgeliehen hatte. Er hatte ein offenes Gesicht und intensiv blickende Augen. Wenn er ein Salatblatt aus der Schüssel nahm, streichelten seine langen Finger darüber. Tine schätzte ihn auf Anfang dreißig.

Wenn Juan verwundert war über die Zurschaustellung von so viel weiblicher Haut, zeigte er es nicht. Er sah sich ausgiebig um, und sein Blick blieb auf Stevies nackten Brüsten haften, auf Skys ausgestreckten Beinen und Sharons Schenkeln. Er musterte Demmy mit lüsternen Blicken, während Rupe nur Blicke für Tine übrig hatte, die Rupe umarmte, während Stevies Augen leuchteten, als sie Sharon ansah. Dann aber sah sie zu Demmy hin, und ihr Blick verdunkelte sich.

Sharons Pose war unzweifelhaft provozierend. Ein Schenkel rieb sich an Sky, und der Slip bedeckte kaum noch den Venushügel. Die Brüste sprengten fast den Stoff des Mieders. Ein Tropfen des Salatdressings war vom Salatblatt gefallen und garnierte ihre Brüste.

Sie streckte einen Finger aus, wartete ab, bis das Dressing den pfirsichfarbenen Stoff des Mieders erreicht hatte, das ihre Nippel so gerade bedeckte, und fing die würzige Tunke auf. Sie leckte den Finger ab, ließ ihn ein paar Sekunden zwischen den Lippen und fuhr dann mit der Fingerkuppe über den beschmierten Stoff. Ihre Nippel versteiften sich, und dabei schaute sie in Juans Augen.

Juan stellte seinen Teller auf den Schoß, wo sich der Penis deutlich abzeichnete. Er sah sich um, als wollte er sich vergewissern, dass niemand das Zucken in seiner Hose gesehen hatte. Als er bemerkte, dass Sky und Demmy ihn im Auge hatten, wuchs seine Erregung noch.

Demmy leckte sich die Lippen. Sky sah jetzt amüsiert auf Sharons Brüste.

Rupe hatte Juan schon viel vom Haus und seinen Bewohnern erzählt. Er wusste auch, dass es ein Haus von toleranten Menschen war. Juan glaubte, sein Freund Rupe habe das Paradies gefunden. Er sah auch, dass Stevie und Sky offenbar Frauen bevorzugten, dass Demmy nahm, was sie kriegen konnte, und dass Sharon so etwas wie ein Freigeist war. Tine war äußerst charmant. Ihre Sexualität schien überzukochen. Es war, als wartete sie auf den Funken, der auf alle anderen überspringen würde.

Juan schob seinen Teller zur Seite. Die Erektion beulte die kurzen Jeans aus. Eine Anspannung lag in der Luft, die nur von der gemurmelten Unterhaltung zwischen Tine und Stevie durchbrochen wurde.

Rupe war müde. Auf der Heimfahrt war er eher traurig gewesen. Wie befürchtet, war er befördert worden, aber das hatte zur Folge, dass er nach London zurückkehren musste, um das Projekt zu leiten. Juan würde ihm dabei helfen.

Er nahm das Murmeln und Seufzen um sich herum wahr, aber er hörte nicht wirklich zu. Er verstand nur, dass es ums Internet ging und um eine Boutique in

Soho. Nur wenn jemand laut lachte, hob Rupe den Kopf.

Er war überrascht, Demmy so entspannt und glücklich zu sehen, besonders nachdem er in der Zeitung den Bericht über ihr Verhältnis mit John gelesen hatte. Er fragte sich auch, wer die große Indianerin war, die ihm als Sky vorgestellt worden war. Da sie neben Sharon – spärlich bekleidet wie immer – saß, nahm er an, dass sie befreundet waren.

Zwischen Stevie und Tine schienen unsichtbare Ströme zu vibrieren. Die dunkle Frau berührte sie oft, kleine vertrauliche Gesten, die durch Stevies nackten Busen eine größere Dimension erhielten. Einmal, als sie sich nach vorn lehnte, um ihr Bier zu greifen, strichen die Brüste über Tines Arm, was ihr ein Lächeln der älteren Frau einbrachte.

Rupe vermutete, dass sie sich geliebt hatten. Er empfand keine Eifersucht, er hoffte nur, mit Tine so viel Zeit wie möglich verbringen können, bis er am Sonntag wieder zurück nach London musste. In seinem Kopf entstanden Bilder der beiden Frauen; Tines blasse Haut gegen Stevies Mahagoni. Er sah sie bildlich vor sich, sah, wie Tine an den festen Brüsten der Afrikanerin saugte, und wie sie zwischen Tines gespreizten Beinen lag.

Rupe spürte, wie seine Erektion wuchs, und dann nahm er Sharons heiße Blicke wahr.

Er konnte seine Bilder nicht ausknipsen. Tine und Stevie, Jerry und Sharon. Tine auf allen vieren unter seinem Schreibtisch, er hinter ihr kniend. Und Tine auf ihm, wie sie ihn stürmisch ritt, eine Hand gegen die Klitoris gedrückt ...

Später fragte Tine sich, wann genau die Atmosphäre im Salon sich aufgeladen hatte und dann explodiert war.

Sie war entzückt, Rupe wieder im Haus zu haben und fühlte sich wohl zwischen Rupe auf der einen und Stevie auf der anderen Seite. Im Zimmer wurde es still. Tine schaute sich um und fand die Gründe.

Rupe und Juan waren beide sichtlich erregt, und sie versuchten erst gar nicht, die pochenden Beweise ihrer Männlichkeit zu verstecken, man konnte eher das Gegenteil vermuten. Juan hatte den Blick auf seinen Schritt freigegeben, und Rupe schien unbesorgt und verträumt. Sharon verschlang Juan mit ihren heißen Blicken und umkreiste eine Brustwarze mit einem scharfen polierten Fingernagel. Ein verspieltes Lächeln lag auf dem schönen Gesicht der blonden Frau.

Sie schloss die Augen, und ihr Atem ging schneller. Während Tine sie beobachtete, schlug sie die Augen wieder auf und starrte Tine hypnotisch an. Die Hände der Amerikanerin waren rastlos, offenbar hatte Sky große Mühe, sich zu beherrschen. Es juckte ihr in den Fingern, über Sharons glatte Haut zu streicheln. Sie drückte einen Schenkel weiter nach außen, um mehr Hautkontakt mit Sharon zu haben, und schließlich zog Sharon ihr Knie an und schob ihren Fuß hoch, dass die Ferse gegen den Schoß der Amerikanerin drückte.

Sharons Beine waren jetzt weit gespreizt. Der schmale Stoffstreifen des Slips spannte sich und rutschte zu einer Seite, womit Sharons Scheide entblößt war. Juan, Rupe, Tine und Stevie erhielten einen deutlichen Einblick. Demmy gewahrte, dass sie etwas vermisste, und kroch hinüber zu Stevie. Fasziniert starrte sie auf Sharon, und unbewusst öffneten sich Demmys volle Lippen.

Beim Grillabend hatte Demmy das erste Mal die ganze Schönheit Sharons gesehen. Nacht für Nacht hatte sie von ihr geträumt und sich vorgestellt, wie sie über die blasse Haut von Sharons Schenkeln strich, wie sie die Finger in die Nässe dazwischen gleiten ließ.

Sharons Geschlecht war so schön, wie sie es sich vorgestellt hatte. Demmy sehnte sich danach, ihr den Slip abzustreifen und sich an ihr zu laben. Sie stellte sich vor, wie Sharons scharfe Fingernägel über ihren Rücken streiften, während sie sich im Orgasmus aufbäumte. Demmy ahnte, dass es Juan sein würde, der Sharons Lücke füllen würde, aber sie war entschlossen, auch ihren Anteil zu erhalten.

Ihre Wut auf Tine hatte sich gelegt, seit die zierliche Frau sie so schroff angefahren hatte, und danach waren die schlechten Gefühle durch eine zögernde Bewunderung ersetzt worden. Demmy mochte Gefühlsausbrüche, besonders, wenn sie gegen sie gerichtet waren. Furcht erregte sie. Sky hatte gesagt, sie hätte den Schakal in sich, und dieses Bild passte.

Stevie verstand ihre Nöte. Sie hatte sie einmal mit einem Gürtel gezähmt, und danach hatten sie sich wie Wahnsinnige über den Boden gewälzt. Es war die beste Erfahrung in ihrem Leben, und sie sehnte sich nach einer Wiederholung.

Demmy warf einen Seitenblick auf Stevies nackte Brüste. Sie rutschte noch näher heran und drehte sich ein wenig, bis die dunkelhäutige Frau einen Arm um sie legte. Demmy leckte über die braune Haut. Als Stevies Nippel sich verhärtete, fing Demmy ihn mit den Zähnen ein. Sie konnte an Stevies Brust saugen und dabei Sharon beobachten.

Demmys eifriges Saugen erregte Rupes Aufmerksamkeit. Er sah ihr eine Weile zu und seufzte leise. Zwischen Stevie und ihm saß Tine in hilfloser Erregung. Den verlorenen Ausdruck der Sehnsucht auf ihrem Gesicht kannte er schon. Sie beobachtete Sharon und Sky, dann fiel ihr Blick auf die harte Beule unter Rupes Jeans. Mit großen Augen sah sie in sein Gesicht. Unbewusst öffneten sich ihre Lippen. Rupe wusste, dass ihr Verlangen nach ihm in diesem Augenblick größer und stärker war als die Aktivitäten um sie herum.

Rupe nahm Tine in die Arme. Seine Welt beschränkte sich nun auf ihr Sehnen. Durch die Umarmung war Tines T-Shirt auf dem Rücken nach oben gerutscht, was Sky mit glänzenden Augen verfolgte. Sie löste ihren Blick von Sharon und starrte auf Tines zierlichen Po. Dies war eine Szene, die sie sich in den langen Stunden am Computer vorgestellt hatte. Rupe und Tine.

Seine breiten Hände streichelten Tines Brüste. Ihre langen Haare fielen über ihn, als sie sich vorbeugte und küsste. Einen Moment lang bedauerte Sky, nicht der Mann zu sein, den Tine erwartet hatte, dann rutschte sie von Sharons Seite und löste sich von der Ferse, die gegen ihr Geschlecht gedrückt hatte.

Es war keine Zurückweisung. Sky wusste, dass Sharon mit Juan beschäftigt war. Aber Sky nahm sich vor, später zu der schönen Frau zurückzukommen und ihre Beute einzufordern.

Sharon schob sich auf den Knien vor und winkte Juan, der ihr entgegenkam. Beide knieten sich gegenüber, und Demmy und Stevie konnten sie immer noch beobachten. Juan beugte sich vor und drückte den Mund auf den Fleck vom Salatdressing. Als er mit dem Kopf zurückwich, hatte er die nasse Stelle vergrößert, und die Brustwarze zuckte aufgeregt. Er fuhr mit beiden Händen über das Mieder und ruckte kurz daran. Perlenknöpfe spritzten ab, und der Stoff zerriss.

Demmy keuchte und lockerte für einen Moment ihre Lippen um Stevies Brustwarze, während sie mir einer Hand zwischen die Schenkel der schwarzen Frau griff. Der Anflug von Gewalt in Juans Aktion hatte Demmy aus der Fassung gebracht, und er hatte auch auf Stevie gewirkt, die ihre Schenkel bereitwillig öffnete.

Sie legte eine Hand unter die von Demmy bisher vernachlässigte Brust und drückte den Nippel, bis er hart und steif geworden war. Neben ihr hatte Tine damit begonnen, Rupe und sich selbst von den T-Shirts zu befreien, und Sky half begeistert, Rupes Jeans auszuziehen.

Es war nicht der stolz geschwungene Bogen von Rupes Penis, was Stevies Erregung erhöhte, sondern der Anblick von Sky, die sich hinter Tine niedergelassen hatte, sie mit Leichtigkeit anhob und auf Rupes ungeduldig zuckenden Schaft drückte. Sky schlang von hinten die Arme um Tine, umfing ihre kleinen festen Brüste und raunte ihr ins Ohr: »Oh, ja, Astyr, wie wir es uns vorgestellt haben!«

Rupe hob den Kopf und sah begriffsstutzig von Tine zu Sky. »Wie, bitte?«

Tine, die sich langsam auf den Schaft sinken ließ, grinste. »Rupe, ich möchte dir Dickens vorstellen.«

Rupe hatte Mühe, den Mund wieder zu schließen. Er starrte auf Skys große Brüste und schüttelte den Kopf, während Sky ungeniert grinste.

Demmy schob den Kopf zwischen Stevies Schenkel, und Sharon lud Juan ein, sich auf sie zu legen.

Es würde ein langer Abend werden. Tine hatte ein volles Haus.

Mitternacht war vorbei, als Tine verkündete, dass sie ein Bad nehmen wollte.

Rupe leistete ihr Gesellschaft. Sie saßen sich in der breiten Wanne gegenüber und spielten mit dem nach Pinien duftenden Schaum. Dies war der Augenblick, in dem Rupe ihr die Neuigkeit mitteilte, dass er zurück nach London gehen musste. Er beobachtete ihr Gesicht und hörte sie seufzen.

»Ich hatte gehofft, es würde nicht so schnell eintreten«, gab Tine zu, »aber ich habe nie geglaubt, dass du die vollen sechs Monate bleiben würdest.« Sie sah ihn an und lächelte. »Ich werde dich vermissen.«

Rupe war vom Ausmaß seiner Traurigkeit überrascht. Es war viel zu früh. So viele Phantasien waren noch nicht ausgelebt. Er wollte etwas sagen, aber Tine lehnte sich zu ihm und legte einen Finger über seine Lippen.

»Wir sollten keine Pläne schmieden. Die Zukunft ist weit offen für uns. Ich bin sicher, dass wir uns wiedersehen werden.« Lächelnd fügte sie hinzu: »Es ist gut, was wir jetzt haben. Also keine Zukunftsängste.«

Sie schäumten sich gegenseitig ein und spülten den Schaum mit der Handbrause ab. Rupe schlug vor, dass Juan sein Nachfolger als Mieter wurde. Ein Teil von ihm hasste die Vorstellung, dass er auch sein Nachfolger in Tines Bett sein würde, aber er ordnete seine Gefühle als Missgunst ein.

Er spürte, wie er hart wurde. Impulsiv griff er Tine, stellte sie mit dem Gesicht zur Wand aus rauchfarbenem Spiegelglas, spreizte ihre Arme und Beine und drang von hinten in sie ein. Er bewegte sich sanft in ihr, denn sie musste wund sein von der Vielzahl der Aktivitäten dieses Abends.

Tine war dankbar für seine Rücksichtnahme. Es brannte in ihrem Inneren, aber sie spürte auch das wohlige Glühen, das von seinem Schaft ausging. Ihr wurde bewusst, wie wichtig Rupe in ihrem Leben geworden war. Das Band zwischen ihnen war mehr als Sex, es war echte Freundschaft.

»Du warst der Erste«, wisperte sie und wusste nicht, ob sie damit ihre Wiedergeburt nach den langen einsamen Monaten des Trauerns meinte.

Als sie kam, empfand sie ihm gegenüber eine tiefe Dankbarkeit. Juan unten im Wohnzimmer war nur eine Episode gewesen, Red eine bizarre Zufallsbegegnung. Stevie war voller Liebe, und Sharon war ihre Schwester in allen Dingen.

Sie wartete ab, bis das Zittern in ihren Gliedern abflaute, dann drehte sie sich herum, schlang die Arme um Rupes Nacken und küsste ihn. Mit einem sanften, traurigen Lächeln löste sie sich von ihm.

Sie ließ ihn im Badezimmer zurück und ging in ihr Schlafzimmer, in dem Chaos herrschte. Sie zog ihre Jeans an und eine weite Bluse darüber.

Auf dem Treppenabsatz begegnete sie Sharon. Die blonde Frau trug purpurfarbene Leggings aus Seide und ein Top aus weißer Spitze, das die Schultern nackt ließ und so aussah, als würde es jeden Moment nach unten rutschen. Ihre Brüste waren unter dem durchsichtigen Gewebe kaum verhüllt, die immer noch erregten Nippel deutlich sichtbar.

Sie hakten sich unter und begaben sich auf die Suche nach einer Flasche Wein. Mit vollen Gläsern traten sie auf die Terrasse. Tine war klar, dass Sharon etwas im Schild führte.

Sechzehntes Kapitel

Es war kühl, der Abendhimmel klar und voller Sterne. Sharon saß Tine gegenüber, mit überkreuzten Beinen auf den Steinen der Terrasse. Sie schenkten sich Wein ein und prosteten sich zu. Tine begriff, dass Sharon Zeit brauchte, um zu ihrem Thema zu finden.

Es war verständlich, dass Sharon einige Fragen auf den Nägeln brannten. Zum ersten Mal schien sie so etwas wie Verlegenheit zu empfinden. Schließlich sagte sie: »Morgen Nachmittag kommt Richard.«

»Ich freue mich, ihn wiederzusehen.«

»Wirklich?« Sharon schöpfte Hoffnung. »Er jedenfalls hat mir gesagt, wie sehr er sich auf dich freut.«

Es entstand ein längeres Schweigen, das Tine schließlich brach. »Er kann in meinem Zimmer schlafen. Steve teilt sich das Bett mit Demmy, und ich gehe zu Rupe. Sky kann auf dem Klappbett im Arbeitszimmer schlafen. Juan wird auf der Couch im Wohnzimmer übernachten.«

»Nein«, sagte Sharon, »du kannst bei mir schlafen.« Sie wandte verlegen den Blick.

»Du willst nicht, dass dein Vater glaubt, ich schliefe mit Rupe, nicht wahr?«

Sharon nickte.

»Rupe zieht am Sonntagabend aus. Hast du das gewusst? Juan will seine Wohnung übernehmen.«

»Wirst du dich auch mit ihm einlassen?«

»Nein, ich glaube nicht. Und du?« Tine musste an Juan denken, an seinen langen Phallus und an seinen heißen Atem in ihrem Nacken. Wie Red war auch er nur eine Episode. »Juan ist was anderes als Rupe. Heute Abend mit Juan – das war nichts als Sex.«

Sharon nickte, und Tine wusste, dass sie nur allzu gut verstand. Ihre nächste Frage überraschte Tine.

»Vielleicht wäre Richard für dich auch nur das – nichts als Sex. Oder?«

»Nein!« Tine schüttelte energisch den Kopf.

»Er gefällt dir nicht.«

»Du irrst dich gewaltig. Er gefällt mir sogar sehr. Ich glaube, er kann wichtig in meinem Leben werden.«

»Weißt du«, sagte Sharon mit einem Lächeln, »du bist ihm jetzt schon wichtig.«

»Himmel, Sharon, ich habe ihn nur ein paar Minuten gesehen und kaum mit ihm gesprochen.«

»Ich kenne ihn gut«, sagte Sharon. »Ich habe seine Blicke gesehen. Daraus konnte man lesen, dass du ihm eine Menge bedeutest.« Sie legte eine kurze Pause ein, dann fügte sie hinzu: »Und mir auch.«

Tine war verdutzt, als sie den Glanz der ungeweinten Tränen in Sharons Augen sah. Wortlos umarmte sie die jüngere Freundin.

»Du sagst Dinge, die nicht gesagt werden müssen«, murmelte Tine gerührt. »Ich liebe dich auch.«

»Und wir werden zusammen geil und reich«, rief Sharon lachend.

Tine nickte zustimmend, und dabei sah sie ein unanständiges Bild vor sich – sie und Vater und Tochter zusammen. Es war alles andere als unangenehm, dieses Bild.

»Vieles im Leben«, murmelte sie, »ist eine Frage der Gelegenheit. Wichtig ist, dass man weiß, wie weit man gehen kann, bevor das Risiko zu groß wird.«

Sharon kippte den Rest in ihrem Glas und erhob sich. »Man muss aber auch wissen, wann es los geht. Ich weiß jedenfalls, dass ich schon auf der Überholspur bin.«

»Wirklich? Dann solltest du Demmy mitnehmen, denn da will sie auch hin.«

Sharon schüttelte den Kopf und wurde wieder ernst. »Was willst du mit ihr anfangen?«

»Ich schätze, wir haben sie schon adoptiert. Ich

kann ihr ein Zimmer im Keller bereiten. Wenn sie kein Geld für die Miete hat, kann sie im Haushalt arbeiten. Oder am Computer. John hat immer gesagt, dass sie eine Menge Talent hat.«

Tine war von ihrer Entscheidung selbst überrascht. Sharon sah sie stirnrunzelnd an.

»Und Stevie?«

»Ich weiß es nicht.«

»Und Sky?«

»Sharon! Du hast gesagt, dass du in deinem Job alles über Organisation gelernt hast. Ich aber nicht. Deshalb verlangst du zuviel von mir. Sie ist hier und kann bleiben, so lange sie will.« Tine musste über Sharons unbewusste Versuche lachen, das Kommando zu übernehmen. Es würde nicht einfach sein, mit der selbstbewussten jungen Frau zusammen zu arbeiten.

Eine Weile schwiegen die Frauen. Sie standen jetzt nebeneinander und atmeten die klare Luft nach dem Regen ein. Sie schauten in den Garten. Der Rasen war nach dem Regen der letzten Tage kräftig gewachsen.

»Und natürlich brauchst du einen neuen Gärtner«, sagte Sharon.

ENDE

Ein erotischer Roman der Spitzenklasse

Paris, im Revolutionsjahr 1792. Die junge Schauspielerin Nicole wird von ihrem adeligen Förderer im Stich gelassen. Sie wird zur Zielscheibe des Pöbels, aber der geheimnisvolle Jacques rettet sie. Er verspricht ihr ein Leben in Freude und Luxus, und Nicole verliebt sich Hals über Kopf. Zu spät bemerkt sie, dass Jacques ein böses Spiel mit ihr treibt ...

ISBN 3–404–14708–1

BASTEI LÜBBE